선
단
기

선단기　4

초판 1쇄 인쇄일 2020년 11월 17일 ｜ **초판 1쇄 발행일** 2020년 11월 20일

지은이 조휘 ｜ **펴낸이** 곽동현 ｜ **담당편집 팀장** 이범수
편집부 정요한 최훈영 이현아

펴낸곳 (주)조은세상 ｜ 출판등록 제2002-23호
주소 경기도 연천군 미산면 청정로1355
TEL 02)587-2966 ｜ FAX 02)587-2922
E-mail bukdu@comics21c.co.kr

조휘ⓒ2020
ISBN 979-11-6591-370-0 ｜ ISBN 979-11-6591-272-7(set)
값 8,000원

선단기

4

조휘 신무협 장편소설

NEO ORIENTAL FANTASY STORY

조휘 대체 역사 장편소설

NEO ORIENTAL FANTASY STORY

CONTENTS

1장. 오해가 빚은 오해

 유건은 마두산 정상에 서서 산바람을 맞으며 곰곰이 생각
했다.

 '아직 안심하기에는 이르다. 애지중지하는 손자의 실종에
분노한 상대희가 무슨 짓을 저지를지는 하늘만이 아실 테니
까.'

 유건은 그날부터 마두산 석실에 틀어박혀 상대희의 다음
반응을 기다렸다. 한데 그로부터 정확히 닷새가 지났을 때였
다. 섬뜩한 기운 하나가 그의 몸을 순식간에 훑고 지나갔다.

 '강력한 뇌력이다!'

 유건은 약간 긴장한 상태에서 뇌력으로 그를 훑은 수사가 마두산에 당도하길 기다렸다. 그가 기척을 감지하기 훨씬 전에 상대가 먼저 그를 감지했단 뜻은 상대가 최소 오선 후기의 강자란 증거였다. 오선 중기인 상영은 그를 얕본 데다, 백팔음혼마번으로 기습해 가까스로 죽일 수 있었다. 그러나 그게 한계였다. 오선 후기를 상대론 이기지 못했다.

유건은 품에 넣어 둔 심좌기를 만지작거리며 생각했다.

'내가 감당할 수 없을 때는 심좌기로 도망치는 게 최고의 방법이다. 물론, 그런 일이 생기지 않으면 더 좋겠지만 말이야.'

얼마 후, 유건이 펼쳐 둔 뇌력 그물에 수사 다섯 명이 걸려들었다. 그중 한 명은 좀 전에 그를 뇌력으로 탐지한 오선 후기 수사였고 나머지 네 명은 오선 초기 하나, 공선 후기 셋이었다. 그는 석실 밖으로 나가 그들을 공손히 맞이했다.

"본보에서 오신 분들이지요?"

그때, 공선 후기로 보이는 중년인이 앞으로 나와 대뜸 물었다.

"네가 마두산 담당자냐?"

"그렇습니다. 유건이라 합니다."

중년인이 떠보는 투로 슬쩍 물었다.

"우리가 올 줄 알았더냐?"

유건은 머리를 긁적거리며 대답했다.

"매년 요맘때 그동안 채굴한 남수석을 가져갈 수사가 본보에서 나왔기 때문에 그 수사를 기다리는 중이었습니다. 한데 다섯 분이나 오신 것을 보면 남수석 때문은 아닌 듯하군요."

대답한 유건은 다른 수사들을 재빨리 살폈다. 물론, 공선 후기 셋은 안중에 없었다. 그가 살펴본 수사는 오선이었다.

오선 초기는 머리카락을 비녀로 묶어 틀어 올린 새초롬한 인상의 미녀였고 오선 후기는 수염을 기른 점잖은 사내였다.

한데 중년 사내의 얼굴이 왠지 눈에 익단 느낌을 받았다. 유건은 어렵지 않게 오선 후기 중년 사내의 이름을 기억해 냈다.

'저자는 전에 입문 시험을 주관하던 진종자가 아닌가?'

뒷짐을 진 진종자는 먼 하늘을 바라보며 다른 생각에 깊이 빠져 있는 탓에 이곳 담당자가 유건이란 사실을 알지 못했다.

그때, 새초롬한 미녀가 공선 후기 세 명에게 지시했다.

"내가 이자를 지켜보는 동안, 너희들은 이곳을 샅샅이 뒤져라."

"예!"

대답한 공선 후기 세 명은 사방으로 날아가 주변을 수색했다. 아마 상영이 이곳에 남겼을지 모를 흔적을 찾는 듯했다.

한편, 여수사의 감시를 받던 유건은 불안한 표정으로 그녀의 얼굴을 힐끔거렸다. 물론, 연기였다. 다른 수사가 자기 영역을 조사하고 다니는데 마치 자기는 숨기는 게 없다는 듯 태평한 태도를 보이면 그게 오히려 의심을 부를 수 있었다.

11

여수사는 마치 벌레를 본 것처럼 불쾌한 표정을 숨기지 않았다.

"그런 식으로 한 번만 더 본녀의 얼굴을 훔쳐보는 날에는 네놈 눈깔을 꼬챙이로 도려내서 돼지 먹이로 줘 버릴 것이야."

겁을 먹은 유건은 얼른 고개를 숙였다.

마두산 안팎을 샅샅이 조사한 공선 후기 세 명은 한 시진이 지난 후에 돌아와 뇌음으로 여수사에게 뭔가를 보고했다.

여수사는 다시 진종자 옆으로 걸어가 조심스러운 태도로 뇌음을 보냈고 진종자는 알았다는 듯 고개를 짧게 끄덕였다. 마지막으로 뇌력을 퍼트려 부하들이 놓친 점이 있는지 조사한 진종자는 일행과 함께 날아올라 서쪽으로 사라졌다.

혹시 몰라 그 자리에서 한참을 더 기다린 유건은 그날 날이 완전히 저물고 나서야 선부로 내려가 수련을 다시 이어갔다.

그로부터 한 달이 지났을 때였다.

칠교산맥 변경 조사를 마친 진종자 일행은 교로 복귀하기 무섭게 교주 상대희가 기거하는 일월당(日月堂)부터 찾았다.

상좌에 앉은 상대희가 눈에서 정광을 쏟으며 다급하게 물었다.

"영이의 흔적을 찾았느냐?"

진종자가 한쪽 무릎을 꿇으며 사죄했다.

"송구합니다, 교주님. 교주님 명을 받아 상 공자가 갔을 법

12

한 곳은 모두 뒤졌으나 불행히도 흔적을 발견하지 못했습니다."

상대희의 흰 눈썹이 바르르 떨렸다.

"진종자, 네가 본좌에게 또다시 커다란 실망을 안겨 주는구나."

안색이 달라진 진종자가 바닥에 머리를 찧으며 용서를 구했다.

"면목 없습니다."

상좌에서 천천히 일어난 상대희는 머리에 피를 흘리며 연신 용서를 구하는 진종자를 불쾌한 표정으로 쏘아보며 말했다.

"본교의 막대한 지원을 받고서도 장선 진입에 실패한 것은 용서할 수 있다. 기회가 또 있을 테니까. 그러나 영이의 실종에 관한 작은 단서조차 찾지 못한 것은 용납하기 어렵구나."

말을 마친 상대희는 손가락을 가볍게 튕겼다. 그 순간, 회색 수갑 다섯 개가 날아가 진종자의 목과 사지를 동시에 결박했다. 회색 수갑의 무서움을 잘 아는 진종자는 감히 반항할 생각을 못 한 채 법력 운용을 금지당해 바닥에 쓰러졌다.

상좌에 다시 앉은 상대희가 귀찮은 표정으로 손짓했다.

"놈을 당장 혈빙굴(血氷窟)에 가두고 혈우편(血雨鞭)으로 매일 열 대씩 치도록 해라. 뭣들 하느냐? 얼른 끌어내지 않고!"

혈빙굴과 혈우편이란 소리에 안색이 확 달라진 진종자가

급히 고개를 들어 상대회 좌우에 늘어선 일월교 장선 장로들을 쳐다보았다. 그러나 평소에 친하게 지내던 장로조차 그의 시선을 피하기에 급급했다. 교주의 눈 밖에 난 진종자를 두둔하다가 상대회의 의심을 살 수 있기 때문이었다.

결국, 포기한 진종자는 집법사자 두 명에게 어깨를 잡혀 일월당 밖으로 질질 끌려 나갔다. 잠시 후, 상대회는 좌우에 늘어선 장로 중 한 명만 남기고 나머지는 모두 내보냈다. 혼자 남은 장로는 장선 중기로 분을 바른 듯한 창백한 얼굴에 체구가 작고 오른쪽 눈썹에 파란 사마귀가 세 개 박혀 있었다. 바로 일월교의 지낭으로 유명한 청삼랑(靑三螂)이었다.

상대회가 청삼랑을 가까이 불러 물었다.

"청 장로는 이번 일을 어찌 생각하느냐?"

"전에 말씀드린 대로 진종자는 실패할 수밖에 없었을 것입니다. 태일소가 이번 흉계를 직접 주도했다면 우리가 그들의 짓이란 걸 알아내지 못하게 감쪽같이 해치웠을 테니까요."

상대회가 눈썹 끝을 살짝 치켜세우며 물었다.

"그럼 이번 일이 정말 태일소의 짓이란 말이더냐?"

"그럴 가능성이 현재로선 제일 높습니다."

상대회가 손가락으로 의자 팔걸이를 두드렸다.

"그렇게 확신하는 이유를 말해 봐라."

청삼랑은 거침없이 대답했다.

"두 가지 이유가 있습니다. 아시다시피 진종자는 신중한

성격을 지녀 좀처럼 실수하는 사람이 아닙니다. 한데 그런 진
종자조차 알아내지 못했다면 최소 장선 중기 이상이 나섰단
소리인데 일월교 후계자 중 한 명인 상 공자를 상대로 그런
대담한 짓을 벌일 수 있는 인물은 태일소밖에 없을 겁니다."

"흐음, 일리가 있군. 두 번째 이유는?"

"목적지를 밝히지 않은 상 공자가 본보를 떠나고 나서 나
흘쯤 지났을 때, 문지걸 장로가 갑자기 태일소가 내린 칠교령
(七橋令)을 받고 제자 800명과 분란이 끊이지 않는 월추 국경
의 본보 주둔지 수비대장으로 부임했단 소식을 들으셨을 겁
니다. 한데 문 장로가 데려간 제자 중에 교주님이 상 공자의
짝으로 점찍어 둔 선혜수란 계집이 끼어 있었습니다. 나머지
는 교주님께서도 짐작하실 수 있는 내용일 것입니다."

상대희가 의자 팔걸이를 거세게 틀어쥐며 이를 부드득 갈
았다.

"자네 말대로 태일소의 짓이 틀림없군."

칠교보는 백교보라 불릴 정도로 여러 조직이 동맹을 형성
해 만들어진 종파이기 때문에 예전부터 각 교를 이끄는 교주
의 권한이 강력했다. 즉, 칠교보 보주인 태일소라 하더라도
일월교 교주인 상대희나 일월교 장로인 문지걸, 청삼랑을 막
부릴 수는 없단 뜻이었다. 그러나 칠교보를 처음 세운 초대
보주가 만든 칠교보 신물인 칠교령을 쓰면 다른 교의 교주나
장로에게 평생 딱 한 번 명령을 내릴 수 있었다.

물론, 다른 교의 교주나 장로도 보주가 칠교령을 동원해 내린 명령만은 거부하지 못했다. 칠교령에는 초대 보주의 독문 법보인 묵심비(墨心匕)가 들어 있었다. 한데 이 묵심비는 수사의 원신을 제거하는 데 천부적인 능력을 지녀 다른 교의 교주나 장로가 칠교령으로 내린 명령에 반발하면 묵심비가 날아가 명령을 따르지 않은 수사의 원신을 제거했다.

칠교보에서 교주나 장로의 지위에 오르려면 그 전에 반드시 묵심비와 선약을 맺어야 해서 하늘을 무너트리고 바다를 가르는 재주가 있더라도 묵심비만은 절대 피하지 못했다.

그러나 보주가 묵심비가 든 칠교령으로 다른 교의 교주나 장로에게 명령을 내릴 수 있는 것은 개개인당 딱 한 번뿐이었다. 즉, 일월교 장로 문지걸이 칠교령으로 내린 보주의 명령을 수행하면 다음부턴 묵심비를 두려워할 필요가 없었다.

한데 태일소는 문지걸에게 평생 단 한 번 내릴 수 있는 명령을 상영이 사라지고 나서 정확히 나흘 후에 내렸다. 더구나 별로 중요한 명령도 아니었다. 서남과 월추 경계에서는 항상 다툼이 끊이지 않기 때문에 문지걸이 아니라 다른 장로를 보내도 상관없었다. 한데 태일소는 일월교 장로 중 문지걸을 콕 집어 일월교와 멀리 떨어진 국경지대로 파견했다.

더구나 상영을 이용해 혼담을 넣던 선혜수까지 문지걸을 따라 국경지대로 갔기 때문에 문지걸과 사돈을 맺어 일월교 내부를 완벽히 통합한 후에 태일소와 두생교를 친다는 상대희의 큰 그림이 초장부터 형편없이 어긋나 버리고 말았다.

한데 태일소는 그것만으론 성이 다 차지 않은 모양이었다. 태일소는 아예 싹을 잘라 버리겠단 생각으로 그가 아끼는 손자인 상영을 몰래 제거해 그가 문지걸과 사돈을 맺을 수단 자체를 없애 버렸다. 다른 손자가 없지는 않으나 다들 혼인한 데다 시첩까지 여럿 거느려 문지걸의 마음에 찰 리 없었다.

생각하면 할수록 이번 일은 태일소의 짓이 분명해졌다. 태일소의 칠교령을 받은 문지걸이 선혜수를 데리고 국경으로 간 일과 손자의 실종이 연관이 없다면 오히려 그게 더 이상할 정도였다. 상대희는 속으로 태일소에게 저주를 퍼부었다.

파직!

저주를 퍼붓는 동안, 상대희가 틀어쥔 백강석(白强石) 팔걸이가 어느새 먼지로 변해 흩어졌다. 그 모습을 보며 침을 꿀꺽 삼킨 청삼랑은 머리를 한껏 조아리며 지시를 기다렸다.

상대희가 의자에 등을 깊이 묻으며 나른한 목소리로 물었다.

"본좌와 태일소는 이제 더는 같은 하늘을 이고 살 수 없는 원수나 마찬가지다. 태일소를 쓰러트릴 수 있는 계책이 있느냐?"

"태일소와 두생교는 만만치 않은 상대입니다."

상대희의 나른한 목소리에 살얼음과 같은 냉기가 살짝 섞였다.

"그걸 누가 모르느냐?"

분을 칠한 것처럼 하얗던 청삼랑의 얼굴이 더 하얗게 변했다.

"소, 송구합니다."

"그래서 있단 것이냐? 없단 것이냐?"

"태일소를 쓰러트리기 위해선 세 가지 계책이 필요할 것입니다."

"듣고 있다."

"우선 태일소의 세력을 약화시켜야 합니다. 본보는 현재 교주님께서 3할, 태일소가 2할, 수태교 양어언(梁漁堰) 교주가 1할의 세력을 나눠 가진 상태입니다. 그 외 나머지 4할은 아직 충성을 바칠 상대를 정해지 못한 상태입니다. 한데 그런 상황에서 교주님이 만약 양어언 교주를 우리 편으로 끌어들일 수만 있다면, 성공 가능성이 5할에 이를 것입니다."

마음에 들지 않는단 표정으로 상대희가 물었다.

"두 번째 계책은 무엇인가?"

"본교의 역량을 좀 더 강화하는 것입니다."

"어떻게?"

"저번 입문 시험에서 점찍어 둔 수사들을 불러들여 옥석을 가리십시오. 가린 다음에는 법보와 공법을 주어 실력을 끌어올리면, 일을 치를 때 적지 않은 도움을 받을 수 있을 겁니다."

상대회가 이번엔 고민하지 않고 바로 고개를 끄덕였다.

"그 문제는 자네가 알아서 처리하게."

"맡겨 주십시오."

"세 번째는?"

청삼랑은 신중한 표정으로 뇌음을 써서 대답했다.

한참 후, 상대회가 믿을 수 없다는 눈빛으로 황급히 물었다.

"그게 정말이냐?"

"어렵게 포섭한 자로부터 알아낸 극비 정보입니다."

"흐음, 그렇단 말이지. 알았다. 그 문제는 내가 알아서 하겠다."

청삼랑이 상대회의 눈치를 살피며 물었다.

"세 번째 계책을 사용하면 성공 가능성이 10할에 이를 것입니다. 그러나 후유증 역시 만만치 않을 텐데 괜찮겠습니까?"

상대회가 날 선 비수와 같은 눈빛으로 청삼랑을 쏘아보았다.

"그 문젠 본좌가 알아서 하겠노라 하였다."

이마에 식은땀이 맺힌 청삼랑이 얼른 머리를 조아렸다.

"소, 속하가 주제넘었습니다. 부디 용서를."

손짓으로 청삼랑을 물린 상대회가 팔로 턱을 괴며 미소 지었다.

"후후, 태일소가 그런 보물을 가지고 있을 줄은 꿈에도 몰랐군."

기분이 좋아진 상대희는 머리를 등받이에 기대며 눈을 감았다. 마치 손자의 죽음 따윈 이젠 아무렇지도 않다는 듯했다.

한편, 유건은 마두산에 부임할 때 들은 기간인 5년에서 1년이 준 4년 만에 칠교보 본보에 있는 일월교 혜성대(彗星隊)에 발령받았다. 혜성대는 일월교 산하에 있는 33개 조직 중 하나로 상부가 시키는 일은 뭐든 하는 무력 조직이었다.

혜성대에 입대하기 전에 휴가를 며칠 얻은 유건은 일월교를 구경하는 척하며 선혜수의 행방을 수소문했다. 한데 생각보다 쉽지 않았다. 문지기나 선혜수를 슬쩍 언급하기 무섭게 겁을 집어먹은 얼굴로 다들 자리를 피하기 일쑤였다.

'그녀가 무사한 건 확실한 것 같은데 왜 다들 답변을 꺼리는 거지? 상영과 선혜수 사이에 내가 모르는 곡절이 더 있었나?'

한데 의외로 휴가를 마치고 혜성대에 입대했을 때 선혜수의 행방을 알아낼 수 있는 절호의 기회가 느닷없이 찾아왔다. 유건은 혜성대에 들어가 생각지 못한 인물을 두 명 만났는데, 그중 한 명은 바로 입문 시험을 같이 치른 삼은이었다.

◆ ◆ ◆

삼은은 헤어진 형제를 다시 만난 것처럼 그를 반겼다.

"유 형, 오랜만이오. 그동안 소식을 듣지 못해 궁금하던 차였는데 공교롭게도 우리 둘 다 혜성대에 발령받은 모양이오."

"다시 만나 반갑소."

삼은은 유건을 자기 앞자리에 앉히기 무섭게 근황부터 물었다.

"그래, 그동안 어디에 있느라고 코빼기도 비치지 않은 거요?"

"마두산이란 곳에서 광산을 관리했소."

"마두산이라면 전에 들어 본 적이 있는 것 같소. 난 유 형보다 운이 조금 좋았는지 여기서 멀지 않은 계곡에 있었소. 거기도 마두산처럼 수련 재료를 채굴하는 데였는데 질 좋은 재료가 많이 나는 데여서 본보 수사가 꽤 자주 들락거렸지."

유건은 한숨을 내쉬었다.

"삼 형은 본보 수사를 친구로 사귈 기회가 많아 심심하지 않았겠소. 마두산은 별로 중요한 데가 아니어서 그런지 담당하는 수사가 나 혼자라, 친구를 사귈 기회가 거의 없었다오."

삼은은 껄껄 웃으며 유건의 어깨를 툭 쳤다.

"하하, 유 형 말대로요. 계곡을 오가던 본보 수사 중에 마음이 맞는 이가 몇 있어 운 좋게 그들과 친구를 맺을 수 있었소."

유건은 눈을 빛내며 물었다.

"그럼 나보단 일월교 사정을 훨씬 잘 알겠소?"

"뭐가 궁금하오? 내가 아는 거라면 말해 주겠소."

"일월교에서 교주님 다음으로 조심해야 할 선배님이 누구요?"

삼은은 턱을 쓰다듬으며 고민하다가 대답했다.

"아마 지금은 본보에 계시지 않은 문지걸 장로님이지 않겠소?"

원하는 대답을 얻은 유건은 문지걸에 관해 자세히 물었다. 삼은의 설명에 따르면 문지걸은 장선 중기 최고봉의 강자로 적어도 30년 안에 장선 후기 진입을 시도할 거란 소문이 돈다고 하였다. 만약, 문지걸이 순조롭게 장선 후기 진입에 성공한다면 일월교는 장선 후기 두 명을 보유하는 셈이라, 칠교보에서 경쟁 중인 두생교, 수태교를 압도할 수 있었다.

한데 문제는 문지걸이 온후한 성품을 지녀 전부터 세력 확대를 꾀하는 상대희와 사이가 좋지 않단 점이었다. 거기다 더 큰 문제는 문지걸의 독문 공법이 상대희와 상성이 좋지 않아 상대희도 문지걸을 통제하기 쉽지 않다는 데 있었다.

물론, 장선 후기인 상대희는 장선 중기 최고봉인 문지걸을 죽일 수 있었다. 그러나 상대희도 그 와중에 상처를 크게 입을 가능성이 커서 손을 쉽게 대지 못하는 중이었다. 상대희가 문지걸과의 대결에서 상처를 입는다면, 태일소나 양어언이 그 틈을 이용해 그를 제거하려 들 가능성이 아주 컸다.

유건은 그제야 선혜수가 자기 사부인 문지걸 장로가 나서면 해결 못 할 일이 거의 없을 거라고 했던 얘기가 이해 갔다.

'문지걸이 일월교 교주인 상대희조차 쉽게 건드리지 못하는 실력자라면 나 하나 칠교부에 입문시키는 건 일도 아니겠군.'

유건은 다시 물었다.

"문지걸 장로님은 지금 어디 계시오?"

"본보 보주께서 칠교령으로 명령을 내리는 바람에 지금은 월추와 서남의 국경에 있는 오궁산(五宮山)의 수비대장으로 가셨다는 말을 들었소. 유 형도 알겠지만 월추에는 난다 긴다 하는 흑선이 모여 결성한 황혈소(黃穴沼)란 대종문이 있는데, 우리 칠교보와는 수천 년 전부터 사이가 좋지 않소. 사실, 서남 종파들이 구화련을 결성한 이유가 월추의 이 황혈소를 견제하기 위해서라고 해도 과언이 아니니까 말이오. 황혈소의 흑선 수만 명이 몇십 년마다 한 번씩 국경을 넘어와 서남의 수련 산지를 약탈하는 바람에 그들에 대항하기 위해서는 황혈소 정도로 덩치를 키울 수밖에 없었소."

유건은 고개를 끄덕였다.

'전에 선혜 선자에게 들은 내용이랑 비슷하군.'

칠교보는 서남 중간에 있는 문파라 황혈소의 흑선에게 당할 일이 거의 없었다. 그러나 구화련을 구성하는 각 종파는 연합을 결성할 때 맺은 맹약에 따라 반드시 일정 수 이상의 제자를 서남과 월추의 국경에 있는 요새에 보내야 했다.

한데 태일소가 무슨 바람이 불었는지 갑자기 칠교령까지 동원해서 일월교의 문지걸 장로에게 요새 수비 임무를 맡겼다.

보통은 두생교, 일월교, 수태교를 제외한 다른 조직에서 파견을 나갔기 때문에 이번 일로 칠교보 내부에 심상치 않은 분위기가 감돌았다. 보주의 이번 결정은 누가 보더라도 태일소가 상대회를 견제하려 한 행동임이 분명했기 때문이었다.

유건은 마침내 본론으로 들어갔다.

"문 장로님이 혼자 가진 않았을 텐데 누가 같이 갔는지 아시오?"

"적전제자 몇 명과 장로님을 따르는 수사 800명을 데려갔단 말을 들었소. 이번 임무는 적어도 2, 30년은 걸린다고 하니 아마 그들이 본보로 돌아오는 시기는 한참 후일 것이오."

유건은 화제를 혜성대로 돌려 이런저런 얘기를 나누었다. 그러나 속으론 선혜수의 행방을 알아냈단 사실에 안도했다. 그가 상영을 죽인 일 때문에 그녀가 불행한 일을 당했을지 모른단 불안감에 시달렸는데 다행히 그런 일은 없었다.

'다만, 칠교보 보주 태일소가 요즘 보여 주는 행보가 심상치 않은 게 마음에 걸리는구나. 칠교령까지 동원해 문지걸 장로를 내보낸 행동은 상대회가 문지걸 장로를 지지하는 일월교의 온건파를 흡수하지 못하도록 손을 쓴 게 분명하니까.'

그때, 좌우를 슬쩍 둘러본 삼은이 갑자기 뇌음을 보냈다.

"칠교보의 상황이 우리 생각보다 더 안 좋은 것 같소. 어쩌면 늑대를 피하려다가 호랑이굴에 들어온 것일지도 모르지."

"그렇게 여길 만한 이유라도 있는 거요?"

"유 형은 마두산에 있어 모를 테지만 상대회 교주가 애지중지하는 손자가 얼마 전에 감쪽같이 사라진 사건이 있었소. 한데 항간에 떠도는 소문에 따르면, 그냥 사라진 게 아니라 태일소 보주가 보낸 살수에게 당한 것 같다지 뭐요. 당연히 상대회 교주는 노발대발해서 대놓고 태일소 보주를 적대시하는 중이오. 아마 우리가 맡은 5년짜리 임무가 4년으로 줄어든 이유도 그 때문일 가능성이 크오. 일단, 어떻게든 머릿수를 늘려야 보주와의 대결에서 승산이 높아질 테니까."

두 사람이 뇌음으로 대화를 나누는 동안, 혜성대로 발령받은 신입 600명이 들어와 큼지막한 대청을 3분의 2쯤 채웠다.

다시 그로부터 향 한 대 탈 시간이 지났을 때, 공선 중기, 후기로 보이는 수사 400명이 안으로 들어와 남은 자리를 마저 채웠다. 아마 기존에 있던 혜성대 대원인 모양이었다.

유건과 삼은은 한쪽으로 물러나서 선배들이 자리에 앉을 수 있도록 비켜 주었다. 잠시 후, 풍기는 기세가 남다른 남녀 열한 명이 안으로 들어왔다. 가장 앞에서 걸어오는 이는 수염이 하얗게 센 오선 후기 최고봉 노인이었고 노인 뒤를 나이와 성별이 제각각인 오선 초기 수사 열 명이 뒤따랐다.

대청 상석에 앉은 노인이 점잖은 목소리로 본인을 소개했다.

"빈도가 이번에 인원이 늘어난 혜성대의 통솔을 맡은 두송자(頭松子)일세. 모두 만나서 반갑네. 그리고 자네들 앞에 있는 수사 열 명은 앞으로 그대들을 지도할 각 조의 조장일세. 지금부터 각 수사는 조장이 호명하는 곳으로 가서 서게."

거의 마지막에 가서야 이름이 불린 유건은 운 좋게 삼은과 같은 조에 배정받았다. 한데 거기서 삼은에 이어 두 번째로 생각지 못한 인물과 재회했다. 바로 상영의 흔적을 조사하기 위해 마두산에 들른 오선 초기의 새초롬한 미녀였다.

미녀도 그를 알아본 듯 미간을 살짝 찌푸렸다.

그러나 재빨리 무표정한 얼굴로 돌아온 미녀가 그를 아예 무시한 채, 다른 조원들을 돌아보며 본인의 이름을 소개했다.

"본녀는 혜성대 10조를 맡은 전류영(全流英)이다. 앞으로 본녀의 명령만 잘 준수하면 별일 없을 것이다. 그러나 규율을 위반하거나 기강을 무너트리는 자가 있을 시에는 본녀가 왜 냉염마녀(冷炎魔女)로 불리는지 알 수 있을 것이야."

서늘한 눈빛으로 10조 조원 100명에게 경고한 전류영은 반드시 지켜야 하는 규율을 가르쳐 주고 나서 해산을 명령했다.

유건은 삼은과 함께 월봉(月峰) 산기슭에 있는 새 숙소에 짐을 풀었다. 일월봉을 구성하는 일봉(日峰)과 월봉 산기슭에는 벌집처럼 작은 통로 수만 개가 뚫려 있었는데 그중 태반은 일월교에 배치받은 수사가 거처로 사용하는 곳이었다.

유건과 삼은이 배정받은 숙소는 수평으로 곧게 뚫린 통로하나에 개인 석실 네 개와 휴게실 역할을 하는 거실 하나가딸린 단출한 공간이었다. 유건은 석실 네 개 가장 안쪽의 석실을 썼고 삼은은 그 반대편에 자리한 석실을 사용했다.

그 외 나머지 두 개 석실은 한초(漢草)란 이름의 공선 중기여수사와 복가(福佳)란 이름을 쓰는 공선 중기 남수사가 각각 사용했다. 짐을 푼 네 수사는 휴게실에 모여 담소를 나누었다. 얼굴이 동글동글해서 꽤 귀엽게 생긴 한초는 유건, 삼은과 함께 저번 입문 시험을 통해 입문한 수사였다.

반면, 복가는 15년 전에 입문 시험을 봐서 합격한 수사로 10년 전부터 혜성대에서 근무해 다른 수사보단 아는 게 많았다.

복가는 입심이 좋아 한번 입을 열면 쉽게 멈추는 법이 없었다.

"공선 후기는 되어야 두 명이 거처 하나를 나눠 쓸 수 있소. 그리고 오선에 등극하면 마침내 개인 숙소가 주어지는데, 연공실과 연단실이 딸려 있어 수련하기가 공선 때보다는 훨씬수월한 편이지. 또, 오선 중기에 이르면 그때부터 특별 관리

27

대상에 올라 오롯이 수련에만 집중할 수 있소. 이번에 혜성대를 맡은 두송자 선배님도 마찬가지요. 혜성대의 실제 업무는 조장들이 거의 다 도맡아서 하고 그분은 거처에 칩거하며 장선 진입을 위한 준비에 들어가실 것이오."

복가가 더 떠들기 전에 삼은이 얼른 끼어들어 화제를 돌렸다.

"혜성대는 무슨 임무를 주로 맡소?"

"시키는 일을 뭐든 다 한다고 보면 되오."

복가의 말처럼 다음 날, 전류영을 따라 칠교산맥 밖으로 나온 혜성대 10조는 붉은 절벽이 있는 계곡 하나를 샅샅이 뒤졌다.

전류영이 붉은 절벽 꼭대기에 서서 소리쳤다.

"설검표(雪劍彪)는 주변 풍경에 동화하는 뛰어난 은신 능력을 지니고 있다! 모두 안력을 최대한 높여서 은신한 설검표가 계곡 밖으로 도망치는 불상사가 없게 해야 할 것이야!"

복가가 물이 마른 계곡 바닥을 뒤지며 투덜거렸다.

"쳇, 또 어떤 장로 한 분이 새 시첩을 들인 모양이군."

한초가 눈을 동그랗게 뜨며 물었다.

"그게 무슨 말이죠?"

"설검표는 생긴 게 아주 귀여워서 여수사들이 아주 좋아하는 악수로 유명하오. 아마 어떤 장로께서 새로 들이는 시첩에게 미리 점수를 따 놓을 요량으로 설검표를 잡아 오라 시켰을 거요. 이런 임무가 1년에 한두 번씩은 꼭 있었으니까."

그 말을 들은 수사들은 어이없어했다. 그러나 이해 못 할 정돈 아니었다. 실력이 우선인 선도의 세계에서는 장선이 시키면 죽는시늉이라도 해야 했다. 그래야 살아남을 수 있었다.

잠시 후, 절벽이 만든 그늘 속에 은신해 있던 5장 크기의 설검표 한 마리가 날카로운 울음소리를 내며 튀어나와 그 근처를 수색하던 공선 초기 수사 두 명을 순식간에 잡아먹었다.

인명을 해친 설검표가 피가 뚝뚝 떨어지는 송곳니를 자랑하며 날카로운 울음소리를 토했다. 그 순간, 극심한 두통을 느낀 수사 몇 명이 머리를 쥐어뜯으며 괴로워했다. 설검표는 그때를 놓치지 않고 하얀 검날로 변해 재빨리 달아났다.

그러나 거기까지였다. 선녀처럼 하늘에서 강림한 전류영이 음기가 흐르는 새까만 그물을 던져 도망치는 설검표를 포획했다. 다시 원래 모습으로 돌아온 설검표가 날카로운 발톱과 송곳니로 새까만 그물을 찢으려 들었다. 그러나 전류영이 법보낭에서 꺼낸 부적 몇 개를 날리기 무섭게 5장이 넘던 설검표가 고양이보다 약간 작은 크기로 쑥 줄어들었다.

그물 안에서 꺼낸 설검표를 영수낭에 집어넣은 전류영이 바닥에 생긴 핏자국 두 개를 바라보며 미간을 찌푸렸다. 그러나 공선 초기 두 명의 목숨 따윈 중요하지 않다는 듯 냉정하게 돌아선 그녀는 조원에게 돌아갈 준비를 서두르라 일렀다.

그 후에도 혜성대 10조는 장로들의 개인적인 심부름을 도맡아 처리했다. 어디 가서 영단에 넣을 영초를 구하거나 법보를 제련하는 데 필요한 재료를 구하는 일은 그나마 할 만했다. 어쨌든 그런 일은 경험이라도 쌓을 수 있기 때문이었다.

가장 더러운 심부름은 장로의 시첩이 좋아하는 꽃을 구해 오라거나, 아니면 장로의 인척이 놀러 갈 때 호위하는 것과 같은 일이었다. 그런 일에서는 경험을 쌓을 기회가 없었다.

그렇게 별 의미 없는 날들로 반년쯤 흘렀을 때였다. 마침내 일월교가 혜성대를 조직한 이유에 걸맞은 임무가 떨어졌다.

바로 서남에서 구화련을 제외했을 때, 세 번째로 큰 종파인 귀음도(鬼陰島)의 귀선들을 칠교산맥 밖으로 쫓아내는 임무였다. 서남 앞바다에 있는 섬인 귀음도는 주변 귀기가 흘러드는 곳이어서 실력이 뛰어난 귀선을 여럿 배출했다.

그러나 현재는 도주(島主)가 장선 중기여서 성세가 예전만 못했다. 하지만 구화련도 그런 귀음도를 쉽게 건드리진 못했다. 귀선 장선 하나가 다른 종파의 장선 두 명을 이기진 못해도 크게 밀리지는 않는단 말이 있을 정도로 원래부터 귀선은 일반 수사가 상대하기 까다로운 존재로 유명했다.

더구나 귀음도 도주와 구화련 서열 2위인 함곡도(咸谷島)의 부도주가 형제였기 때문에 더 건드리기 힘든 상황이었다.

한데 무슨 일인지 얼마 전부터 귀음도의 귀선 몇이 일월교가 관리하는 변경에 침입해 주변을 뒤지고 다녔다. 처음에는 몇 명으로 끝날 줄 알았는데 두 달 전부터는 수십 명이 몰려 다니며 소란을 피우는 통에 함곡도의 체면을 생각해 움직이지 않던 일월교도 더는 두고 볼 수 없는 형편이었다.

유건은 고개를 들어 앞을 보았다. 10조 조장인 전류영이 녹색 수정으로 만든 말을 타고 제일 앞에서 날이기는 중이었다. 10조의 다른 조원들은 갈수록 점점 더 거리가 벌어지는 전류영을 놓치지 않기 위해 사력을 다해 따라붙는 중이었다.

반면, 유건, 삼은, 복가, 한초로 이루어진 유건 일행은 10조 끄트머리에서 움직이며 이번 사태에 관해 얘기를 나누었다.

삼은이 심각한 어조로 다른 수사들의 의견을 구했다.

"본교 수뇌부가 함곡도의 체면을 생각해서 이번 일을 우리 혜성대 10조에게 맡긴 듯한데 다른 분들은 어떻게 생각하시오?"

한초가 눈동자를 좌우로 이리저리 굴리며 물었다.

"본교가 귀선들을 칠교산맥 밖으로 쫓아낼 마음을 진짜 먹었다면 이번 일에 혜성대에서 실력이 가장 떨어지는 10조가 아니라, 오선으로 이뤄진 정예 조직을 보냈을 거란 건가요?"

복가가 동의했다.

"한 선자의 말이 맞소. 아마 적당히 상대하다가 돌아오라 했을 거요. 하지만 상대가 상대인 만큼 조심해서 나쁠 건 없겠지."

복가의 말에 삼은과 한초가 동시에 고개를 주억거렸다.

그때, 유건은 전혀 다른 문제 때문에 그들의 이야기에 좀처럼 집중하지 못했다. 지금 그들이 가는 방향이 그가 4년을 머무른 마두산으로 가는 길과 정확히 일치했기 때문이었다.

'설마 귀선들이 혹주 영귀 때문에?'

그때, 멀리서 마두산의 익숙한 정경이 눈에 들어왔다.

◆ ◇ ◆

마두산을 보고 녹색 수정 말의 고삐를 잡아당긴 전류영은 오른팔을 번쩍 들어 멈추라는 신호를 보냈다. 10조 조원들은 시키는 대로 즉시 그 자리에 멈춰 다음 지시를 기다렸다.

그때, 마두산을 관찰하던 삼은이 놀란 목소리로 뇌음을 보냈다.

"혹시 여기가 마두산? 유 형이 전에 있었다던?"

유건은 쓴웃음을 지었다.

"맞소. 여기가 마두산이오."

"정말 산이 말같이 생겼구려. 아마 이 산을 처음 본 수사도 이름을 마두산이라 짓는 수 외엔 다른 방법이 없었을 거요."

유건은 몇 년 전 일을 떠올리며 피식 웃었다.

"나도 처음 왔을 때, 삼 형과 같은 생각을 했었소."

유건을 힐끔 쳐다본 삼은이 떠보는 투로 슬쩍 물었다.

"한데 귀음도 귀선들이 갑자기 마두산에 관심을 보이는 이유를 유 형은 아시겠소? 유 형은 마두산에 4년이나 있었지 않소?"

유건은 태연한 목소리로 대답했다.

"나도 모르겠소. 아마 내가 모르는 어떤 곡절이 있는 것 같소."

두 사람이 뇌음으로 대화를 나누는 동안, 노란 빛줄기 하나가 마두산 산기슭에서 솟구쳐 전류영 쪽으로 날아왔다. 낯선 수사의 접근에 놀란 조원 몇 명이 황급히 법보를 방출했다.

그때, 전류영이 냉랭한 목소리로 경고했다.

"경거망동하지 마라! 본보 수사다!"

본보 수사란 소리에 공격을 가하려던 조원 몇 명이 머쓱한 표정으로 반쯤 꺼낸 법보를 다시 법보낭 안에 집어넣었다.

전류영 앞에 멈춘 노란 빛줄기 속에서 백발에 수염을 기른 노인이 나와 머리를 조아렸다. 공선 초기로 보이는 노인은 엄청난 일에 휘말린 탓인지 얼굴에 초조한 빛이 가득했다.

전류영은 노인의 인사를 대충 받고 나서 물었다.

"자네가 마두산 책임자인가?"

"그렇습니다, 선자님. 후배는 해원(海原)이라 합니다."

전류영은 마두산이 있는 쪽으로 시선을 돌리며 물었다.

"귀선들은 지금 무얼 하는 중인가?"

"아마 광산 갱도 내부를 수색 중일 것입니다."

"몇 명인가?"

"100명이 조금 넘는 것 같았습니다."

전류영은 무심한 표정으로 대꾸했다.

"알겠네."

해원이 불안한 표정을 감추지 못하며 물었다.

"이제 후배는 어찌해야 할지요?"

마두산에 시선을 고정한 전류영은 귀찮다는 얼굴로 대꾸했다.

"이번 일이 끝날 때까지 우리 조원들과 같이 행동하게."

"분부대로 하겠습니다."

전류영의 지시에 안도의 숨을 내쉰 해원은 재빨리 10조 조원 옆에 가서 섰다. 한편, 뇌력으로 마두산을 조사하던 전류영이 갑자기 머리 위를 흘겨보며 냉랭한 목소리로 소리쳤다.

"전류영이 귀음도의 도우(道友)께 드릴 본교 교주님의 전갈을 가지고 왔습니다! 그만 염탐하시고 본신을 드러내시지요!"

그 말이 끝나기 무섭게 머리 위에서 귀기가 물씬 풍기는 노란 연기가 뭉실뭉실 피어오르다가 이내 사람 형태로 변했다.

한데 사람 형태로 변신을 마치고 나서도 여전히 노란 연기가 몸 주위를 떠나지 않아 앞에 있는 게 진짜 수사인지, 아니면 귀선이 키운다는 영귀인지 알아보기가 쉽지 않았다.

귀선의 법술이 독특하단 소문을 귀가 따갑게 듣긴 했어도 직접 보는 것은 또 달랐다. 조원 대부분이 놀라움을 드러냈다.

팔짱을 낀 귀선이 전류영을 향해 고개를 까닥거렸다.

"귀음도의 모선자(毛鮮子)요."

같은 오선 초기인 모선자의 건방진 태도에 화가 난 전류영은 긴 속눈썹을 파르르 떨며 조금 전보다 더 냉랭하게 물었다.

"모 수사가 이번 일의 책임자입니까?"

모선자가 고개를 살짝 갸웃거리며 딴청을 피웠다.

"그럴 수도 있고 아닐 수도 있소."

"모 수사께 본교 교주님의 전갈을 전해 드리겠습니다. 만약, 모 수사가 책임자가 아니라면 진짜 책임자에게 전해 주시지요."

모선자가 귀찮다는 표정으로 대꾸했다.

"알았소. 알았소. 귀교의 교주가 보낸 전갈이 뭔지 들어 봅시다."

"일월교 영역에 멋대로 침입한 귀음도의 수사들은 어떤 이유가 있든지 간에 이 통보를 받는 즉시, 마두산을 당장 떠나야 합니다. 그렇지 않으면 본교도 가만있지 않을 것입니다."

모선자가 콧방귀를 뀌며 물었다.

"우리가 받아들일 수 없다면 어쩔 거요?"

"귀음도가 불법 침입한 사실을 구화련 본련(本聯)에 소상히 보고할 것입니다. 또, 귀음도 본도에도 당연히 항의할 거고요."

그때, 누군가와 뇌음을 나누던 모선자가 갑자기 자기 왼팔을 뽑아 허공에 던졌다. 이에 전류영도 지지 않고 즉시 타고 있던 수정 말에 법력을 주입해 모선자의 기습에 대비했다.

그 순간, 공중으로 날아간 모선자의 왼팔이 뿔과 꼬리가 달린 도마뱀 영귀로 변신해 입에서 노란 불꽃을 연기처럼 뿜었다.

전류영은 아름다운 눈썹을 살짝 추켜세우며 앙칼지게 물었다.

"본녀와 싸우자는 건가요?"

외팔이로 변신한 모선자가 히죽 웃었다.

"일월교 교주님의 전갈대로 우린 곧 이곳을 떠나 귀음도로 복귀할 생각이오. 그러나 불행히도 지금 당장은 그 제안을 따르기가 어렵소. 최소 내일 아침까지는 기다려 줘야겠소."

전류영은 마두산을 힐끔 보며 물었다.

"귀음도는 대체 마두산에서 무슨 짓을 꾸미는 거죠?"

모선자는 한참 있다가 대답했다.

"뭐 간단히 말해서 문호를 정리하는 중이라고 해 둡시다."

그 말에 눈을 빛낸 전류영은 안력을 높여 모선자를 관찰했다. 그러나 노란 연기에 가려 표정을 확인할 방법이 없었다.

전류영은 살기가 감도는 차가운 눈빛으로 고개를 가로저었다.

"본녀는 귀음도의 수사들을 본교의 영역 밖으로 지금 당장 쫓아내라는 명령을 상부로부터 받았습니다. 귀음도의 사정이 무엇이든 간에 사정을 봐 드릴 형편이 아니라는 뜻이지요."

모선자가 허공에 있던 도마뱀 영귀를 자기 앞으로 불러들였다.

"실력에 자신 있나 본데 쫓아낼 수 있으면 쫓아내 보시구려."

"사양하지 않겠습니다."

전류영은 즉시 복잡한 수결을 맺은 오른손으로 녹색 수정 말을 가리켰다. 그 순간, 녹색 수정 말이 갑자기 거대한 녹색 검으로 변신해 도마뱀 영귀를 단숨에 두 토막 내려 들었다.

도마뱀 영귀도 전류영의 공격을 그냥 지켜만 보진 않았다. 순식간에 수십 배까지 커진 도마뱀 영귀가 몸 주위에 흐르던 노란 연기를 방패처럼 두껍게 응결해 녹색 검을 튕겨 냈다.

모선자와 전류영이 맞붙기 무섭게 기다렸다는 듯 마두산에 숨어 있던 귀선 50명이 튀어나와 10조 조원들을 기습했다.

돌변한 상황에 당황해 잠시 어찌할 바를 모르던 혜성대 10조 조원들은 상대의 숫자가 그들보다 훨씬 적단 사실을 눈치 채기 무섭게 지닌 법보와 수련한 공법으로 반격에 나섰다.

한데 귀음도는 그럴 만한 이유가 있어서 10조의 반에 해당하는 50명만 내보낸 거였다. 귀선이 연성한 영귀를 소환해 협공하기 무섭게 숫자가 두 배나 많은 10조가 정신없이 밀렸다.

한편, 유건은 삼은, 한초, 복가와 조를 이뤄 귀선 둘을 상대했는데 셋 다 실력이 만만치 않아 지켜보는 재미가 있었다.

삼은은 칠교보 입문 시험이 벌어진 계곡에서 치원과 대결할 때처럼 머리띠로 청록색 사슴을 소환해 귀선 둘을 동시에 상대했다. 또, 한초는 뒤로 돌아가서 예기가 흐르는 분홍색 단도 세 개를 조종해 상대의 혼을 쏙 빼놓았다. 마지막으로 복가는 빨간 부적을 연달아 던졌는데, 부적이 재로 변해 흩어질 때마다 공 형태의 구슬이 나타나 그들을 감쌌다.

삼은 등이 만만치 않단 사실을 직감한 귀선 두 명은 상대를 떠볼 여유도 없이 곧장 영귀를 소환해 맞서 왔다. 귀선 둘 중 비쩍 마른 중년 사내는 기분 나쁜 비명을 지르는 해골 영귀를, 미간 정중앙에 회색 흉터가 있는 젊은 여인은 몸에 실오라기 하나 걸치지 않은 무녀(舞女) 영귀를 소환했다.

삼은, 한초, 복가와 귀선 두 명, 영귀 두 마리는 팽팽한 균형을 이루며 서로 끈질기게 맞섰다. 그러나 유건이 전광석화와 구련보등, 사자후를 연달아 펼치며 전장에 뛰어들기 무섭게 팽팽하던 균형의 추가 유건 일행 쪽으로 확 기울었다.

유건이 수련한 불문 정종 공법은 원래 선도에서 수련하기
가장 까다로운 공법으로 유명했다. 심지어 수사들 사이에선
대성하기가 하늘의 별을 따는 일보다 어렵다는 평가마저 있
었다. 그러나 어려운 만큼, 그 위력은 다른 공법을 압도하는
면이 있었다. 특히 귀선, 요선, 마선 등이 익히는 요사한 공법
에는 거의 천적에 가까웠다. 지금 역시 마찬가지였다.

유건의 구련보등이 만들어 낸 아름다운 연꽃 수백 송이가
실오라기 하나 걸치지 않은 나신의 모습으로 음란한 춤을 추
며 현혹술(眩惑術)을 펼치는 무녀 영귀를 단숨에 에워쌌다.

무녀 영귀를 부리던 여귀선(女鬼仙)은 두려운 표정으로 급
히 회수 법결을 날렸다. 그러나 무녀 영귀는 법결을 맞고도
계속 처절한 비명만 지를 뿐, 돌아올 낌새를 보이지 않았다.
그제야 상대의 수법이 지독하단 사실을 깨달은 여귀선은 급
히 왼손 손가락 하나를 이로 깨물어 단숨에 잘라 냈다.

여귀선의 손가락은 마치 날개가 달린 것처럼 허공을 질주
해 무녀 영귀의 입속으로 빨려 들어갔다. 인신공양(人身供
養)을 받은 무녀 영귀가 갑자기 몸뚱이를 몇 배로 키우더니
구련보등이 만든 연꽃을 손으로 찢고 주인에게 돌아갔다.

그때부터 유건을 두려워한 여귀선은 일신을 보전하는 데
만 전력했다. 여귀선이 갑자기 소극적으로 나오는 바람에 그
녀와 짝을 이룬 중년 사내도 더는 대담하게 나서지 못했다.

여유를 찾은 유건은 고개를 돌려 전류영 쪽을 슬쩍 살폈

다. 어차피 이번 대결은 전류영과 모선자의 대결 결과에 영향을 받을 수밖에 없었다. 모선자는 도마뱀 영귀와 낫처럼 생긴 공격 법보로 전류영을 몰아붙이는 중이었고, 녹색 수정 말을 회수한 전류영은 불광이 드리운 검은 석탑에 앉아 모선자와 영귀의 협공을 생각보다 손쉽게 받아 내는 중이었다.

'석탑 법보를 믿고 모선자의 도발에 자신 있게 응한 모양이군.'

안심한 유건은 다시 동료들 쪽으로 고개를 돌렸다. 삼은, 한초, 복가 모두 10조 조원 중에서 꽤 상위권에 드는 수사라, 귀선 두 명을 거의 찍어 누르는 중이었다. 물론, 그들이 상대를 압도할 수 있었던 가장 큰 이유는 유건의 불문 공법에 손해를 크게 본 여귀선이 소극적으로 나온 덕택이었다.

사실 유건은 당장이라도 그들이 상대 중인 귀선 두 명을 쉽게 처치할 수 있었다. 그러나 그렇게 하면 다른 수사의 눈에 띌 위험이 있어 본 실력의 3할 정도만 드러낸 상태였다.

혜성대 10조 조원들은 두 시진 넘게 귀음도 귀선들과 대결했다. 한데 귀선 세 명이 죽어 나갈 동안, 10조 조원은 열 명이 죽을 정도로 두 종파 수사 간의 실력 차가 확연했다.

사자후를 날려 한초를 노리던 중년 사내의 해골 영귀를 허공에 잠시 묶은 유건은 고개를 돌려 서쪽 하늘 끝을 보았다.

구름 한 점 없는 파란 하늘에 누가 실수로 핏방울 하나를 살짝 떨어트린 것처럼 서쪽 하늘 끝이 새빨갛게 물들어 있었다. 지금은 비록 핏방울 크기에 불과해도 그 핏방울이 거대한 붉은 파도로 변해 하늘을 잠식하는 것은 순식간일 터였다.

'날이 저물어 음기가 강해지면 비슷한 부류인 귀기 역시 융성해지기 마련이다. 대체 조장은 무슨 자신감으로 상대의 도발에 응한 거지? 설마 상황이 이렇게 흐를 줄 몰랐던 건가?'

귀기가 강해지면 당연히 귀기를 쓰는 귀선의 실력도 같이 올라갈 수밖에 없었다. 낮인 지금은 어떻게든 균형을 이루더라도 귀기가 강해진 저녁이나 밤에는 버틸 재간이 없었다.

물론, 유건은 본 실력을 드러낼 마음이 없었다. 상황이 최악으로 흐르더라도 자기 한 몸 빼낼 자신은 있기 때문이었다.

한데 그때였다.

쉬아아앙!

동북쪽 하늘 끝에서 공기를 찢는 파공성이 들려오기 무섭게 새파란 빛줄기 하나가 유성처럼 전장에 떨어져 내렸다. 새파란 빛줄기가 워낙 강대한 기운을 품고 있던지라, 전류영을 상대하던 모선자마저 움찔해 고개를 홱 돌릴 정도였다.

'장선이다! 이런 기운을 뿌릴 수 있는 수사는 장선밖에 없어!'

소스라치게 놀란 유건은 얼른 안력을 높여 새파란 빛줄기의 정체를 살폈다. 곧 전장에 도착한 새파란 빛줄기 안에서 분을 바른 듯한 창백한 얼굴에 체구가 작고 오른쪽 눈썹에 파란색 사마귀 세 개가 박힌 중년 사내가 걸어 나왔다.

유건은 일월교 본교에 머무를 때, 그에 관해 들은 적이 있어 중년 사내의 정체를 어렵지 않게 알아냈다. 중년 사내는 바로 일월교의 호교장로(護橋長老)로 유명한 청삼랑이었다.

그처럼 청삼랑을 단박에 알아본 10조 조원들은 기쁨을 감추지 못했다. 장선 중기 수사인 청삼랑이 나선다면 오늘 전투는 그들의 승리로 끝이 날 가능성이 매우 컸기 때문이었다.

한데 뒷짐을 쥔 청삼랑은 위기에 처한 10조 조원들을 본체만체하더니 갑자기 입을 크게 벌려 마두산에 파란 광선을 발사했다. 곧 어른 손목만 한 굵기의 파란 광선이 농밀한 물 속성 기운으로 주변을 압도하며 마두산 정상에 떨어졌다.

장선 중기가 발사한 광선이 평범할 리 없으므로 이를 지켜보던 10조 조원 대부분은 마두산이 곧 세상에서 자취를 감출 거로 예상했다. 그러나 유건은 그 수사 대부분에 속하지 않았다. 모선자의 표정에 별다른 변화가 없는 모습을 본 그는 상대 쪽에도 장선 경지의 강자가 있음을 직감했다.

예감은 적중했다. 파란 광선이 마두산을 산산조각 내기 직전에 붉은 도포를 두른 회색 강시가 튀어나와 두 주먹을 앞으로 뻗었다. 그 순간, 주먹에 뭉쳐 있던 회색 빛무리가 방패처럼 넓게 퍼져 청삼랑이 날린 파란 광선을 손쉽게 튕겨 냈다.

10조 조원들이 어리둥절한 얼굴로 청삼랑과 회색 강시를 번갈아 쳐다볼 때였다. 갑자기 회색 강시 뒤에서 해진 도포를 두른 추레한 몰골의 노인이 튀어나와 청삼랑과 대치했다.

얼굴에 웃음기를 띤 노인이 두 손을 맞잡아 예를 올렸다.

"빈도가 한참 전부터 청 수사가 오길 눈이 빠지게 기다렸습니다!"

청삼랑 역시 손을 맞잡아 예를 표하며 슬쩍 웃었다.

"귀음도에서 좀처럼 외출하지 않는 육 수사(育修士)가 직접 오신 줄 알았으면 저도 본교에서 좀 더 일찍 출발했을 텐데요."

주변을 둘러보던 육 수사가 혀를 끌끌 차며 청삼랑에게 권했다.

"우선 눈살을 찌푸리게 하는 이 난장판부터 먼저 정리하시지요."

"저도 그러려던 참입니다."

대답한 청삼랑은 바로 손짓해 전류영을 포함한 10조 조원 전체를 뒤로 물렸다. 육 수사도 귀선을 뒤로 물렸기 때문에 불과 얼마 전까지 피와 살점이 난무하고 비명과 신음이 쏟아지던 전장이 언제 그랬냐는 듯 쥐 죽은 듯 조용해졌다.

2장. 선도의 규칙

　육 수사를 바라보는 청삼랑의 심경은 복잡하기 이를 데 없었다.

　장선 초기의 강자인 육 수사는 도명이 육형자(育衡子)로 위력이 대단한 귀종 공법인 회시월륜공(灰尸月輪功)을 수련해 일찍이 귀음도에서 도주를 제외하고는 대적할 상대가 없다고 일컬어지는 인재였다. 귀음도 도주 안교진인(安交眞人)도 그런 육형자를 매우 아껴 그가 귀음도를 잠시 떠나 있을 땐 반드시 육형자가 귀음도의 대소사를 총괄하도록 하였다.

　한데 그런 육형자가 칠교산맥까지 왔다는 말은 귀음도 입장에선 그만큼 이번 일이 아주 중요하다는 증거나 다름없었다.

평소라면 귀음도의 편의를 봐주는 선에서 좋게 좋게 넘어
갔을 문제였다. 귀음도 도주 안교진인과 성격이 불같기로 유
명한 구화련 서열 2위 함곡도 부도주 광세록(光世祿)이 친형
제였기 때문에 귀음도를 화나게 해 봐야 좋은 일이 없었다.

광세록은 장선 후기의 초강자로 상대희는 물론이거니와 칠
교보 보주 태일소조차 승리를 쉽게 장담할 수 없는 수사였다.

그러나 지금은 좋게 좋게 넘어가기가 힘든 상황이었다.
칠교보의 전 제자가 이번 사태의 추이를 관심 있게 지켜보는
상황에서 약한 모습을 보였다가는 중도를 표방하는 많은 조
직이 일월교 대신 태일소의 두생교에 붙을 위험이 있었다.

만약 그런 일이 실제로 벌어진다면, 일월교는 태일소 보주
를 지지하는 세력에 완전히 포위당한 상태에서 시든 꽃처럼
서서히 말라 죽을 수밖에 없었다. 그리고 이것이 바로 육형
자를 보는 청삼랑의 심경이 복잡할 수밖에 없는 이유였다.

물론, 노련한 청삼랑은 육형자가 그의 속내를 알아보지 못
하도록 처음 등장했을 때의 표정을 그대로 유지하는 중이었
다.

청삼랑은 본론에 들어가기에 앞서 육형자를 슬쩍 떠보았
다.

"육 수사가 무뢰배처럼 통보도 없이 칠교산맥을 찾은 데는
그럴 만한 사정이 있을 거로 짐작하는데, 대체 어떤 일입니
까?"

육형자가 다시 정중히 예를 표했다.

"오늘 본도가 귀교를 상대로 저지른 무례는 시간이 나는 대로 본도 도주님을 모시고 귀교를 방문해 사죄드릴 생각입니다."

청삼랑은 의미심장한 미소를 지으며 물었다.

"그러시다면 저도 더는 그 문제를 거론하지 않겠습니다. 한데 좀처럼 귀음도를 떠나지 않는 육 수사께서 칠교산맥 변경까지 와야 할 정도로 급한 일이 무엇인지 참으로 궁금하군요."

육형자가 한숨을 내쉬며 대답했다.

"어차피 언젠간 소문이 날 일이니 빈도가 직접 말씀드리지요. 아주 오래전에 반도(叛徒) 하나가 본도의 지보(至寶)를 몰래 훔쳐 녹원대륙으로 도망치는 불상사가 있었습니다."

지낭이란 명성답게 뭔갈 눈치 챈 청삼랑이 눈을 빛내며 물었다.

"아주 오래전이 언제인지 알려 주실 수 있겠습니까?"

"청 수사께서 뭔가 짚이시는 일이 있는 모양입니다."

"그 시기가 언제인지 알아야 짚이는 게 있을 듯합니다."

헛기침한 육형자가 청삼랑의 표정을 유심히 살피며 대답했다.

"4,000년 전이라 들었습니다."

"계속하시지요. 좀 더 확실해지면 말씀드리겠습니다."

육형자가 약간 떨떠름한 표정으로 설명을 이어 갔다.

"그러지요. 본도는 반도가 훔쳐 간 지보를 되찾기 위해 바로 추적대를 구성해 반도의 뒤를 쫓았습니다. 그러나 무려 4,000년 동안이나 끈질기게 추적했음에도 반도의 종적을 좀처럼 찾을 길이 없었습니다. 본도의 역대 도주 몇 분께서는 이 일에 한이 맺히셨는지 반도가 훔쳐 간 지보를 반드시 되찾아야 한다는 유언까지 특별히 남기셨을 정도였지요."

청삼랑은 그제야 뭔가 알겠다는 표정으로 고개를 끄덕였다.

"잃어버린 지보의 흔적이 최근에 다시 나타난 겁니까?"

"그렇습니다. 기밀이라 자세히 말씀드릴 순 없으나 본도에는 지보를 추적할 수 있는 영험한 법보가 하나 있습니다. 한데 반도가 어떤 수단을 썼는진 모르나 4,000년 동안 법보로 추격했음에도 지보의 흔적을 찾지 못했지요. 한데 몇 달 전에 갑자기 법보가 지보의 위치를 찾았습니다. 비록 단서가 조금 애매하긴 했으나 틀림없이 우리가 찾던 지보였지요."

"그 위치가 본교의 영역에 있는 마두산이었던 겁니까?"

"바로 그렇습니다."

청삼랑은 습관인 듯 눈썹에 난 사마귀 세 개를 쓰다듬었다.

"한데 아직 찾지 못하셨단 말은 흔적이 다시 끊긴 모양이군요."

"과연 일월교의 지낭이란 명성에 부끄럽지 않은 추리이십니다."

"과찬이십니다."

그때, 육형자가 이번에는 당신 차례라는 듯 청삼랑을 빤히 쳐다보았다. 청삼랑은 다른 방법이 없어 마두산이 4,000년 전에 갑자기 황폐해진 일과 그에 발맞춰 광산에서 나던 남수석 품질까지 떨어진 사건을 육형자에게 솔직히 털어놓았다.

육형자의 고요하던 눈빛에 열기가 불꽃처럼 타올랐다.

"청 수사의 말씀을 듣고 보니 우리가 제대로 찾은 모양이군요."

그 순간, 시종일관 여유를 보이던 청삼랑의 표정이 바뀌었다.

"제 생각도 그렇습니다. 그러나 본교 영역에 허락받지 않은 타 종파의 제자들이 오래 머무르면 본보의 다른 세력이 본교를 우습게 볼 위험이 있습니다. 교주께서도 이미 축객령을 내렸다 하니 오늘은 이쯤에서 물러가 주셔야겠습니다."

육형자가 웃으면서 비꼬았다.

"허허, 빈도의 얘길 듣고 나서 지보에 욕심이 생긴 모양입니다."

"인제 보니 육 수사께서는 웃으면서 무서운 말씀을 하시는 특별한 재주가 있으셨군요. 물론, 욕심이 없다면 거짓말이겠지요. 하지만 육 수사가 누구신데 우리 차례까지 오겠습니까?"

"무슨 뜻입니까?"

"육 수사는 이미 마두산을 샅샅이 뒤져 봤을 겁니다. 그러나 지보의 흔적은 끝내 찾지 못하셨을 테고요. 그렇지 않습니까?"

"흥미로운 얘기군요. 계속해 보시지요."

"육 수사께서는 그러다 문득 마두산이 다른 산에 비해 황폐한 점을 떠올리고 본교에서 지위가 높은 수사가 오길 기다리셨을 것입니다. 마두산이 황폐해진 이유를 알면 지보를 추적하는 데 있어 뭔가 쓸 만한 실마리가 생기지 않을까 했겠지요. 그러나 그냥 물어보면 상대가 순순히 대답해 줄 턱이 없으므로 일부러 귀도의 치부를 드러내는 수법으로 상대가 자연스럽게 마두산이 황폐해진 이유를 털어놓게 했을 겁니다."

육형자가 갑자기 대소를 터트렸다.

"하하하, 과연 일월교의 지낭다운 추리이십니다. 그 말씀대로입니다. 어차피 우리 쪽 계획이 들통난 마당이니, 좀 더 솔직히 말씀드리지요. 몇 달 전까지 마두산을 관리하던 귀교 제자에게 몇 가지 물어보고 싶은데 만나게 해 줄 수 있겠습니까? 만나게 해 준다면 대가는 섭섭지 않게 쳐 드리지요."

청삼랑은 고개를 가로저었다.

"어찌 본교의 귀중한 제자를 함부로 내돌릴 수 있겠습니까? 육 수사가 방금 하신 그 말씀은 듣지 못한 것으로 치겠습니다."

육형자의 목소리가 대번에 냉랭해졌다.

"그럼 어쩔 수 없이 선도의 규칙대로 해야겠군요."

"귀도가 이번 대결의 승패에 승복한다면 저도 받아들이지요."

"그야 당연하지요."

시원하게 대답한 육형자는 해진 도포 소맷자락 속에서 노란 부적을 꺼내 반으로 찢고 나서 그 반을 청삼랑에게 건넸다.

"오래전에 입적한 선배가 남겨 놓은 선부를 조사하다가 찾아낸 귀한 황장부(黃將符)입니다. 진짜인지 확인해 보시지요."

황장부를 조사하던 청삼랑은 참지 못하고 탄성을 터트렸다.

"진짜 황장부군요."

"그럼 각자 황장부에 서명한 후에 선약을 맺읍시다."

잠시 후, 두 수사는 나눠 가진 황장부 반에 정혈로 자신의 이름과 생년월일을 적었다. 다 적은 다음엔 동시에 불을 뿜어 황장부를 태웠는데, 부적이 탈 때 생긴 연기 속에서 노란 갑옷을 걸친 귀신 두 마리가 나와 그들을 쏘아보았다.

육형자와 청삼랑은 노란 갑옷을 걸친 귀신 앞에서 감히 고개를 들 엄두조차 내지 못했다. 청삼랑이야 그렇다 쳐도 귀종 공법을 익힌 귀선인 육형자까지 그런단 말은 노란 갑옷을 걸친 귀신의 지위가 생각보다 무척 높다는 사실을 의미했다.

귀신 두 마리가 마치 변조한 것 같은 목소리로 동시에 물었다.

"우리를 소환한 것이 그대들인가?"

육형자와 청삼랑은 즉시 공손한 어조로 대답했다.

"그렇습니다, 장군."

"좋다. 명도(冥途)의 계약에 따라 본 장군은 지금부터 두 수사가 선약을 잘 이행하는지 감시하겠다. 만약 둘 중 한 명이라도 선약을 어길 시에는, 본 장군이 직접 축생도(畜生道)로 데려가 영원히 인간으로 환생하지 못하게 할 것이다."

"명심하겠습니다."

대답을 들은 황장군(黃將軍) 두 명은 지옥도에서나 들을 법한 기이한 비명을 지르며 서로를 향해 날아가 하나로 합쳐졌다. 전엔 1장 크기이던 황장군 두 명이 합체를 마치고 나선 5장까지 커져 좌중을 찍어 누르는 압도적인 기운을 발산했다.

변신을 마친 황장군은 주저 없이 오른손에 쥔 언월도로 허공을 갈랐다. 그 즉시, 허공에 새카만 균열이 벌어지더니 그 안에서 회색 사슬이 튀어나와 황장군의 몸을 칭칭 휘감았다.

한데 정작 회색 사슬에 감긴 황장군은 두려워하기는커녕, 오히려 희열에 찬 표정으로 뭐라 중얼거리더니 회색 사슬에 몸을 결박당한 상태에서 새카만 균열을 향해 날아올랐다.

"아, 이게 얼마만의 귀환이란 말인가!"

황장군의 들뜬 목소리가 마지막으로 들려오기 무섭게 새카만 균열이 모습을 감추며 천지가 다시 쥐 죽은 듯 조용해졌다.

황장군이 사라지고 나서야 조아린 고개를 다시 든 청삼랑과 육형자는 서로를 힐끔 본 후에 제자들이 있는 곳으로 향했다.

한편, 멀리서 그 모습을 우려 섞인 시선으로 지켜보던 유건과 삼은은 동료들이 듣지 못하게 뇌음으로 대화를 나누었다.

삼은은 아쉬운 듯 입맛을 쩝쩝 다시며 뇌음을 보냈다.

"제길, 협상 결과가 그리 좋지 않은 모양이오."

"어떻게 알았소? 협상 결과가 좋지 않다는 것을 말이오."

"유 수사도 방금 청 장로와 귀음도의 장로가 이상한 부적을 태워 노란 갑옷을 걸친 귀신을 소환하는 장면을 봤을 거요."

"봤소."

"내 전에 장선 이상의 강자들은 상대를 전혀 신뢰하지 않기 때문에 특별한 방법을 써서 선약을 맺는다는 소문을 들은 적 있소. 한데 그 특별한 방법이란 게 바로 다른 세계에 사는 신비한 존재를 끌어들이는 거였소. 같은 세계에 사는 수사들은 언제든 상대를 속일 위험이 있지만 다른 세계에 사는 존재는 웬만한 방법으로는 속일 수가 없기 때문이었소."

유건은 이해 가는 면이 적지 않아 고개가 절로 끄덕여졌다.

선도를 걷는 수사들은 상대를 믿지 못해 선약을 창조했다.

유건도 홍지 등과 삼혈서 선약을 맺은 적이 있을 정도로 선도에서는 보편적으로 쓰이는 제도였다. 그러나 선약도 수사가 고안한 것이기 때문에 완벽하지 않았다. 예를 들면 그가 전에 맺은 삼혈서 선약은 더 강한 위력을 지닌 오혈주 앞에선 그 효용을 잃어버린다는 중대한 약점이 존재했다.

고작 공선 경지의 수사들조차 선약의 허점을 이용해서 상대를 속일 궁리만 하는 판인데 장선이야 두말하면 입이 아플 터였다. 장선 이상의 강자들은 상대를 속일 수십, 수백 가지의 비술과 계책을 지녔다. 그 바람에 삼은이 방금 설명한 것처럼 아예 다른 세계의 존재를 끌어들여 상대를 속일 기회 자체를 원천 차단해 버리는 새로운 방법이 등장했다.

유건은 갑옷 귀신이 허공에 만든 공간 균열을 통해 원래 살던 곳으로 돌아가는 모습을 보며 삼은에게 뇌음을 보냈다.

"한데 그게 협상의 결과가 좋지 않은 것과 무슨 관계가 있소?"

"선도에는 수십 가지 규칙이 존재하는데, 그중 하나가 바로 지금과 같은 상황에서 쓰이는 규칙이오. 두 종파 중 어느 쪽도 쉽게 양보하지 않는 지금과 같은 첨예한 상황 말이오."

유건은 흥미가 생겨 급히 물었다.

"어떤 규칙이오?"

"종파 간에 생긴 분쟁을 해결하는 가장 편한 방법은 당연히 제대로 맞붙어 누가 더 강한지 알아보는 거요. 그러나 매번 그렇게 하면 어찌 종파를 꾸려 갈 수 있겠소? 분쟁이 생길 때마다 문하 제자가 수천 명씩 떼거리로 죽어 나가면 이 세상에는 종파가 남아나지 않게 될 거요. 그래서 이런 일이 일어났을 때, 피를 조금이라도 덜 흘려 볼 의도로 같은 경지의 수사끼리 맞붙어 더 많이 승리하는 쪽이 이기는 규칙이 만들어졌소. 대충 살펴본 거라 정확하진 않지만 아마 이번엔 양쪽에서 공선 중기, 후기, 오선 초기를 한 명씩 내보내 더 많이 이기는 쪽이 상대의 양보를 받아 낼 거요. 물론, 승부가 가려지고 나서 진 쪽이 결과에 승복하지 않을 위험이 있으므로 대결을 벌이기에 앞서 지금처럼 양 종파의 대표자가 만나서 선약을 맺는 경우가 대부분이오."

삼은의 말대로였다.

혜성대 10조로 돌아온 청삼랑은 이번 대결에 나설 공선 중기, 후기, 오선 초기 세 수사를 직접 선발했다. 당연히 오선 초기는 전류영이 나섰다. 혜성대 10조에 오선 초기가 전류영 한 명이기 때문에 사실상 다른 선택지가 없는 상황이었다.

청삼랑은 이어서 공선 후기 대표로 10조 부조장인 회택(會澤)을 점찍었다. 공선 후기 최고봉인 회택은 비검을 다루는 검선이었는데, 비검 쪽에선 전류영도 한 수 접어줄 정도였다.

전류영에 이어 회택까지 선발한 청삼랑이 갑자기 고개를 돌려 유건을 보았다. 가슴이 철렁 내려앉은 그는 청삼랑이 쳐다본 게 우연이길 바라며 다른 사람의 이름이 불리길 기다렸다. 그러나 안 좋은 예감은 항상 들어맞기 마련이었다.

청삼랑은 손가락으로 정확히 유건을 지목하며 명령했다.

"이리 오너라."

쓴웃음을 지은 유건은 청삼랑 앞으로 날아가 머리를 조아렸다.

"부르셨습니까?"

"이름이 무엇이냐?"

"유건이라 합니다."

"오면서 보니까 네가 꽤 수준 높은 불문 공법을 익혔더구나."

"장로님의 눈에 찰 정도로 대단한 공법은 아닙니다."

"상관없다. 이번 대결에 나갈 우리 쪽 공선 중기 대표는 너다."

"장로님 기대에 부응할 수 있도록 최선을 다하겠습니다."

청삼랑이 유건을 직접 지목하는 모습을 본 전류영의 얼굴에 놀람의 빛이 살짝 어렸다가 금세 원래 표정으로 돌아왔다.

청삼랑은 전류영, 회택, 유건을 한자리에 모아 놓고 당부했다.

"육형자는 처음부터 일이 이렇게 흘러갈 줄 알고 날이 저문 지금에서야 모습을 드러낸 것이다. 귀선은 원래 같은 경

지의 다른 수사보다 반 배 정도 실력이 앞서는 데다, 귀기가
강해진 밤에 대결하면 승리할 가능성이 더 크기 때문이지."

전류영이 전에 없이 긴장한 표정으로 물었다.

"하면 그들을 상대할 방법이 없는 것입니까?"

"한 가지 있다. 바로 새벽 동이 틀 때까지 버티는 것이다.
하루 중에서 귀선이 힘을 못 쓰는 유일한 시기가 바로 새벽
동이 틀 때이기 때문이지. 그때까지 버티면 승산이 있다."

일월교의 자존심이 걸린 중대한 대결에서 만만치 않은 귀
선과의 일전을 코앞에 둔 전류영, 회택, 유건 세 수사는 한껏
긴장한 표정으로 청삼랑이 해 주는 조언에 귀를 기울였다.

◆ ◈ ◆

청삼랑은 먼저 전류영 쪽을 보았다.

"전류영 너는 본 장로가 일전에 내린 묵오보탑(墨烏寶塔)
으로 방어에 전념하며 최대한 시간을 끌도록 해라. 묵오보탑
은 불가의 보물로 귀기에 잠식당하지 않기 때문에 집중력만
흐트러지지 않으면 새벽까지 쉽게 버틸 수 있을 것이다."

"명심하겠습니다."

청삼랑이 이번엔 회택에게 붉은빛이 흐르는 단검을 주었다.

"이 단검은 본 장로가 아끼는 적신현검(赤身玄劍)이다. 법
보에 사이한 기운을 쫓는 이능이 들어 있기 때문에 공격할

때, 네 비검과 섞어 사용하면 무궁무진한 효험이 있을 것이다."

회택이 기뻐하며 적신현검을 두 손으로 받았다.

"소중하게 다루겠습니다."

청삼랑은 마지막으로 유건에게 하얀 바늘 한 뭉치를 건넸다.

"이번 대결을 위해 준비한 백솔침(白率針)이니라. 본 장로가 알려 준 구결대로 펼치면 한 번은 네 목숨을 구해 줄 것이다."

청삼랑은 내친김에 그 자리서 바로 적신현검과 백솔침을 다루는 데 필요한 구결을 알려 주었다. 전류영은 전날 묵오보탑을 받을 때, 구결도 같이 배웠으므로 회택과 유건처럼 따로 시간을 내 법보에 필요한 구결을 배울 이유가 없었다.

한데 구결을 알려 주는 것만으론 마음이 영 놓이지 않던 청삼랑은 부적을 태워 그들이 있는 지역을 짙은 안개로 뒤덮었다.

갑자기 변해 버린 환경에 움찔한 전류영이 조심스레 물었다.

"장로님께서 고명한 장안술(障眼術)로 저들의 시야를 가리신 이유는 상대가 우리를 염탐하지 못하게 하기 위해서입니까?"

고개를 끄덕인 청삼랑은 뒷짐을 지며 이유를 설명했다.

"본 장로가 갑자기 장안술을 펼친 데는 두 가지 이유가 있느니라. 첫 번째는 평범한 수사들의 경우엔 구결을 안다고 해도 방금 얻은 법보를 자유자재로 부릴 수 없기 때문이다. 아마 방금 얻은 법보를 자유자재로 다루기 위해서는 천령근과 같은 극상품의 선근이 필요할 테지. 두 번째 이유는 시간을 끌기 위해서다. 이번 대결이 귀기가 융성해지는 밤에 이루어진다는 사실에 만족한 육형자는 우리가 어느 정도 시간을 끌더라도 자정까진 이해해 줄 게 틀림없다. 자정이라고 해도 새벽까지는 최소 두 시진이 더 남아 있는 거니까."

장안술을 펼친 이유를 설명한 청삼랑은 회택과 유건에게 가르쳐 준 구결을 써서 그가 준 법보를 펼쳐 보이도록 했다.

회택은 적신현검을 다루는 데 꽤 애를 먹어 익숙해지는 데 한 시진 이상이 걸렸다. 반면, 유건은 반 시진이 지나기 전에 백솔침을 자유자재로 다뤄 지켜보던 이들을 놀라게 하였다.

청삼랑은 육형자가 이의를 제기하기 전까진 장안술을 거둘 생각이 없다는 듯 전류영, 회택, 유건에게 돌아가면서 법보를 펼쳐 보이게 하였다. 심지어 서로 대련까지 해 보게 하여 세 수사가 법보에 조금이라도 더 익숙해지도록 만들었다.

세 수사가 대련을 마쳤을 때, 청삼랑이 만족한 미소를 지었다.

"이 정도면 최소한 형편없이 패하진 않겠군. 마지막으로 너희들의 사기를 올릴 수 있는 제안을 두 가지 하마. 이번 대결

결과에 상관없이 본 장로가 준 법보는 이제부터 너희 소유
다. 또, 이번 대결에서 승리하는 제자에게는 지금 준 법보에
비견할 만한 위력을 지닌 새로운 법보를 하사할 생각이다."

청삼랑의 말이 끝나기 무섭게 전류영, 회택은 반드시 승리
해 보이겠단 강한 의지를 드러냈다. 방금 받은 법보와 비견
할 만한 위력을 지닌 새 법보를 하나 더 받는다면 같은 경지
내에서 그들을 이길 수사가 교 내에 많지 않을 터였다.

청삼랑의 오해를 받지 않으려는 유건 역시 겉으로는 무척
기뻐하는 척했다. 그러나 전류영, 회택처럼 진심으로 기뻐하
지는 않았다. 백솔침이 훌륭한 구명 법보이기는 하나 자하제
룡검과 목정검, 홍쇄검, 빙혼정 등에 비할 바는 아니었다.

청삼랑의 예측대로 육형자는 자정이 갓 지났을 무렵, 청
삼랑이 장안술을 펼쳐 둔 곳으로 날아와 숨을 크게 들이마셨
다.

잠시 후, 청삼랑이 장안술로 펼친 짙은 안개가 육형자의
입속으로 몽땅 빨려 들어가 눈 깜짝할 사이에 자취를 감추었
다.

육형자가 다시 모습을 드러낸 청삼랑을 보며 비꼬듯이 말
했다.

"하하, 하도 안 나오셔서 벌써 잠자리에 든 줄 알았지 뭡니
까."

청삼랑은 상대의 비꼬는 말투에도 여유를 잃지 않았다.

"허허, 제가 육 수사를 너무 오래 기다리게 했나 봅니다."

"이제 시작해도 되겠습니까?"

청삼랑은 중천에 뜬 대청월(大靑月)을 보며 쓴웃음을 지었다.

"선도에는 예전부터 만월(滿月)이 중천에 뜬 자정에 귀선과 대결하는 것만큼은 반드시 피하란 격언이 내려오지요. 하지만 엎지른 물을 다시 주워 담기에는 이미 늦은 것 같군요."

삼월천이란 이름은 문자 그대로 하늘에 세 개의 달이 있다는 데서 유래했다. 물론, 달의 위치와 크기가 모두 제각각이어서 부르는 이름도 제각각인데 가장 큰 달은 대청월이라 불렀다. 세 개의 달 중에서 가장 큰 달이라는 뜻이었다.

삼월천에서 달이라 부르는 달은 대부분 이 대청월을 뜻했다. 그 외에 대청월과 가까운 달은 소청월(小靑月), 멀리 떨어진 달은 소홍월(小紅月)이라 불렀다. 소청월은 작고 푸른빛을 내서, 소홍월은 작고 붉은빛을 내서 붙여진 이름이었다.

육형자가 피식 웃었다.

"앓는 소리 할 거 없습니다. 청 수사가 사는 선도에선 그런 소문이 도는지 몰라도 우리 귀선들이 사는 선도에선 만월이 뜬 밤의 자정만큼 위험한 상황은 없다고 가르치지요. 융성해진 귀기에 흥분해 시간 가는 줄 모르고 싸우다 보면 어느새 동이 터 와 수백 년 고행을 물거품으로 만들기 쉬우니까요."

서로를 바라보며 의미심장한 미소를 지은 두 수사는 비행술을 펼쳐 동시에 물러났다. 그리고 그에 발맞춰 양측이 파견한 수사 여섯 명이 사전에 정해진 상대를 향해 달려들었다.

유건은 비행술을 펼쳐 날아가며 그가 맡기로 한 상대를 관찰했다. 그가 맡은 상대는 키가 작은 공선 중기 사내였다. 한데 안력을 높여 자세히 보는 순간, 놀라운 사실이 드러났다.

사내는 조인족(鳥人族)이었다. 위에는 날개를 형상화한 새까만 의복을 걸쳤고 코가 있는 자리에는 녹황색 매부리코가 새의 주둥이처럼 길쭉하게 나와 있었다. 또, 머리카락은 사람의 머리카락이라기보다는 새의 깃털에 좀 더 가까웠다.

'귀음도의 유일한 입문 조건이 귀종 공법을 익혔는지의 여부라더니 좀처럼 보기 힘든 조인족도 받아들이는 모양이구나.'

본인의 상대로 좀 더 명성이 있는 수사가 나올 줄 알았던 조인족 사내가 약간 실망한 기색을 드러내며 소리쳐 물었다.

"난 귀음도의 본조(本鳥)인데 그쪽은 이름이 무엇이오?"

유건은 법력을 끌어올리며 담담히 대꾸했다.

"유가요."

본조가 실실 웃으며 그를 약 올렸다.

"곧 목숨을 걸고 대결할 적수에게조차 이름을 알려 주길 꺼리는 것을 보면 계집애처럼 부끄럼을 타는 성격인가 보구려."

"아무래도 그런 모양이오."

무심한 표정으로 대답한 유건은 갑자기 전광석화를 펼쳐 순식간에 거리를 좁혔다. 상대의 공법이 예상보다 훨씬 고명하단 사실을 눈치 챈 본조는 얼굴에서 웃음기가 사라지기 무섭게 날개처럼 생긴 옷자락으로 몸을 감싸 모습을 감추었다.

'너무 빨라서 마치 은신술처럼 보이는 비행술이군.'

주변을 조사하던 유건은 그의 뒤로 몰래 접근하는 본조를 발견하기 무섭게 고개를 절레절레 저었다. 같은 경지의 인간 수사에겐 영귀를 소환할 필요조차 없다고 여긴 본조는 조인족이 장기로 여기는 비행술로 그를 기습할 요량이었다.

금룡이 혀로 얼굴을 핥아 준 다음부터 오감이 극도로 발달한 유건은 본조의 일거수일투족을 자기 손바닥처럼 자세히 파악하고 있었기 때문에 상대의 기습에도 대비할 수 있었다.

본조가 새의 발톱처럼 생긴 손으로 그의 등을 몰래 찌르려 들 때, 재빨리 돌아선 유건이 입을 벌려 사자후를 발출했다.

사자후가 만들어 낸 무형의 음파가 고리처럼 변해 본조의 목과 팔다리를 동시에 제압했다. 역습에 당한 본조는 급히 날개로 몸을 감싸 도망치려 들었다. 그러나 본조는 사자후가 만든 무형의 음파에 단단히 결박당해 도망치지 못했다.

유건은 그 틈에 구련보등을 전개했다. 곧 구련보등이 뿌린 연꽃이 우아한 자태로 피어나 사자후에 묶인 본조를 에워쌌다.

그제야 지독한 자에게 걸렸음을 직감한 본조는 급히 귀종 공법을 펼쳐 연꽃을 없애려 들었다. 그러나 본조가 쏟아 낸 귀기는 연꽃에 닿기 무섭게 지독한 악취를 내며 녹아내렸다.

"아차, 불문 정종 공법이로구나!"

경악한 본조는 두려움에 질린 얼굴로 입을 벌려 새카만 알을 토했다. 새카만 알 표면에는 귀신이 사람의 뇌수와 심장을 파먹는 끔찍한 그림이 새겨져 있었는데, 본조가 입으로 진언을 외움과 동시에 알이 검은빛을 발산하며 폭발했다.

유건은 폭발에 휘말리지 않으려고 뒤로 물러나며 안력을 더 높였다. 그는 곧 검은빛 속에서 독수리 머리와 올빼미 날개, 홍학의 다리를 지닌 영귀가 태어나는 모습을 확인했다.

'참지 못하고 영귀를 소환한 모양이군.'

상황을 파악한 유건은 몸에 전광석화 불꽃을 두른 상태에서 영귀를 향해 맹렬히 돌진했다. 한편, 날카로운 부리로 본조를 결박한 사자후의 음파 고리부터 잘라 낸 영귀는 급히 올빼미 날개를 퍼덕거려 유건이 펼친 전광석화 공격을 피했다.

그때, 자유를 찾은 본조가 법보낭에서 검은 구슬 아홉 개를 꺼내 유건 쪽으로 던졌다. 검은 구슬은 속도가 빗살처럼 빨라서 검은빛이 번쩍할 때 이미 코앞까지 다가와 있었다.

유건은 전광석화를 펼쳐 위로 피했다. 그러나 구슬은 아직 여덟 개나 더 남아 있었다. 그는 연달아 전광석화를 여덟 번 펼치고 나서야 간신히 검은 구슬 법보를 떼어 낼 수 있었다.

한데 검은 구슬은 어딘가에 맞아 폭발하기 전까진 재활용이 가능한 모양이었다. 유건은 생각지 못한 방향에서 예상치 못한 궤도로 날아드는 검은 구슬을 피하느라 정신이 없었다.

거기다 본조가 소환한 영귀까지 두 눈으로 검은 광선을 쏘아 대는 바람에 조금만 방심해도 목숨이 위태로운 위기에 처했다. 유건이 수련한 불문 정종 공법에 겁을 집어먹은 본조가 귀종 공법을 펼치길 꺼리는 게 그나마 다행일 정도였다.

그때, 본조가 던진 검은 구슬 아홉 개가 지상으로 비스듬히 날아가다가 갑자기 방향을 바꿔 유건의 발밑을 노려 왔다.

유건은 급히 고공으로 도망치며 일부는 전광석화로 피하고 일부는 사자후와 구련보등으로 막았다. 한데 그때, 갑자기 정수리가 차가워지더니 따끔한 살기가 등줄기를 쓱 훑었다.

'아차, 함정이구나.'

유건은 급히 몸을 반대로 뒤집으며 하늘을 보았다. 본조의 영귀가 홍학처럼 긴 다리 두 개로 유건의 양팔을 붙잡았다.

다행히 금강부동공과 안에 걸친 봉우포 덕에 뼈가 부서지는 참사는 피했다. 그러나 영귀가 날카로운 부리로 정수리를 내려찍는 광경을 보는 순간, 한계에 도달했음을 직감했다.

유건은 숨겨 둔 법력을 끌어올려 금강부동공을 강화했다. 그 즉시, 그의 몸에 황금 불광이 짙게 어리더니 찬란한 빛이 쏟아졌다. 마치 그의 몸에 황금 모래를 뿌려 놓은 것 같았다.

티잉!

금강부동공에 막힌 영귀의 부리가 힘없이 튕겨 나가는 모습을 보면서 유건은 양팔을 앞으로 힘껏 당겨 결박을 벗어났다.

'귀찮은 영귀부터 해결해야겠군.'

유건은 사자후를 아홉 번 연속 펼쳐 본조가 던지는 검은 구슬 아홉 개를 허공에 묶어 뒀다. 검은 구슬이 범상치 않은 법보라 오래 묶어 두긴 힘들어도 시간은 조금 벌 수 있었다.

유건은 그 틈에 전광석화로 영귀를 쫓아갔다. 본조의 경고를 들은 영귀는 재빨리 몸을 돌려 고공으로 도망쳤다. 그러나 전력을 다한 전광석화는 거의 두 배 넘게 빨라져 있었다.

오히려 영귀를 앞지른 유건은 전력을 다해 구련보등을 펼쳤다. 곧 수백 송이가 넘는 거대한 연꽃이 찬란하게 피어나 영귀를 사방에서 압박해 들어갔다. 당황한 영귀는 눈으로 검은 광선을 쏘고 발톱과 부리로는 연꽃을 찢으려 들었다.

그러나 불문 정종 공법을 이용해 펼친 구련보등은 귀기로 이뤄진 영귀의 발악을 가볍게 무시하더니 그대로 영귀 몸에 들러붙어 하얀 꽃가루를 뿌렸다. 영귀는 닭 모가지가 비틀릴 때 나는 비명을 지르면서 지독한 악취와 함께 녹아내렸다.

하지만 영귀와 귀선은 기생과 공생을 넘나드는 존재라 쉽게 죽일 수가 없었다. 지금 역시 마찬가지였다. 영귀가 위험에 처했단 사실을 본능적으로 감지한 본조가 비술을 써서 소환하기 무섭게 영귀가 연꽃 포위망을 돌파해 달아났다.

유건은 다시 밑으로 내려가 본조를 살폈다. 본조는 구릿빛이던 눈동자가 회색으로 변해 있었다. 눈동자 색이 한순간에 바뀔 정도로 막대한 법력을 소모해 비술을 펼쳤단 증거였다.

본조가 약간 떨리는 목소리로 물었다.

"그동안 실력을 감춘 거냐?"

"그건 실력을 감췄다고 표현하는 게 아니오."

"그럼 뭐라 표현해야 맞는 거냐?"

"안목이 떨어져서 내 진짜 실력을 알아보지 못했다고 표현하는 게 맞소. 오히려 이런 수법에 속는 놈이 이상한 걸 테지."

본조가 이를 바드득 갈았다.

"나 역시 본 실력을 다 드러낸 게 아니니까 좋아할 거 없다."

"영귀와 합체할 거면 얼른 하시오."

본조가 흠칫해 물었다.

"귀선에 대해 잘 아는군. 예전에 귀선과 싸워 본 경험이 있는가?"

"그 정도는 상식이라 생각하는데."

그때, 왼쪽에서 사내의 처절한 비명이 들려왔다.

유건과 본조는 재빨리 고개를 돌려 비명의 주인을 찾았다. 그러나 비명을 지른 주인을 찾기 무섭게 두 수사의 표정이 정반대로 변했다. 본조는 얼굴에 다시 활기가 돌 정도로 기뻐했고 유건은 고개를 절레절레 저으며 쓴웃음을 지었다.

비명의 주인은 회택이었다.

회택은 본인이 부리던 비검 열두 자루가 전부 박살 난 상태에서 그를 상대하던 귀엽게 생긴 여자아이에게 목이 잘려 즉사했다. 심지어 청삼랑이 하사한 법보마저 빼앗기는 바람에 여자아이가 적신현검을 가지고 장난을 치는 중이었다.

그 순간, 청삼랑의 노한 목소리가 뇌음을 통해 들려왔다.

"뭘 노닥거리는 것이냐? 어서 놈의 숨통을 끊어라!"

장선 중기의 강자인 청삼랑을 속이는 것은 불가능하단 판단을 내린 유건은 본조를 끝장내기 위해 숨겨 둔 수를 꺼냈다.

바로 천수관음검법이었다.

몸의 크기를 순식간에 10장까지 키운 유건의 어깨와 겨드랑이 밑에서 칼날이 달린 팔 열네 개가 벼락같이 튀어나왔다. 원래 있던 팔까지 합치면 팔이 총 열여섯 개인 셈이었다.

또, 팔 끝에 달린 붉은 칼날에는 불경 구절로 이루어진 황금빛 선문이 번쩍이며 흘러 다녔고 유건의 등 뒤에서는 장엄한 불광이 태양처럼 솟아올라 그 주변을 대낮처럼 만들었다.

그뿐만이 아니었다. 유건이 팔 열여섯 개를 동시에 합장하기 무섭게 불경을 암송하는 장중한 목소리가 쩌렁쩌렁 울리며 그 주변을 잠식한 본조의 귀기를 거짓말처럼 흩어 버렸다.

멀리서 그 광경을 유심히 지켜보던 청삼랑이 감탄사를 발했다.

"유건이란 아이의 공법이 이처럼 정순할 줄이야. 대체 누구에게 배운 거지? 불문 정종 공법은 얻기가 매우 힘들 텐데."

반대편의 육형자도 놀라움을 금치 못하긴 마찬가지였다.

"지금은 없어진 남림의 심언종 선사가 저런 공법을 펼친단 얘기를 오래전에 듣긴 했어도 직접 보는 건 처음이로구나. 이번 승부는 어쩌면 승리할 가능성보다 패할 가능성이 크겠어."

물론, 그들 중 가장 놀란 사람은 당연히 그런 유건을 상대 중인 본조였다. 천수관음검법의 장중한 압력에 짓눌린 본조는 다른 수단이 없어 결국 선귀합체술(仙鬼合體術)을 펼쳤다.

선귀합체술은 말 그대로 귀선과 영귀가 합체하는 비술이었다. 몇 달 전, 궁지에 몰린 영귀가 흑주와 합체해 유건을 거의 죽일 뻔했을 때 쓴 비술도 다름 아닌 선귀합체술이었다.

선귀합체술이 위험한 이유는 영귀가 그 틈을 타 숙주인 귀선을 잡아먹을 가능성이 크기 때문이었다. 영귀가 숙주인 귀선을 잡아먹으면 일종의 구슬 형태로 변하는데, 그게 바로 유건이 전에 얻은 적이 있는 영주였다. 귀선의 통제를 벗어난 영주는 그 즉시 새로운 숙주를 찾아 떠났다. 물론, 다음 숙주는 기생이 아니라 몸을 빼앗기 위한 용도였지만.

영귀와 합체한 본조는 유건과 같은 10장까지 몸의 크기를 단숨에 키웠다. 단순히 몸의 크기만 커진 것이 아니었다. 영귀의 독수리 머리가 본조의 머리 옆에서 어깨를 뚫고 튀어나왔고 몸통과 날개처럼 변한 팔에는 윤기가 좌르르 흐르는 새카만 깃털이 빼곡하게 자라났다. 마지막으로 다리는 홍학처럼 길어졌으며 엉덩이에는 꼬랑지 깃털이 솟아났다.

선귀합체술로 영귀와 합체한 본조는 산천이 떠나갈 듯한 우렁찬 포효를 터트리며 공선 후기와 맞먹는 기운을 발산했다.

유건은 그 모습을 보며 미간을 살짝 찌푸렸다.

'영귀와 합체하면 확실히 흑주 때처럼 경지가 순간적으로 높아지는 모양이군. 수사들이 괜히 귀선과 대결하길 꺼리는 게 아니었어. 더욱이 지금은 귀기가 강해지는 한밤중이어서 경지가 거의 공선 후기 최고봉의 위치에 가까운 것 같군.'

그때, 본조가 몸통에 난 새카만 깃털 수백 개를 쥐어뜯어 공중에 흩뿌렸다. 깃털은 곧 검은 창날처럼 변해 사방에서 유건을 찔러 왔다. 그는 급히 전광석화를 펼쳐 피했다. 또, 피할 수 없을 땐 금강부동공을 끌어올려 일일이 튕겨 냈다.

유건이 검은 창날을 거의 다 튕겨 냈을 때였다. 뇌력으로 감시하던 본조의 본체가 갑자기 감시망을 벗어났다. 유건은 급히 전광석화를 펼쳐 달아났다. 그 순간, 뒤에서 튀어나온 본조가 깃털로 만든 검은색 검 두 개로 그의 등을 찔렀다.

유건은 급히 팔 열여섯 개를 날개처럼 오므려 몸을 감쌌다.

콰콰콰콰앙!

연달아 폭음이 울리며 유건이 튕겨 나갔다. 그러나 공격은 그것으로 끝나지 않았다. 본조가 부리던 검은 구슬 아홉 개가 하나로 합쳐지더니 거대한 공처럼 변해 그를 찍어 눌렀다.

콰콰콰쾅!

또다시 폭음이 울리더니 구슬에 짓눌린 유건의 거대한 동체가 지상에 처박혔다. 충돌 여파는 엄청났다. 근처에 있던 산과 계곡이 평지처럼 변해 원래 모습을 알아보기 힘들었다.

그때, 눈 깜짝할 사이에 지상으로 내려온 본조가 조인족 언어로 알아들을 수 없는 진언을 외웠다. 그 순간, 유건을 찍어 누르던 검은 구슬이 풍선처럼 급격히 부풀어 오르다가 갑자기 폭발해 버섯구름 같은 거대한 불꽃을 만들어 냈다. 이런 폭발 속에서는 누구도 살아 돌아오기 힘들 것처럼 보였다.

그러나 본조는 표정이 밝지 못했다. 그의 뇌력이 멀쩡히 살아 움직이는 유건을 포착한 탓이었다. 예상대로 버섯구름 같은 불꽃이 연기로 변해 흩어지기 무섭게 유건이 다시 나타났다. 길게 늘어난 팔 열여섯 개를 날개처럼 붙여서 몸을 앞

뒤로 단단히 감싼 덕분인지 외상은 거의 입지 않은 상태였다.

그러나 사실 유건의 몸 상태는 그리 좋은 편이 아니었다. 그는 처음에 빙혼정을 꺼내서 검은 구슬이 만든 폭발의 열기를 이겨 낼 생각이었다. 한데 가만 생각해 보니 여기서 빙혼정을 꺼내는 것은 위험천만하기 짝이 없는 행동이었다.

귀음도의 귀선들이 마두산을 방문한 이유는 흑주 영귀와 관련 있는 게 틀림없었다. 그렇다면 그들이 찾는 게 영귀 혹은 빙혼정일 가능성이 컸다. 그런 상황에서 부적으로 봉인해 둔 빙혼정을 꺼내는 것은 바보 같은 행동이었다.

유건은 어쩔 수 없이 금강부동공, 봉우포, 천수관음검법이 지닌 방어력에 의지해 폭발을 견뎌 냈다. 엄밀히 말하면 견뎌 냈다기보다 억지로 버텼다는 표현이 더 맞았다. 그 바람에 겉은 멀쩡해도 내부는 엉망진창이나 마찬가지인 상태였다.

그때, 날개를 합쳐 창처럼 만든 본조가 유건을 향해 돌진했다.

'최후의 발악이군.'

기다리지 않고 본조를 향해 같이 돌진한 유건은 팔 열여섯 개를 하나로 합쳐 칼로 만들었다. 곧 중간 지점에서 본조의 창과 유건의 칼이 정면으로 충돌했다. 그 순간, 검은빛과 황금빛이 거대한 구체를 형성하며 풍선처럼 부풀어 올랐다.

퍼엉!

잠시 후, 누가 옆에서 바늘로 콕 찌른 것처럼 구체가 터지며 황금빛 기운이 검은 기운을 순식간에 압도했다. 폭발 속에서 먼저 빠져나온 유건은 원래 모습으로 돌아와 안력을 높였다. 곧 폭발이 일어난 곳의 내부 모습이 선명히 드러났다.

한데 직접 보면서도 좀처럼 믿어지지 않는 광경이 폭발 속에서 벌어지는 중이었다. 배에 커다란 구멍이 뚫린 본조가 괴로워하는 모습은 충분히 예상할 수 있는 광경이었다. 그러나 그 틈에 독수리 머리가 본조의 머리를 한입에 집어삼키는 모습은 전혀 예상하지 못한 광경이었다. 본조의 머리를 순식간에 집어삼킨 독수리는 몸이 갑자기 주먹만 한 크기로 줄어들더니 귀기가 흐르는 영롱한 검은 구슬로 변신했다.

'영주구나.'

유건은 순간 욕심이 생겼다. 백진이 수련하는 화신역체대법을 빨리 완성하기 위해서는 질 좋은 영주가 더 있어야 했다. 한데 그의 눈앞에 그 귀하다는 영주가 또다시 나타났다.

그러나 이번에는 포기하기로 하였다. 그가 여기서 영주를 몰래 회수하면 청삼랑과 귀음도 수사들의 의심을 살 수 있었다.

본조를 삼킨 영주는 폭발 속에서 엄청난 속도로 튀어나와 하늘 저편으로 달아났다. 유건이 청랑의 화륜차와 전광석화를 전부 동원해도 따라잡는 데 적잖이 애를 먹을 속도였다.

그러나 언제나 뛰는 놈 위에 나는 놈이 있기 마련이었다. 검은 구슬이 하늘 저편으로 달아나기 바로 직전에 갑자기 도포를 걸친 거대한 회색 강시가 공중에서 튀어나와 달아나는 구슬을 맨손으로 낚아챘다. 갑자기 나타난 강시의 정체는 바로 육형자가 회시월륜공으로 연성한 강시 영귀였다.

'욕심을 부리지 않아 천만다행이군.'

안도의 숨을 내쉰 유건은 청삼랑에게 돌아갔다.

청삼랑은 승리하고 돌아온 그를 보며 흡족한 미소를 지었다.

"회택이 당했을 땐 끝난 줄 알았는데 네가 기어코 우리 쪽에 승리를 가져다주는구나. 우선 내가 준 영단으로 내상을 치료해라. 이 영단이라면 반 시진 안에 회복할 수 있을 것이다."

"감사합니다."

그 자리에서 청삼랑이 준 영단을 복용한 유건은 바로 운기조식을 통해 내상을 치료했다. 청삼랑의 장담처럼 반 시진이 약간 지났을 때, 영단의 약 기운이 돌며 내상이 다 나았다.

유건은 청삼랑에게 돌아가 머리를 조아렸다.

"내려 주신 영단 덕분에 치료를 순조롭게 마칠 수 있었습니다."

"별거 아니다. 그보다 누구에게 공법을 배웠느냐?"

유건은 태연한 낯빛으로 미리 생각해 둔 대답을 하였다.

"상동에 살 때, 어느 이름 모를 산에 약초를 캐러 들어갔다가 우연히 만난 선사님께 배웠습니다. 선사님은 이것도 인연이라며 공법을 몇 가지 가르쳐 주셨는데 후배가 끝까지 간청해도 끝내 법명을 알려 주지 않고 이승을 떠나셨습니다."

그럴 줄 알았다는 듯 청삼랑의 한쪽 입꼬리가 슬쩍 올라갔다.

"흔히 듣는 얘기로군."

"시중에 이런 얘기가 많이 떠돈다는 소문을 듣기는 했습니다만 후배가 어찌 장로님 앞에서 거짓을 아뢸 수 있겠습니까?"

청삼랑은 손을 저으며 돌아섰다.

"그런 일로 변명할 필요 없다. 수사가 누구에게 공법을 배웠는지 밝히길 꺼릴 때는 다 그럴 만한 사정이 있는 법이지."

차갑게 대꾸한 청삼랑은 다시 전류영과 귀음도 수사의 대결에 집중했다. 청삼랑의 관심이 전류영에게 돌아간 것을 확인한 유건은 속으로 안도의 숨을 내쉬며 옆으로 물러났다.

유건이 본조에게 이겼지만, 회택이 귀음도의 어린 여수사에게 패하는 바람에 이제 승부는 1 대 1로 균형이 맞춰졌다. 다시 말해 전류영과 귀음도 수사의 이번 대결 결과에 따라 승리의 여신이 누구 손을 들어 줄지 판가름 난다는 뜻이었다.

유건은 청삼랑 뒤에 서서 전류영과 귀음도 수사의 대결을 관심 있게 지켜보았다. 전류영의 상대는 예상대로 귀음도의 오선 초기 수사 모선자였다. 전류영과 모선자는 현재 좀 전에 맞붙었을 때보다 훨씬 살벌한 대결을 벌이는 중이었다.

결국 선귀합체술을 펼쳐 도마뱀 영귀와 합체한 모선자는 귀기로 이루어진 지독한 불길을 뿜어 전류영을 통째로 태우려 들었다. 반면, 청삼랑이 하사한 묵오보탑 꼭대기에 앉은 전류영은 원신의 도움까지 받아 가며 불길을 막는 중이었다.

이번 대결 결과에 종파의 자존심이 걸려 있단 사실을 잘 아는 두 수사는 수명을 깎는 비술까지 여러 차례 쓴 상태였다. 그야말로 죽어도 지지 않겠다는 의지의 표현인 셈이었다.

그러나 지금은 확실히 전류영이 불리해 보였다. 아직 동이 트지 않아 귀기가 강한 데다, 선귀합체술로 영귀와 합체까지 한 모선자는 거의 오선 중기에 해당하는 기운을 발산했다.

묵오보탑이 불가의 보물이긴 해도 경지가 한 단계 높은 수사가 원기까지 소모해 펼치는 공격을 완벽히 막아 내기는 힘들었다. 묵오보탑을 감싼 불광이 아지랑이처럼 희미해지기 무섭게 전류영의 머리카락과 옷자락이 연기를 내며 타올랐다.

그때, 예상치 못한 일이 일어났다.

전류영이 길게 기른 머리카락을 틀어 올리는 데 쓴 나비 형태의 녹색 비녀가 진짜 나비처럼 날개를 퍼덕거리며 날아올라 녹색 결정으로 이뤄진 거대한 얼음 덩어리를 뱉었다.

지독한 한기를 머금은 얼음덩어리는 모선자가 뿜는 불길을 막아 전류영이 산 채로 불타는 불상사를 모면하게 해 주었다.

청삼랑이 그럴 줄 알았다는 표정으로 중얼거렸다.

"구롱파(求朧婆) 장로의 녹유한접(綠柳寒蝶)은 과연 명불허전이로구나. 구롱파 장로가 제자를 위해 뭔가 줬을 거라 예상하기는 했지만 설마 아끼는 법보 중 하나를 내줬을 줄이야."

구롱파 장로의 녹유한접 덕분에 위기를 모면한 전류영은 동이 틀 때까지 버티는 데 결국 성공했다. 청삼랑 장로의 장담처럼 동이 트기 시작할 때부터 눈에 띄게 힘이 빠진 모선자는 전류영이 역습을 가하기 무섭게 내상을 입고 달아났다.

중요한 일전을 승리로 장식한 전류영은 물에 빠졌다가 방금 나온 사람처럼 온몸이 땀에 흠뻑 젖어 돌아왔다. 전류영에게 기력을 보충하는 영단을 하사한 청삼랑은 육형자를 찾아가 일월교의 영역을 당장 떠나겠다는 확답을 받아 냈다.

한데 무슨 생각이 들었는지 청삼랑이 갑자기 귀음도로 돌아가려는 육형자를 붙잡고 뇌음으로 뭔가를 얘기했다. 흥미로운 표정으로 듣던 육형자가 비행 법보를 불러내며 말했다.

"알겠습니다. 청 수사의 제안을 본도 도주님께 그대로 전하지요."

"좋은 소식이 오길 기다리겠습니다."

육형자가 잠시 고민해 보고 나서 대답했다.

"장담은 못 합니다. 그러나 이번 일의 중요성을 생각했을 때, 성공할 가능성이 실패할 가능성보다 좀 더 높을 겁니다."

"그렇다면 더 바랄 게 없지요."

"그럼 빈도는 이만 본도로 물러가지요."

인사한 육형자는 해마가 끄는 마차에 올라 서쪽으로 돌아갔다.

돌아온 청삼랑은 약속을 지켰다. 그는 전류영에게 남색 비파(琵琶)를, 유건에게는 손잡이가 달린 은색 종을 하사했다.

"비파는 남우혈비(藍雨血琵)란 공격 법보로 잘만 사용하면 강적도 물리칠 수 있다. 또, 은색 종은 건마종(坤馬鐘)이란 것인데, 공격과 수비 양쪽에서 고루 뛰어난 능력을 발휘한다."

법보의 쓰임새와 다루는 구결을 알려 준 청삼랑은 전류영에게 법력을 회복하고 나서 혜성대 10조를 이끌고 천천히 귀환하란 지시를 내리고 본인은 한발 먼저 일월교로 복귀했다.

일월교에 도착한 청삼랑은 바로 교내의 인원을 적재적소에 배치하는 임무를 맡은 용인관(用人館)을 방문해 몇 달 전에 마두산 광산을 관리하던 수사가 누구인지 알아보았다.

갑작스러운 장선 중기 장로의 방문에 발칵 뒤집힌 용인관은 청삼랑이 요구한 자료를 찾는다고 한바탕 야단법석을 떨었다.

잠시 후, 용인관 관주가 두려운 기색으로 다가와 서류를 바쳤다.

"이것이 그동안 본교가 마두산에 파견한 수사들의 명부입니다."

서류를 보던 청삼랑이 미간을 살짝 찌푸리며 의문을 드러냈다.

"유건?"

관주가 기억나는 이름이라는 듯 묻기도 전에 대답했다.

"아, 유건이라면 기억납니다. 웅우의 뒤를 이어 마두산에 파견 나간 자로 5년 전에 입문 시험으로 들어온 신출내기이지요. 아마 내심 교내의 내직을 원한 모양인데 변경에 있는 마두산으로 가야 한다니까 대놓고 실망을 드러내더랍니다."

관주가 잔뜩 흥분해 계속 떠들려는 것을 손짓으로 저지한 청삼랑은 다시 유건에 관한 자료를 가져오게 하였다. 관주는 청삼랑에게 잘 보이는 것만이 유일한 살길이라는 듯 부하들을 시키지도 않고 직접 서고에 들어가 자료를 찾았다.

관주가 가져온 자료를 읽은 청삼랑이 서늘한 목소리로 물었다.

"왜 진본 대신 사본을 가져온 것이냐?"

소스라치게 놀란 관주가 바닥에 머리를 쿵쿵 찧으며 빌었다.

"소, 소인도 그 이유를 잘 모르겠습니다. 진본 서고에 자료가 없어서 사본을 보관하는 다른 서고에서 가져온 것입니다."

"흐음, 진본이 없단 말이지? 점점 더 흥미로워지는군."

중얼거린 청삼랑은 그대로 파란 빛줄기로 변해 사라졌다. 관주는 청삼랑이 사라진 줄도 모르고 계속 머리를 바닥에 쿵쿵 찧었다. 평소에 부하들의 인심을 얻지 못한 그는 청삼랑이 이미 한참 전에 돌아갔단 사실을 부하들이 알려 주지 않는 바람에 한참을 차가운 바닥에 엎드려 있어야 했다.

3장. 영물의 경고

유건은 10조 조원들의 질시와 부러움이 담긴 시선을 받으며 조에 다시 합류했다. 그는 귀한 법보를 두 개나 받았을 뿐만 아니라, 종파의 자존심이 걸린 중요한 대결에서 승리까지 했으므로 청삼랑 장로의 눈도장을 받는 데 확실히 성공했다. 그런 유건이 부럽지 않다면 그게 더 이상한 일이었다.

10조는 법력을 회복하러 간 전류영을 기다리며 마두산 석실에서 휴식을 취했다. 유건의 뒤를 이어 마두산 광산에 부임한 해원은 귀음도 귀선이 물러가기 무섭게 큰 짐을 덜었단 표정으로 분주하게 뛰어다니며 10조 조원들의 시중을 들었다.

사실, 혜성대 10조는 이번에 꽤 큰 피해를 보았다. 부조장

회택을 비롯해 10여 명이 넘는 조원이 귀음도 귀선과의 대결에서 끝내 목숨을 잃었고 상처를 입은 조원도 20명이 넘었다.

이를 의식한 듯 10조 조원들은 각자 떨어져서 죽은 조원을 기리며 조용히 애도하는 시간을 가졌다. 또, 소심한 성격을 지닌 조원 몇은 아직 두려움이 가시지 않은 눈빛으로 바닥이나 천장을 바라보며 가끔 몸을 사시나무처럼 떨었다.

심지어 그중 몇몇은 회의감이 드는지 욕설을 내뱉기도 하였다. 양 종파의 장선 장로가 나선 후에야 진짜 대결이 이루어졌단 점을 생각하면 청삼랑 장로는 10조 조원들을 버리는 패로 취급한 게 틀림없었다. 쉽게 말해 전사한 조원들은 귀음도의 장선 장로를 끌어내기 위한 미끼나 다름없었다.

그러나 얼추 반나절 정도 지났을 무렵, 두려움이나 패배감은 서서히 자취를 감췄다. 대신, 대규모 실전이 주는 흥분과 이번 대결에서 살아남았단 안도감이 그 자리를 차지했다.

다시 삼삼오오 모인 조원들은 이번 대결에서 주도적으로 활약한 귀음도 귀선들과 청삼랑, 전류영, 유건 등에 관해 시끄럽게 떠들었다. 개중 몇 명은 유건을 직접 찾아와 대결에 관해 물어보기까지 하였다. 처음 몇 번은 대충 상대한 후에 돌려보냈다. 그러나 그를 찾아오는 조원이 시간이 지날수록 더 늘어나는 바람에 잠시 자리를 피하기로 하였다.

광산 지하 광장으로 몸을 피한 유건은 주변을 쓱 둘러보았다. 흑주는 자리에 없었다. 담당자인 해원이 귀선 때문에 밀린 작업을 보충할 목적으로 밤에도 흑주를 투입한 탓이었다.

유건은 지하 광장을 돌아보며 잠시 감회에 젖었다. 그는 이곳에서 교묘한 방법으로 흑주에 기생하던 영귀의 비밀을 파헤쳤고 그 영귀를 추적하다가 빙혼정이란 희대의 보물을 얻었다.

범위를 마두산 전체로 확장하면 감회에 젖을 일은 더 많았다. 여기서 만난 옹 노인에게 기선술을 처음 배웠고 나중에는 일월교, 아니 칠교보에서 첫 손에 꼽히는 미녀인 선혜수와 풍경이 수려한 곳을 돌아다니며 꿈같은 시간을 보냈다.

그때, 문득 그의 머릿속을 스쳐 지나가는 불길한 생각이 있었다.

'설마?'

유건은 지하 광장 옆에 딸린 창고로 날아갔다. 창고 안에는 흑주가 채굴한 남수석을 보관하는 저장고가 있었다. 그가 들어갔을 때는 거대한 저장고에 남수석이 반쯤 찬 상태였다.

유건은 저장고에 올라가 흑주가 채굴한 남수석을 확인했다. 한데 전에 보던 8, 9품 남수석 틈에 짙은 물 속성 기운을 내포한 4, 5품 남수석이 드문드문 끼어 있는 모습이 보였다.

'남수석 광맥의 물 속성 기운을 흡수하던 흑주가 사라진 탓에 얼마 전부터 4, 5품 남수석이 다시 나오기 시작한 것 같군.'

광장으로 돌아온 유건은 불안감이 엄습해 오는 것을 느꼈다. 4,000년 전부터 줄곧 8, 9품 남수석만 나오던 마두산에서 갑자기 4, 5품 남수석이 다시 나오기 시작하면 삼척동자도 그 안에 뭔가 곡절이 있음을 예상할 수 있기 때문이었다.

문제는 그뿐만이 아니었다. 영귀가 남수석 지맥 기둥에 보관하던 빙혼정을 회수하는 바람에 혼탁해진 지맥이 지금은 다시 정상으로 돌아오는 중일 게 틀림없었다. 즉, 빠르면 몇 달 안에, 늦어도 내년 봄에는 황폐해진 마두산이 나무와 들풀이 울창하던 본래 모습으로 돌아갈 공산이 아주 컸다.

만약 지낭이라 불릴 정도로 지모가 뛰어난 청삼랑이 이런 단서들을 통해 그가 귀음도 귀선이 찾던 빙혼정을 손에 넣었을지 모른다고 의심하면, 더는 칠교보에 남아 있기 힘들었다.

'언제든 도망칠 수 있게 미리 준비를 해 두어야겠군.'

유건이 그런 생각을 할 때였다. 광장에 펼쳐 둔 뇌력 그물에 다른 수사의 기운이 잡혔다. 한데 그가 아는 기운이었기 때문에 그는 모르는 척 지하 광장 쪽을 계속 내려다보았다.

"험험."

유건은 등 뒤에서 갑자기 들려온 헛기침 소리에 깜짝 놀란 사람처럼 얼른 뒤로 돌아섰다. 예상대로 그와 얼마 떨어지지 않은 위치에 전류영이 새초롬한 표정으로 서 있었다.

전류영은 모선자의 공격에 머리카락과 옷자락이 거의 다 타 버리는 바람에 지금은 긴 머리카락을 단발로 짧게 잘랐고 전에 걸치던 특징 없는 회색 무복 대신에 종아리가 드러나는 녹색 치마와 풍만한 가슴골이 살짝 드러나는 붉은 상의를 걸쳐 전에 보았을 때와는 전혀 다른 분위기를 풍겼다.

'흠, 이렇게 보니 꽤 괜찮은데.'

그때, 그의 태도가 거슬린 전류영이 눈을 가늘게 뜨며 물었다.

"자넨 상관을 보고도 인사하지 않을 셈인가?"

유건은 당황한 표정으로 얼른 머리를 조아렸다.

"용서하십시오. 머리카락과 옷차림이 갑자기 달라지셔서 잠시 알아보지 못했습니다. 앞으로는 이런 일이 없게 하겠습니다."

얼굴이 살짝 붉어진 전류영이 옆으로 돌아서며 물었다.

"여긴 왜 내려온 거지?"

"아시겠지만, 마두산은 몇 달 전까지 후배가 관리하던 곳이었습니다. 그동안 달라진 게 뭐 없나 살펴보던 중이었지요."

전류영이 다시 유건 쪽으로 몸을 돌리며 혀를 찼다.

"자넨 지금 본인이 어떤 처지인지 전혀 모르나 보군."

유건은 영문을 모르겠다는 표정으로 물었다.

"제가 위험에 처한 겁니까?"

"귀음도의 육형자와 본교의 청삼랑 장로님이 무슨 애길 나눴는지 모르는 건가? 아니면 알면서도 모르는 척을 하는 건가?"

유건은 다급한 표정으로 간청했다.

"후배가 아둔한 탓에 조장님께서 무슨 말씀을 하시는지 정말 모르겠습니다. 뭔가 아시는 게 있다면 제발 가르쳐 주십시오."

전류영은 한숨을 작게 내쉬었다.

"정말 모르는 모양이군. 지금부터 본녀가 하는 말을 귀담아듣게. 귀음도 귀선들은 그들에게 뭔가 중요한 물건을 찾기 위해 마두산에 온 게 틀림없네. 그렇지 않다면 평소에 귀음도를 떠나지 않는 육형자가 여기까지 그냥 왔을 리 없지."

"귀선들이 찾는 중요한 물건이 대체 무엇이랍니까?"

전류영은 고개를 가로저었다.

"그건 본녀도 모르네. 하지만 그들에겐 무척 중요한 물건일 테지. 어쨌든 귀음도의 귀선들은 그 물건을 찾는 데 실패한 게 틀림없네. 그렇다면 그 물건은 이미 다른 곳으로 옮겨졌거나, 아니면 아직 여기 있는데 그들이 찾아내지 못했단 뜻이 되네. 본녀가 육형자와 청삼랑 장로님의 대화를 제대로 듣지 못했음에도 여기까지 추리하는 데 어려움이 없었네. 그럼 생각해 보게. 본녀가 이럴진대 당연히 지낭이라 불리시는 청삼랑 장로님은 본녀보다 훨씬 빠르게 이런 사정을 알아내실 수 있지 않겠는가? 그다음 일이야 자네도 쉬이 짐작할 수 있겠지. 청삼랑 장로님은 아마 본교로 돌아가는 즉시, 귀선이 찾던 물건을 손에 넣으려 움직이실 것이네."

유건은 그제야 이해했다는 듯 겁에 질린 표정을 지었다.

"청삼랑 장로님이 그동안 마두산을 관리하던 수사를 전부 찾아내 여기에서 무슨 일이 있었는지 알아볼 거란 말씀이시군요. 귀음도가 끝내 찾지 못한 물건을 찾기 위해 말입니다."

"이제야 머리가 좀 제대로 돌아가는군."

얼굴이 사색으로 변한 유건이 그녀 앞에 바짝 다가서며 물었다.

"그러면 후배는 이제 어찌해야 좋겠습니까?"

흠칫한 전류영이 반걸음 뒤로 슬쩍 물러나며 대답했다.

"장로님이 하문하면 사실대로 말씀드리게. 청삼랑 장로님이 성격은 냉정하셔도 논공행상만큼은 확실하단 소문을 들었네. 오히려 물건을 찾을 수 있는 실마리를 얻으면 좀 전의 대결에서처럼 쓸 만한 법보나 영약을 내려 주실지도 모르지."

유건은 전류영에게 큰절을 올렸다.

"인제 보니 후배에게 살길을 알려 주시려고 일부러 지하 광장까지 오신 거군요. 후배는 이 은혜를 절대 잊지 않겠습니다."

갑작스레 절을 받은 전류영은 얼굴이 약간 붉어진 상태에서 잠시 머뭇거리다가 조원들이 있는 석실로 서둘러 돌아갔다.

유건은 그 모습을 보며 피식 웃었다.

'생각보다 순진한 구석이 있는 선배님이로군.'

전류영이 떠나고 나서 지하 광장을 쓱 둘러본 유건도 원형
석실로 향해 돌아갈 채비를 하였다. 귀음도 귀선들을 일월교
영역 밖으로 몰아내는 어려운 임무를 성공리에 완수한 혜성
대 10조 조원들은 보무도 당당하게 귀환길에 올랐다.

◆ ◆ ◆

그 시각, 눈을 감은 채 깊은 사색에 빠져 있던 청삼랑은 갑
자기 뭔가를 깨달은 사람처럼 눈을 번쩍 뜨며 외쳤다.

"설마!"

청삼랑은 그 즉시 믿을 수 있는 제자를 불러 몇 가지 밀명
을 내렸다. 며칠 후, 혜성대 10조가 일월교에 복귀했을 때였
다. 청삼랑의 제자가 서류를 몇 장 들고 사부를 찾아왔다.

제자가 가져온 서류를 살펴보던 청삼랑은 몸을 흠칫 떨었
다.

"놈이 보통내기가 아닐 거라 예상하긴 했지만, 예상보다
더 엄청난 놈일지도 모르겠군. 대체 그놈의 정체가 뭐란 말
인가?"

청삼랑 앞에 있는 탁자 위에 몇 가지 서류가 어지럽게 놓
여 있었다. 첫 번째 서류는 유건이 입문할 때 적은 입문 신청
서였고 두 번째 서류는 선혜수의 행적을 기록한 보고서였다.

또, 세 번째 서류는 갑자기 종적을 감춘 용인관 소속 백두견의 실종을 조사한 보고서였고 네 번째 서류는 지금까지 태일소의 짓이라 여기던 상영의 실종을 조사한 보고서였다.

"아무리 그래도 공선 중기가 교주님의 법보를 지닌 오선 중기의 상영을 혼자 처리할 수 있었을까? 아무리 역천의 천재라도 그건 불가능해. 그렇다면 도와주는 놈이 있었단 뜻인가? 그것도 아니라면 내가 지금 그놈을 과대평가한 것인가?"

청삼랑이 유건을 처음 의심한 순간은 유건이 공선 후기조차 상대하기 쉽지 않은 귀음도의 귀선을 마치 어린애 다루듯 다루는 광경을 보았을 때였다. 심지어 유건은 그가 준 구명 법보인 백솔침을 쓰지도 않은 상태에서 상대를 제압했다.

한데 놀라운 사실은 그게 다가 아니었다. 유건에게 아직도 뭔가 숨겨 둔 수가 더 있을 거란 강한 직감이 들었기 때문이었다. 다시 말해 이는 공선 중기인 유건이 최소 공선 후기 최고봉을 상대할 수 있을 정도의 능력을 지녔다는 뜻이었다.

청삼랑은 전류영이 지하 광장에서 예측한 대로 일월교에 복귀하기 무섭게 용인관을 찾아 마두산 광산을 관리하던 자를 찾았다. 그자를 찾아내 귀음도 귀선들이 찾는 보물이 뭔지 알아볼 심산이었기 때문이었다. 한데 거기서 생각지도 못한 이름을 하나 발견했다. 바로 유건이었다. 불문 정종 공법을 익힌 유건이 공교롭게도 귀음도의 보물이 모습을 드러낸 시점에 마두산 광산을 관리하는 책임자로 있었다.

그때 처음으로 유건이 불문 정종 공법으로 마두산 광산에 숨어 있던 영귀를 죽이고 영귀가 귀음도에서 훔친 보물을 가져갔을지도 모른단 의심이 들었다. 거기까지 생각이 미치고 나서 보니 유건이란 인물이 새삼 의심스럽기 짝이 없었다.

한데 거기서 생각지도 못한 전환점이 그를 찾아왔다. 그건 바로 용인관에 보관하던 유건의 서류 진본이 사라졌단 점이었다. 그 말은 그 전에 유건의 기록을 찾아본 자가 있다는 소리였다. 청삼랑은 곧 서류 진본을 빼돌리기 위해 용인관 내부의 인물을 이용했을 거란 합리적인 추론에 도달했다.

청삼랑은 제자에게 용인관에서 일하는 수사 중에 최근에 변고가 생긴 수사가 있는지 알아 오란 지시를 내렸다. 한데 이를 통해 그도 들어 본 적 있는 하위 수사인 백두견이 사라졌음을 알아냈다. 백두견은 힘 있는 자들의 비밀스러운 지시를 받고 다른 수사의 뒷조사를 하는 자로 악명이 높았다.

청삼랑은 유건의 서류 진본을 몰래 빼돌린 백두견이 그에게 진본을 빼돌리라 사주한 자에게 살인 멸구를 당했음을 직감했다. 그렇다면 이제부턴 누가 백두견에게 유건의 서류를 빼돌리라 사주했는지를 알아야 했다. 청삼랑은 고민을 거듭하다가 어느 순간, 그게 상영일지 모른단 직감이 들었다.

그 이유는 백두견이 알 수 없는 이유로 사라지고 나서 얼마 지나지 않아 상영이 또다시 알 수 없는 이유로 사라졌기 때문이었다. 제자들이 연달아 알 수 없는 이유로 사라지는 일은 흔치 않기 때문에 청삼랑은 그 점이 마음에 걸렸다.

청삼랑은 자신의 예감이 맞는지 확인하기 위해 제자에게 상영과 백두견이 만난 적이 있는지 조사하게 하였고 제자는 확실치는 않아도 둘이 만났을 가능성이 있단 보고를 해 왔다.

그렇다면 다시 상영이 왜 백두견에게 유건의 서류를 빼돌리라 지시했는지가 중요해졌다. 그 당시, 상영의 관심은 온통 그와 혼담이 오가던 선혜수란 공선 중기 여수사에게 쏠려 있었다. 즉, 상영이 정말로 백두견을 시켜 무언가를 알아낼 생각이었다면 선혜수와 관련한 내용일 가능성이 아주 컸다.

한데 백두견이 정작 빼돌린 건 유건의 인적 사항이 적힌 서류였다. 다시 말해 유건과 선혜수가 관련이 있단 뜻이었다.

청삼랑은 선혜수의 기록을 조사하게 하였다. 그리고 마침내 찾던 내용을 발견했다. 수십 년 전, 문지걸 장로의 명을 받아 상동에 갔던 선혜수가 영선 쟁탈전에 휘말려 요검자란 장선 강자에게 거의 죽을 뻔했다는 내용이 기록에 있었다.

한데 상동은 바로 유건이 자기 입문 신청서에 적은 출신지였다. 유건이 입문 전부터 선혜수를 알고 있었을지 모른단 의심이 든 청삼랑은 곧장 선혜수의 최근 행적을 조사했다.

그 결과는 놀라운 것이었다. 선혜수는 1년에 한 번씩 칠교산맥 변경을 돌며 수련 산지에서 나는 재료를 수거하는 임무를 자청해 맡았는데 그 수련 산지 중 하나가 마두산이었다.

다시 말해 1년에 한 번씩 일월교 밖으로 나간 선혜수가 마두산에서 숨겨 둔 정인인 유건과 밀회를 즐겼단 뜻이었다.

이를 알아낸 상영은 그의 성격상, 당연히 연적인 유건을 찾아가 모욕을 주며 끔찍한 방법으로 죽이려 들었을 터였다. 한데 유건을 죽이러 간 게 틀림없다고 여겨지는 상영은 그날 이후로 누구도 그를 보지 못했다. 반면, 상영이 죽이러 간 유건은 멀쩡하게 살아남아 지금은 혜성대에 속해 있었다.

서류를 태운 청삼랑은 눈에 난 사마귀를 천천히 쓰다듬었다.

"유건이란 아이가 상영의 실종과 관련 있는지는 아직 추측일 뿐이지. 상영이 유건을 죽이러 가다가 태일소가 보낸 살수에게 죽임을 당했을 수도 있으니까. 공선 중기가 오선 중기를 죽이는 게 불가능하단 점을 생각하면 그리 이상한 얘기도 아니지. 하지만 놈이 불문 공법으로 마두산에 있던 영귀를 죽이고 귀음도 놈들이 눈에 불을 켜고 찾던 보물을 찾아낸 것은 거의 틀림없는 사실 같군. 그렇다면 놈에게 미리 감시자를 붙여 둬야겠어. 섣불리 손을 댔다가는 놈이 숨겨 둔 귀음도 보물을 영원히 찾아내지 못할 위험이 있으니까."

청삼랑은 시녀를 시켜 누군가를 불러오게 하였다.

일월교에 도착한 전류영은 조원들에게 다음 임무가 있을 때까지 휴식을 취하란 명령을 내렸다. 조원들은 기뻐하며 자기 숙소로 돌아갔다. 유건도 삼은, 한초, 복가와 함께 숙소로 향했다. 한데 그때 우연히 전류영이 미색이 뛰어난 여인과 함께 일봉 정상 쪽으로 날아가는 모습을 보았다.

유건은 삼은에게 슬쩍 물었다.

"일봉 정상에는 누가 주로 머무는지 아시오?"

"교주님과 교주님의 인척들이 모여 산다고 들었소."

"그럼 장로님들은 다른 곳에 거주하는 거요?"

"대부분 그렇소."

"대부분이라면 그렇지 않은 장로님도 있다는 거요?"

삼은은 전에 들어 본 적 있다는 듯 고개를 끄덕이며 대답했다.

"아마 이번에 마두산 문제를 처리하신 청삼랑 장로님의 거처는 교주님 거처와 그리 멀지 않은 곳에 있단 소문을 들었소."

그때, 뭔가 알 수 없는 불안감이 그의 등골을 스쳐 지나갔다.

유건은 혹시 하는 마음에 재빨리 물었다.

"그럼 구룡파 장로님은 어디 사시는지 아시오?"

그때, 옆에서 엿듣던 한초가 갑자기 끼어들었다.

"구룡파 장로님은 월봉 정상에 사셔요."

"알려 줘서 고맙소, 한 선자."

한초는 유건이 실력을 약간 드러낸 다음부터 티가 날 정도로 친하게 굴었다. 반면, 복가는 마두산 일이 끝난 다음부터 유건을 볼 때 경계심을 숨기지 않았다. 물론, 삼은은 예전이나 지금이나 그를 대하는 태도에 변화가 전혀 없었다.

숙소에 도착한 유건은 동료들과 마두산 임무에 관해 이런 저런 얘기를 나누다가 피곤하단 핑계로 석실로 먼저 들어갔다.

진법과 금제로 석실 전체를 꼼꼼하게 봉인한 유건은 바로 빙혼정을 보관한 석갑부터 꺼냈다. 그는 청삼랑의 의심을 더 사기 전에 빙혼정을 빨리 자기 걸로 만들어 둘 생각이었다.

한데 석갑을 봉인한 부적 한 장을 막 떼어 내려는 순간, 팔목에 찬 자하제룡검이 가볍게 떨리며 그에게 경고를 보내왔다.

흠칫한 유건은 부적에서 손을 떼며 뇌음으로 물었다.

"석갑의 부적을 떼지 말라는 거요?"

자하제룡검은 그렇다는 듯 그의 팔목을 살짝 옥죄었다.

유건은 믿을 수 없어 다시 한번 뇌음을 보냈다.

"지금부터 빙혼정을 넣은 석갑의 부적을 떼지 말라는 뜻이면 두 번, 그게 아니라 다른 문제라면 신호를 세 번 보내시오."

잠시 후, 자하제룡검이 팔목을 정확히 두 번 옥죄었다. 빙혼정을 넣어 둔 석갑의 부적을 절대 떼지 말라는 뜻이 분명했다.

유건은 속으로 감탄했다.

'주인에게 위험이 닥칠 때 영물이 경고를 보낸단 말을 어떤 책에서 읽은 적이 있는데 실제로 그런 일이 벌어질 줄이야.'

유건은 혹시 하는 마음에 다른 보물을 보관한 옥함을 꺼내 부적을 떼어 보았다. 그러나 이번엔 제하자룡검이 경고를 보내지 않았다. 그래도 믿을 수 없던 그는 다시 빙혼정을 넣어 둔 석갑을 꺼내 봉인 부적에 슬며시 손을 얹어 보았다.

한데 그러기 무섭게 자하제룡검이 유건의 손목을 강하게 옥죄었다. 마치 자길 더는 놀리지 말라는 듯 이번엔 뼈가 아릿할 정도로 강하게 옥죄어 하마터면 비명을 지를 뻔했다.

자하제룡검이 영물임을 다시 한번 실감한 유건은 봉인 부적을 제거하지 말라는 이유를 뇌음으로 물어보았다. 그러나 말을 못하는 자하제룡검이 그 이유를 알려 줄 턱이 없었다.

'자하제룡검이 경고를 보낸 이유는 두 가지 중 하나일 가능성이 크다. 빙혼정을 밖으로 꺼내면 귀음도 귀선들이 보물의 흔적을 좇아 마두산을 찾아낸 것처럼 나도 찾아낼 수 있단 뜻이겠지. 진짜 그렇다면 해결 방법은 의외로 간단하다. 빙혼정의 기운이 새어 나가지 못하게 하면 그만이니까.'

실제로 헌월선사의 기억 속엔 보물에서 흘러나온 기운 때문에 다른 수사의 주의를 끄는 상황을 사전에 차단하는 진법이 있었다. 물론, 설치하기 쉽지 않은 진법이었다. 그러나 몇 가지 필수 재료만 준비하면 그도 언제든 펼칠 수 있었다.

한데 문제는 두 번째 가능성에 있었다. 만약, 그의 이목을 피할 수 있는 상대가 근처에 숨어 있다면 따돌릴 방법이 없었다. 그의 이목을 피할 정도면 오선 이상의 강자란 뜻이었다.

'두 번째 추측이 맞는다면 청삼랑이 보낸 감시자의 소행이겠군. 내가 빙혼정을 꺼낼 때를 기다렸다가 나를 죽이고 보물을 독차지할 셈이겠지. 청삼랑이 직접 손을 쓰지 않은 것은 그나마 다행이지만 어쨌든 당분간은 조심할 필요가 있겠어.'

정말 청삼랑이 보낸 감시자가 그를 감시하는 중이라면 그의 전력이 드러나는 상황은 최대한 피해야 했다. 즉, 빙혼정뿐만 아니라 목정검, 홍쇄검 등도 당분간 연성할 수 없다는 뜻이었다. 한데 가만 생각해 보니 청삼랑의 감시자가 지켜보고 있더라도 전혀 문제가 없는 법보가 두 개 있었다.

바로 청삼랑이 준 백솔침과 건마종이었다. 백솔침은 청삼랑이 구결을 가르쳐 줄 때 시험 삼아 펼쳐 본 경험이 있어 괜찮았다. 그러나 건마종은 그럴 겨를이 없어 실전에서 써먹기 전에 정확히 어떤 법보인지 확인해 두는 과정이 필요했다.

'청삼랑은 건마종이 공격과 수비가 모두 가능한 법보라 했었지.'

유건은 청삼랑이 가르쳐 준 구결을 떠올리며 건마종을 공중으로 띄웠다. 건마종은 곧 은색 빛줄기에 휩싸여 석실 이곳저곳을 자유롭게 날아다녔다. 그는 청삼랑이 가르쳐 준 구결대로 수결을 맺은 상태에서 재빨리 건마종에 법결을 날렸다.

법결을 맞은 건마종이 한 바퀴 빙그르르 돌더니 안에서 은색 말 10여 마리가 튀어나와 허공을 맹렬히 질주했다. 반 장크기의 은색 말은 은색 털에 금색 갈기, 금색 눈동자, 금색 말발굽을 지녔는데 진짜 말처럼 발도 구르고 뒷발차기도 하고뒷발로 서서 앞발로 허공을 가격하기도 하였다.

유건은 건마종에 다시 공격 법결을 날려 보았다. 그 순간,은색 말 10여 마리가 일렬로 쭉 늘어서더니 갑자기 허공의 한점을 향해 유성처럼 쇄도했다. 한데 그 위력이 꽤 대단하여공선 초기나 중기는 제대로 막아 내기 쉽지 않아 보였다.

'일단 공격 쪽은 합격이군. 다음은 수비인가?'

유건은 수비 법결을 만들어 건마종에 날렸다. 그 순간, 그의 머리 위로 날아온 건마종이 부르르 진동하더니 청아한 종소리를 규칙적으로 내며 유건 주위에 은색 파동을 덮어씌웠다. 처음엔 은색 파동에 무슨 효과가 있는지 알지 못했다.

그러나 곧 은색 파동이 마치 보이지 않는 방어벽처럼 상대의 뇌력을 차단한다는 사실을 알아낼 수 있었다. 예상치 못한기능에 잔뜩 흥분한 유건은 직접 시험해 보기로 하였다.

유건은 건마종의 은색 파동으로 뇌웅을 보호한 상태에서

뇌력을 쏘아보았다. 한데 예상대로 뇌력이 은색 파동에 막혀 뇌웅을 감지하지 못했다. 마치 뇌력이 은색 파동을 비켜 가는 듯했다. 유건은 내친김에 뇌력의 강도를 높여 보았다.

그러나 5할이 넘는 뇌력을 썼음에도 은색 파동은 끝내 뚫리지 않았다. 호승심이 동한 유건은 뇌력을 전부 동원해 은색 파동에 계속 부딪혀 갔다. 그때, 가느다란 뇌력 한 줄기가 은색 파동을 뚫고 들어가 마침내 뇌웅의 존재를 감지했다.

'현재 내 뇌력은 평범한 공선 후기 최고봉과 비슷하니까 최소 공선 후기까지는 감지하지 못한다는 뜻이군. 오선 초기 이상의 강자에게 통하지 않는 점은 좀 아쉽긴 해도 무광무영복과 같이 사용하면 생각지 못한 효과를 거둘 수 있겠어.'

무광무영복은 신형 자체를 감춰 주는 대신에 그동안 법력을 쓰지 못한단 단점이 있었다. 법력을 쓰면 바로 은신이 풀리기 때문이었다. 그러나 아무리 단점이 커도 평범한 장선까지는 쉽게 속일 수 있다는 장점을 무시하기는 어려웠다.

반면, 건마종은 뇌력 자체를 통과시키지 않기 때문에 그 안에서 법력을 사용할 수 있었다. 즉, 그 안에서 운기조식을 통해 부상을 치료하거나 법력을 회복하는 게 가능하단 뜻이었다. 물론, 단점도 명확했다. 오선 이상의 경지에는 통하지 않아 사용할 수 있는 시점과 상황이 매우 제한적이었다.

한데 건마종으로 상대의 뇌력을 차단한 상태에서 무광무영복으로 신형 자체를 감춘다면 좀 더 완벽한 은신술을 펼칠 수 있었다. 물론, 누군가가 몰래 지켜보고 있는 상황에서 가장 중요한 법보인 무광무영복을 꺼내 시험해 볼 순 없었다.

유건은 이론적으로 가능한지만 알아보고 입정에 들어갔다. 법보를 연성할 수 없다면 그 틈에 법력이라도 늘려야 했다.

그로부터 한 달쯤 지났을 때였다. 유건은 그사이 건마종이 지닌 능력을 몇 가지 더 알아냈는데, 그건 바로 건마종이 만든 은색 파동 안에서는 소리, 진동, 냄새 등이 밖으로 새어 나가지 않는다는 점이었다. 건마종이 점점 더 마음에 든 그는 그에게 이런 보물을 내려 준 청삼랑이 고마울 정도였다.

한데 그를 감시하는 자는 한 달이 넘은 지금까지도 그 주변을 얼쩡거리고 있었다. 그가 무심코 빙혼정을 넣은 석갑에 손을 댈 때마다 자하제룡검이 경고를 보내는 게 증거였다.

'한 달이나 버티다니 꽤 끈질긴 자군.'

유건은 답답해진 감시자가 먼저 손을 써 올 거라 예상했다. 한데 감시자는 의외로 한 달이 넘는 기간 동안 감시만 하였다.

'그래도 곧 손을 써 오겠지. 다만, 지금으로선 청삼랑이 직접 나설지, 아니면 사주를 받은 다른 자가 나설지가 최대의 관심사로군. 후자라면 빠져나갈 기회가 한 번은 있을 테니까.'

새벽까지 입정에 들었다가 깨어난 유건은 습관적으로 품

속에 넣어 둔 빙혼정 석갑에 손을 가져갔다. 한데 자하제룡검이 경고를 보내지 않았다. 그를 감시하던 자가 사라졌던 뜻이었다. 그러나 마음을 놓지는 않았다. 지금까지 이런 경험이 몇 번 있었는데 항상 한두 시진 후에는 다시 돌아왔다.

똑똑!

그때, 삼은이 보낸 비검전서(飛劍傳書)가 석실 문을 두드렸다. 비검전서는 말 그대로 비검에 서찰을 묶어 보내는 수법으로 수사들이 멀리 있는 상대에게 소식을 전할 때 주로 사용했다. 물론, 각각의 경지마다 비검전서를 날릴 수 있는 거리에 한계가 존재해 공선은 보통 일월교 안팎이 한계였다.

전설상에 나오는 이야기처럼 수천 리 떨어진 장소에 있는 상대에게 비검전서를 날려 소식을 전하기 위해선 최소 비선의 경지는 필요할 터였다. 또, 옛 선인의 무용담을 적은 서적에는 비검으로 수천 리 떨어진 곳에 있는 적의 목을 벴다는 이야기가 심심치 않게 전해져 오지만 실제로 그런 일을 했다는 수사를 만나거나 했다는 얘길 들어 보지 못했다.

유건은 삼은의 비검전서를 받아 읽어 보았다.

"흠, 10조에 새 임무가 내려온 모양이군. 거의 한 달 만인가?"

짐을 챙긴 유건은 거실로 나와 주변을 둘러봤다. 삼은 등은 먼저 혜성대로 출발했는지 텅 비어 있었다. 그는 지각하지 않으려고 곧장 숙소를 나와 혜성대 건물 쪽으로 날아갔다.

한데 혜성대 건물 입구에 거의 도착했을 때, 자하제룡검이 경고를 보냈다. 그를 감시하던 자가 다시 돌아왔단 뜻이었다.

유건은 감시자가 보일 리 없다는 사실을 알면서도 습관적으로 주위를 둘러보았다. 당연히 그를 감시하는 자는 없었다.

유건은 쓴웃음을 지었다.

'낙낙사의 추적을 피하려고 온 곳에서 낙낙사보다 더한 감시를 받게 될 줄은 몰랐군. 슬슬 떠날 준비를 해 두어야겠어.'

유건이 혜성대 건물 입구에 막 도착했을 때였다. 일봉 방향에서 날아온 전류영이 그와 거의 동시에 입구에 발을 디뎠다.

유건은 정중히 인사했다.

"오랜만에 뵙습니다, 조장님."

말없이 고개만 끄덕여 인사를 받은 전류영은 서둘러 건물 안으로 들어갔다. 유건은 머쓱한 얼굴로 그녀의 뒤를 따랐다.

잠시 후, 유건을 발견한 삼은이 얼른 오라는 듯 손을 흔들었다. 심각한 표정으로 단상까지 이어진 계단을 오르는 전류영을 잠시 지켜보던 유건은 얼른 삼은 옆자리에 가서 섰다.

한편, 그사이 단상에 도착한 전류영은 가벼운 손짓 한 번으로 장내의 소란을 단숨에 잠재웠다. 다들 자기 눈으로 전류영이 그 무시무시한 모선자를 상대로 승리하는 광경을 지켜보았기 때문에 10조 조원들은 전보다 더 그녀를 두려워했다.

좌중을 둘러보던 전류영이 유건과 시선을 마주쳤다. 그러나 시선을 자연스럽게 돌렸기 때문에 그 사실을 아는 사람은 그밖에 없었다. 심각한 표정으로 말없이 한참을 서 있던 전류영은 마침내 그들이 이번에 맡은 임무에 관해 설명했다.

"10조는 이번에 은죽림(銀竹林)에 가서 산선계 4품 악수인 금안자호(金眼紫虎)를 죽여 그 내단을 취하는 임무를 맡았다."

은죽림과 금안자호란 말에 조용하던 실내가 다시 술렁였다.

유건은 얼른 삼은에게 뇌음을 보내 물었다.

"조원들이 왜 술렁이는 거요?"

삼은이 약간 겁을 먹은 것 같은 목소리로 대답했다.

"은죽림은 칠교산맥 북쪽에 있는 금지요. 말 그대로 들어가선 안 되는 곳이지. 안 되는 이유는 은죽림에서는 뇌력이 뻗질 못해 악수가 매복해도 알아낼 방도가 없기 때문이오."

"어느 경지까지 그렇다는 거요? 그리고 범위는?"

"내가 알기론 오선 중기는 되어야 100장까지 뇌력을 퍼트릴 수 있다고 들었소. 우리 같은 공선 중기는 아마 3, 4장이 한계일 테지. 제길, 조장이 괜히 심각한 표정을 지은 게 아니었군. 더구나 4품 악수인 금안자호 역시 꽤 흉포한 놈이라,

오선 중기 이상이 지원해 주지 않으면 꽤 위험할 텐데."

유건은 삼은의 설명을 들으며 뭔가 이상하단 생각이 들었다. 오선 중기 이상이 가면 쉽게 해결할 수 있는 일을 10조에 맡긴다는 것은 두 가지 중 하나를 의미했다. 첫 번째는 10조를 지금보다 더 단련해 둘 필요가 있을 때였고, 두 번째는 이번 임무에 그가 모르는 비밀이 숨겨져 있을 경우였다.

'어쩌면 그 둘 다일지도 모르지.'

그런 생각을 하며 유건이 고개를 들었을 때였다. 마침 전류영이 그를 쳐다보다가 그가 고개를 드는 순간, 급히 시선을 옆으로 돌리는 모습이 보였다. 조금 전에도 그렇고 이번에도 그렇고 전류영이 그를 대하는 태도가 약간 이상했다.

잠시 후, 소란이 가라앉기를 기다린 전류영이 쐐기를 박았다.

"불평불만은 그쯤 해 둬라. 어차피 우리는 상부의 지시를 따를 수밖에 없는 신세니까. 다들 알겠지만, 은죽림은 뇌력을 쓰지 못하기 때문에 좀 더 철저한 준비가 필요하다. 모두 준비를 철저히 한 상태에서 내일 아침에 다시 집결하길 바란다."

해산한 10조 조원들은 숙소로 돌아가 은죽림 임무에 필요한 준비를 하였다. 유건이야 딱히 준비할 게 없었으므로 다음 날 아침, 삼은과 숙소를 나서 집결 장소로 향해 날아갔다.

집결을 마친 10조는 간단한 주의사항을 전달받고 바로 출발했다. 사흘 동안 날아가 칠교산맥을 벗어난 10조는 다시 열흘을 더 비행해 서남의 금지로 유명한 은죽림에 도착했다.

은죽림은 문자 그래도 은색 대나무가 하늘을 뚫을 것처럼 솟아 있는 숲이었다. 한데 대나무가 흔히 보는 다른 대나무보다 대여섯 배 이상 굵어 거의 아름드리나무처럼 보였다.

그때, 전류영의 외침이 들려왔다.

"모두 안력을 높여 은죽 주위를 확인해라!"

유건은 시키는 대로 안력을 높여 은죽을 관찰했다. 과연 은죽에서 은색 솜털 같은 물체가 떨어져 나와 공중을 떠다녔다.

"저 은색 솜털에 뇌력을 차단하는 물질이 들어 있기 때문에 은색 솜털이 구름처럼 크게 뭉친 데는 반드시 피해야 한다."

경고를 마친 전류영이 앞장서서 은죽림 안으로 몸을 날렸다. 유건은 그녀를 따라 은죽림 안으로 들어가면서 삼은에게 고위 수사들이 은죽림을 그냥 놔두는 이유에 대해 들었다.

"은죽에 달린 솜털에는 영초, 영목 등의 성장을 도와주는 물질이 들어 있소. 일종의 거름 같은 거지. 그 바람에 은죽림 깊은 곳에는 희귀한 재료가 많아 없앨 수가 없는 것이오."

이해한 유건은 전류영을 따라 금안자호가 있다는 곳에 도착했다. 그곳은 날카로운 바위가 기둥처럼 솟은 바위 지대였다.

◆ ◆ ◆

　금안자호 사냥은 처음부터 커다란 난관에 봉착했다.

　원래 10조는 금안자호가 사는 소굴에 잠입해 십문배화진
(十門培火陣)을 설치할 계획이었다. 십문배화진은 생문(生
門)이 없는 무생진(無生陣)으로 지능이 떨어지는 악수를 상
대하는 데 효과가 뛰어나기로 예전부터 정평이 나 있었다.

　한데 조원들이 흩어져 십문배화진을 막 설치하려는 순간,
간담이 서늘해지는 야수의 포효가 들리더니 자줏빛 가죽을
두른 50장 크기의 거대한 호랑이가 등 뒤에서 튀어나왔다.

　살기가 줄줄 흐르는 황금빛 눈동자로 진법을 설치하는 조
원들을 쏘아보며 입맛을 다시는 모습이 영락없는 금안자호
였다.

　"피해!"

　조원들에게 경고한 전류영은 재빨리 묵오보탑을 방출해
금안자호 앞을 막아섰다. 그러나 금안자호는 그 순간에도 마
치 파리를 잡을 때처럼 날카로운 발톱이 튀어나온 앞발로 도
망치는 10조 조원 대여섯 명을 잡아 입안에 쑤셔 넣었다.

　유건도 근처에 있던 삼은 등과 공중으로 솟구쳐 금안자호
의 앞발 공격을 피했다. 한데 마침 그가 달아나는 방향으로
금색 발톱이 튀어나온 금안자호의 앞발 하나가 날아들었다.

　유건은 전광석화를 연달아 다섯 번 펼쳐 금안자호의 앞발을

가까스로 피했다. 그때, 먹잇감을 처음으로 놓친 금안자호가 분노의 포효를 터트리더니 앞발 두 개를 번갈아 내리쳤다.

한데 금안자호가 앞발을 내려치는 속도가 원체 빨라 전광석화로 전부 피하기는 무리였다. 쓴웃음을 지은 유건은 청랑을 불러내 그 위에 얼른 올라탔다. 곧 화륜차의 불꽃을 크게 키운 청랑은 금안자호의 정수리 쪽으로 잽싸게 달아났다.

그때, 기다렸다는 듯 뒷발로 벌떡 일어난 금안자호가 황금색 두 눈동자로 어른 허리만 한 굵기의 광선을 연달아 발사했다. 청랑은 마치 곡예비행을 하는 곡예사처럼 어지러이 비행해 금안자호가 연달아 발사한 광선 수십 가닥을 전부 피해냈다. 금안자호의 지칠 줄 모르는 공세는 유건이 청랑을 조종해 악수의 뒤로 완벽히 달아나고 나서야 끝이 났다.

어쨌든 유건이 본의 아니게 금안자호의 시선을 오래 끌어준 덕분에 10조 조원 대부분이 공중으로 날아올라 목숨을 건졌다. 또, 조장 전류영은 그사이 묵오보탑 크기를 30장까지 키워 금안자호가 공중으로 날아오지 못하게 찍어 눌렀다.

묵오보탑 꼭대기에 앉은 전류영은 금안자호의 공격을 옆으로 흘려보냈다. 결국, 제 성질을 이기지 못한 금안자호가 지상에 있던 바위기둥을 뽑아 닥치는 대로 던지기 시작했다. 그러나 묵오보탑도 만만치 않은 보물이라 날아온 바위기둥 대부분이 보탑을 보호하는 보호막에 막혀 가루로 변했다.

하지만 전류영도 금안자호를 상대로 오래 버틸 수 없긴 마찬가지였다. 얼굴이 하얗게 질린 전류영이 조원들을 꾸짖었다.

"어서 소륜일월진(小輪日月陣)을 펼치지 않고 뭣들 하는 것이냐!"

그제야 정신을 퍼뜩 차린 조원들은 금안자호를 에워싼 상태에서 소륜일월진을 펼쳤다. 소륜일월진은 일월교를 대표하는 진법인 양륜일월진(兩輪日月陣) 중 하나였다. 원래 양륜일월진은 소륜일월진, 대륜일월진(大輪日月陣)으로 이루어져 있는데 사실 두 진법 사이엔 큰 차이가 없었다. 적은 수가 펼치면 소륜일월진, 많은 수가 펼치면 대륜일월진이었다.

각자 꺼낸 황금색 수레바퀴를 공중에 띄운 조원들은 수결을 맺은 손으로 법결을 날려 법보의 크기를 열 배로 확대했다. 황금빛을 발산하는 거대한 수레바퀴 80여 개가 바위 지대 상공을 가득 채운 모습은 보는 이가 탄성을 지르게 하였다.

황금빛 수레바퀴는 일월교에서 신분증처럼 쓰이는 일월륜(日月輪)으로 입문한 지 5년이 지나면 누구나 받을 수 있었다.

원래 일월륜은 법결을 써서 자석처럼 서로 당기게도 하고 서로 밀어내게도 할 수 있었다. 한데 방금 조원들이 날린 법결은 서로 당기게 하는 법결이었다. 수레바퀴 사이의 간격이 빠르게 줄어들다가 어느 순간부터는 아예 다닥다닥 붙어 거대한 구체를 형성했다. 조원들이 수레바퀴를 이용해 완성한 구체는 질풍처럼 이동해 전류영이 묵오보탑으로 간신히 저지 중인 금안자호를 구체 내부에 가두는 데 성공했다.

금안자호를 구체에 가두는 데 성공한 조원들은 법결을 날려 수레바퀴를 풍차처럼 회전시켰다. 한데 한번 돌기 시작한 수레바퀴는 시간이 흐를수록 회전 속도가 점점 빨라졌다.

수레바퀴의 회전 속도가 빨라질수록 강풍이 몰아치는 듯한 굉음과 땅이 무너지는 듯한 진동이 천지를 뒤흔들었다. 심지어 수레바퀴 테두리에 흐르던 금빛이 사방으로 번지더니 들쑥날쑥한 형태의 구체가 완벽한 공의 형태로 변했다.

"지금이다!"

같은 진언을 외우며 기다리던 조원들은 전류영의 공격 명령이 떨어지기 무섭게 일제히 양손을 수레바퀴 쪽으로 뻗어 그동안 끌어올린 법력을 전부 쏟아 냈다. 곧 다양한 색의 빛기둥이 사방에서 솟아올라 금빛 구체 안으로 스며들었다.

법력이 정순할수록 빛기둥의 색이 진했다. 또, 법력의 양이 많을수록 빛기둥의 크기가 굵었다. 물론, 유건은 법력을 적당히 조절해 다른 조원의 의심을 사는 일이 없게 하였다.

80명이 넘는 수사의 법력을 흡수한 금빛 구체가 갑자기 수축하더니 엄청난 압력으로 안에 가둔 금안자호를 짜부라트렸다.

금빛 구체가 금안자호의 살에 닿을 정도로 크기가 줄었을 때였다. 묵오보탑 위에 앉은 전류영이 법보낭에서 수레바퀴 제작에 사용하는 금빛 바큇살을 꺼내 구체 방향으로 던졌다.

금빛 바큇살은 부드러운 물체에 박힌 것처럼 몇 차례 출렁 거리다가 구멍을 뚫고 들어가 금빛 구체를 일시에 터트렸다.

콰콰콰콰쾅!

구체가 폭발하는 순간, 고막이 찢어지는 굉음과 몸이 부평 초처럼 흔들리는 막대한 진동이 사방으로 계속 퍼져 나갔다. 10조 조원들은 얼른 거리를 벌리며 방어 법보나 법력 보호막 으로 거친 풍랑처럼 몰아쳐 오는 폭발 충격을 견뎌 냈다.

한참 만에야 폭발의 충격이 가시며 소륜일월진에 직격당 한 처참한 바위 지대의 모습이 다시 드러났다. 바위 지대는 거의 반경 1리 정도가 국자 모양으로 움푹 파여 밑에서 바위 지대를 지탱하던 거대한 암반까지 밖으로 드러날 정도였다.

그러나 조원들의 눈에는 그들이 소륜일월진으로 만든 작 품이 들어오지 않았다. 금안자호가 아직 살아 있기 때문이었 다. 비록 금안 한쪽과 하반신 전체가 어딘가로 날아간 처참 한 모습이었어도 아직 살아 있단 점에는 이견의 여지가 없었 다.

조금 전 펼친 소륜일월진에 준비한 법력을 거의 다 쏟아부 은 10조 조원들은 생기를 잃은 허수아비와 다름없었다. 즉, 그들에겐 이제 금안자호를 상대할 능력이 없단 뜻이었다.

상처 입은 악수는 전보다 더 흉포하게 날뛰며 눈 깜짝할 사이에 조원 20여 명을 붙잡아 뼈까지 잘근잘근 씹어 삼켰다.

조원들은 비명을 지르며 악수의 살수를 피해 사방으로 달아났다. 그러나 금안자호가 하나 남은 금안으로 황금빛 광선을 쏘면 그물에 걸린 새처럼 속절없이 지상으로 추락했다.

부하들이 죽어 나가는 모습을 보며 새빨간 입술을 피가 날 정도로 세게 깨문 전류영은 다시 묵오보탑에 법력을 주입해 금안자호 앞을 막아섰다. 그러나 그녀 역시 막대한 법력을 소비한 탓에 금안자호를 막을 수 있을지 장담하지 못했다.

한데 그때, 비교적 여유로운 동작으로 도망치는 유건이 눈에 들어왔다. 파란 가죽과 복슬복슬한 꼬리를 세 개 지닌 귀여운 영수에 올라탄 유건은 짜증 날 정도로 여유가 넘쳤다.

지푸라기도 잡고 싶은 심정이던 전류영은 급히 뇌음을 보냈다.

"어서 날 도와라!"

청랑을 멈춰 세운 유건이 그녀를 힐끔 보며 물었다.

"이런 상황에서도 금안자호의 내단이 욕심나십니까?"

"명령이다!"

"흠, 명령이라면 따라야지요."

쓴웃음을 지은 유건은 청랑의 방향을 돌리며 물었다.

"묘책이 있어서 저를 불러 세우신 거겠지요?"

"네 영수가 제법 빠르더구나."

"원래 빠른 맛으로 부리는 영수지요."

이미 한계에 달한 전류영은 유건의 농지거리를 일일이 받아 줄 여유가 없었기 때문에 그녀가 세운 묘책부터 설명했다.

"알겠습니다. 조장님의 묘책을 한번 믿어 보지요."

고개를 끄덕인 유건은 청랑에게 화륜차의 불꽃을 최대한 키우란 명령을 내렸다. 곧 화륜차가 발산하는 푸른 불꽃이 횃불처럼 커져 마치 1장 크기의 불꽃을 지켜보는 듯했다.

유건은 그런 상태에서 상처 입은 금안자호에게 덤벼들어 악수의 주의를 끌었다. 유건이 초반에 자기 공격을 쥐새끼처럼 요리조리 피하던 놈임을 눈치 챈 금안자호는 눈이 확 뒤집혀 상대하던 전류영을 놔두고 그에게 냅다 달려들었다.

유건은 전광석화와 청랑의 화륜차를 동시에 펼쳐 악수의 공격을 피했다. 금안자호의 발톱과 황금빛 광선이 사방에서 정신없이 날아드는 바람에 식은땀이 흘렀다. 그러나 결국, 웃는 쪽은 항상 그였다. 그는 실낱같은 틈만 보이면 재빨리 빠져나가 전력을 다하던 악수를 매번 허탈하게 만들었다.

유건이 금안자호의 주의를 끄는 동안, 묵오보탑을 거둔 전류영은 법보낭에서 꺼낸 작은 남색 비파에 법력을 주입했다.

진언을 외우던 전류영이 남색 비파의 현을 살짝 튕기는 순간.

띠딩!

남색 빛줄기 수백 가닥이 하늘에서 비처럼 쏟아져 금안자호의 등을 찔렀다. 빛줄기에 등을 정통으로 찔린 금안자호는 피를 철철 흘리며 발광하기 시작했다. 두꺼운 가죽을 뚫고 들어간 남색 빛줄기가 끝내 오장육부까지 건드린 탓이었다.

청삼랑이 준 남색 비파, 남우혈비로 금안자호에게 치명상을 입힌 전류영은 재빨리 커다란 도끼를 꺼내 양손에 쥐었다.

"이야얍!"

앙칼진 기합을 지르며 낙하한 전류영이 도끼를 내려치는 순간, 몸부림치던 금안자호가 몸이 두 쪽으로 잘려 즉사했다.

전류영은 금안자호의 시체에서 폭포수처럼 쏟아지는 피와 살점, 내장을 헤치며 안으로 들어가 악수가 연성한 내단을 찾았다. 다행히 곧 단전처럼 보이는 부위에서 보라색 바탕에 황금빛 점이 점점 찍힌 금안자호의 내단을 발견했다.

"찾았다!"

소리친 전류영은 급히 법결을 날려 내단을 회수했다. 내단은 주인의 시체를 떠나지 않으려고 발버둥을 쳤다. 그러나 코웃음 친 전류영이 법결의 위력을 좀 더 강화하기 무섭게 내단이 단전을 쏙 빠져나와 그녀의 손으로 빨려 들어갔다.

한데 그때였다.

퍼어엉!

갑자기 거대한 암반에 구멍이 뻥 뚫리더니 그 안에서 거대한 식물 형태의 악수가 튀어나왔다. 악수는 머리에 악취를 풍기는 분홍색 꽃이 달려 있었고 다리가 있어야 할 곳에는 새카만 가시가 돋아난 뿌리 수백 개가 징그럽게 꿈틀거렸다.

무엇보다 팔 역할을 하는 노란 가지 다섯 개 끝에 톱니 모양을 한 집게가 붙어 있어 한 번 보면 잊기 힘든 외형이었다.

식물 형태의 악수는 노란 가지를 하나 뻗어 전류영의 손에 거의 들어온 거나 마찬가지인 금안자호의 내단을 가로챘다.

눈앞에서 전리품을 빼앗긴 전류영은 속에서 천불이 났다. 그러나 냉정한 성격답게 식물 형태의 악수가 가로챈 금안자호의 내단을 찾아오겠다는 바보 같은 생각은 하지 않았다.

오히려 식물 형태의 악수 손에서 어떻게 빠져나갈지부터 고민했다. 식물 형태의 악수는 산선계 4품 악수로 이름은 식령괴화(食靈怪花)였다. 평소에는 은죽림 깊은 곳에 서식하는 경우가 많아 경계하지 않았는데 절묘한 순간에 등장해 손에 들어온 거나 같은 금안자호의 내단을 가로채 갔다.

지금 같은 상황에서 4품 악수를 상대하는 행동은 누가 보더라도 미친 짓이었다. 누구보다 이를 잘 아는 전류영은 가장 빠른 비행 법보를 꺼내 도망쳤다. 그러나 전류영을 이대로 살려 보낼 생각이 없던 식령괴화는 집게가 달린 노란 가지 다섯 개를 동시에 길게 늘어트려 전류영을 휘감아갔다.

전류영은 노란 가지 세 개를 가까스로 피해 냈다. 그러나

네 번째 가지는 밑에서 튀어나오는 바람에 피할 시간이 부족했다.

"아아악!"

최후를 직감한 전류영이 그녀답지 않게 비명을 크게 질렀다. 한데 그때, 갑자기 등장한 유건이 전류영을 끌어당겨 노란 가지를 피하게 해 주었다. 내친김에 전류영을 아예 자기쪽으로 끌어당긴 유건은 청랑에게 속도를 더 높이라 지시했다.

그러나 4품 악수는 괜히 4품이 아니었다. 암반을 뚫고 땅속으로 숨어든 식령괴화가 갑자기 유건 앞쪽에서 튀어나왔다.

"제길!"

유건은 방향을 바꿔 도망쳤다. 그러나 식령괴화의 지둔술은 규옥의 지둔술을 훨씬 능가해 어디로 도망치든 항상 그앞을 막아섰다. 아무래도 식령괴화를 따돌리긴 무리일 듯했다.

유건은 미간을 찌푸리며 고민했다.

'자하제룡검을 써야 하나?'

그러나 자하제룡검을 쓰면 전류영을 죽이거나, 아니면 천농쇄박으로 기억을 봉인해야만 했다. 그래야 그가 영물을 지녔다는 소문이 칠교보에 퍼지는 상황을 막을 수가 있었다.

유건이 이번 일을 어떻게 처리할지 고민할 때였다.

그의 뒤에 조용히 앉아 있던 전류영이 갑자기 말을 걸어왔다.

"식령괴화는 공기나 흙의 진동을 듣고 추격한다는 말을 들었네."

유건은 그녀 쪽으로 고개를 돌리며 물었다.

"확실합니까?"

전류영은 유건의 얼굴이 그녀의 얼굴과 너무 가깝다고 여겼는지 허리를 슬그머니 뒤로 빼며 확신에 찬 어조로 대답했다.

"사부님께 직접 들은 내용이네."

"그럼 놈을 따돌릴 방법이 전혀 없진 않군요."

"정말인가?"

"단, 오늘 본 내용을 다른 수사에게 말하지 않겠단 약속을 하셔야만 사용할 수 있는 방법입니다. 그렇게 해 주시겠습니까?"

그 자리에서 승낙한 전류영은 자기가 먼저 선약을 맺는 게 어떻겠냐는 제안까지 하였다. 유건도 원하던 바였기 때문에 두 남녀는 청랑에 탄 상태에서 묵비주(墨匕呪) 선약을 맺었다. 묵비주 선약은 일월교 수사들이 즐겨 쓰는 선약으로 칠교보의 진산 법보인 묵심비의 기운을 약간 집어넣은 부적에 피를 묻혀 맺었는데, 장선 중기 이상의 강자가 아니면 무력화하기 힘들어 효과가 아주 좋은 선약으로 유명했다.

119

전류영과 묵비주 선약을 맺은 유건은 우선 건마종으로 은색 파동을 만들어 그 안에 숨었다. 건마종의 은색 파동은 상대의 뇌력을 차단하는 효과 외에도 은색 파동 안에서 나는 소리나 냄새, 진동을 어느 정도 감춰 주는 효과를 지녔다.

그 상태에서 무광무영복으로 은신술을 펼친 유건은 청랑에게 공기의 떨림을 최소한으로 줄인 상태에서 그들이 가던 방향과 정반대인 금안자호의 소굴로 가란 지시를 내렸다. 전류영은 유건이 어떻게 하나 지켜볼 생각인지 금안자호의 소굴로 다시 돌아가는 데도 별다른 참견을 하지 않았다.

잠시 후, 유건 일행은 갑자기 사라진 그들을 찾느라 이곳저곳을 정신없이 쑤시고 다니는 식령괴화 옆을 조용히 통과해 호랑이가 입을 쩍 벌린 것처럼 생긴 소굴 입구로 들어섰다.

유건 일행은 금안자호의 소굴 안으로 깊숙이 들어가 식령괴화의 추적을 피했다. 식령괴화가 공기 중의 떨림이나 흙의 진동을 통해 사냥감을 추적한단 전류영의 정보는 정확했다.

유건 일행을 놓친 식령괴화는 오히려 소굴 반대편으로 이동해 그 일대를 샅샅이 뒤지고 다녔다. 결국, 한 시진이 더 지났을 땐 식령괴화가 시야에서 완전히 사라져 보이지 않았다.

물론, 식령괴화의 감지 범위가 생각보다 넓다면 금안자호의 소굴도 위험할지 몰랐다. 유건은 시험 삼아 청랑에게 속도를 더 높여 움직여 보란 지시를 내렸다. 잠시 후, 청랑이 속도를 전보다 배로 높여 허공을 질주했다. 그러나 그들을 감지하지 못한 식령괴화는 한참을 기다려도 돌아오지 않았다.

그제야 마음을 놓은 유건은 고개를 돌려 전류영에게 물었다.

"식령괴화가 완전히 떠난 모양인데 이제 어떻게 하시겠습니까?"

금안자호의 거대한 소굴을 둘러보던 전류영이 불쑥 물었다.

"악수의 정체가 식령괴화란 사실을 용케 알아냈군. 다른 곳에서는 보기 쉽지 않은 악수여서 이번 임무에 관해 들은 사부님이 먼저 언질을 주시기 전에는 본녀도 몰랐는데 말이야."

유건은 머리를 긁적이며 대답했다.

"저런 악수에 대해 잘 아는 친구가 있어서요."

"친구?"

"왜 이 후배에겐 친구가 없을 것 같아서 그러십니까?"

"밝히기 싫다면 굳이 물어보진 않겠네."

차갑게 쏘아붙인 전류영은 고개를 들어 위에서 천천히 돌아가는 건마종을 보았다. 유건이 청삼랑에게 건마종을 받을 때 그녀도 옆에 있었으므로 법보의 정체를 바로 알아보았다. 그러나 건마종을 덮은 투명한 천은 처음 보는 법보였다.

"본녀와 묵비주를 맺은 이유가 저 투명한 천 때문인 모양이지?"

유건은 솔직하게 시인했다.

"그렇습니다. 그동안 후배의 목숨을 여러 차례 구해 준 보물 중의 보물인데 다른 수사가 알면 당장 뺏으려 들 테니까요."

"그렇겠지."

잠시 후, 코를 몇 번 킁킁거리던 전류영이 빨간 입술을 살짝 깨물더니 청랑의 꼬리 쪽으로 좀 더 옮겨 가서 다시 앉았다.

유건은 자기 냄새를 맡아 보며 물었다.

"후배에게서 기분 나쁜 냄새라도 나는 겁니까?"

전류영은 약간 언짢은 표정으로 대꾸했다.

"아닐세. 그보다는 본녀 쪽에서 냄새가 난다는 게 더 맞겠지."

전류영은 금안자호의 내단을 찾으려고 악수의 시체 곳곳을 헤집고 다녔기 때문에 옷과 살 곳곳에 피가 말라붙어 있었다.

유건은 고개를 끄덕이며 청랑 위에서 먼저 뛰어내렸다.

"이젠 법보를 거두어도 괜찮을 것 같군요."

유건의 의견에 동의한 전류영도 지상으로 내려왔다.

잠시 후, 무광무영복과 건마종을 회수한 유건이 청랑을 불렀다.

"너는 입구에 가서 식령괴화가 돌아오는지 감시하도록 해라."

고개를 끄덕인 청랑은 화륜차를 써서 입구로 쏜살같이 날아갔다. 그사이, 유건과 전류영은 금안자호의 소굴 내부를 돌아다니며 악수가 남겨 둔 보물이나 재료가 있는지 확인했다. 그러나 수천 장에 달하는 소굴 내부를 이 잡듯 뒤졌음에도 두 수사의 마음에 찰 만한 물건은 끝내 나오지 않았다.

전류영은 살펴보던 노란 옥돌을 바닥에 던지며 짜증을 부렸다.

"죄다 쓰레기들뿐이잖아!"

유건은 그녀의 심정을 십분 이해했기 때문에 그쪽은 신경 쓰지 않았다. 전류영은 10조 조원 수십 명을 금안자호에게 잃었을 뿐만 아니라, 거의 손에 넣은 거나 다름없는 악수의 내단을 식령괴화에게 빼앗겼다. 아무리 냉정한 성격을 지녔어도 이런 상황에서는 마음이 초조해질 수밖에 없었다.

혼자 씩씩대던 전류영이 그가 있는 쪽으로 다가오며 물었다.

"한데 자넨 아까 전부터 뭘 그렇게 열심히 하는 건가?"

바위틈에 손을 집어넣은 유건은 안쪽을 더듬거리며 되물었다.

"조장님은 뭔가 이상하단 생각 안 드십니까?"

"뭐가 말인가?"

유건은 틈새 안으로 손을 더 집어넣으며 대답했다.

"금안자호는 4품 악수입니다. 아마 수천 년은 넘게 살았겠지요. 더구나 다른 곳도 아닌 은죽림에서 말입니다. 한데 소굴이라 생각한 이곳엔 먹다 남은 뼈다귀와 쓸모없는 돌멩이만 있을 뿐입니다. 조장님은 그게 뭘 뜻하는 것 같습니까?"

전류영은 알겠다는 듯 고개를 끄덕였다.

"금안자호의 소굴이 이곳이 아닐 수도 있다는 말인가?"

"아닐 수도 있는 게 아니라, 이곳은 분명 아닙니다."

대꾸한 유건은 틈새에 집어넣은 손을 빼냈다. 한데 틈새에서 빼낸 손에 은빛이 흐르는 걸쭉한 액체가 약간 묻어 있었다.

유건은 액체를 비벼도 보고 코로 가져가 냄새를 맡기도 했다.

"흐음."

전류영은 호기심을 드러내며 더 가까이 다가왔다.

"그 액체는 뭔가?"

"후배도 잘 모르겠습니다. 다만, 뭔가 심상치 않은 물질인 것은 확실합니다. 만질 때마다 뇌력이 빨려 나가는 느낌을 받으니까요. 어쩌면 뇌력과 관련한 물질일 수도 있습니다."

"뇌력과 관련한 물질?"

"확실치는 않습니다만 그럴 가능성이 커 보입니다."

그때, 뭔가 떠오르는 점이 있다는 듯 그 자리에 가부좌를 튼 전류영이 양손으로 수결을 맺은 상태에서 뇌력을 천천히 퍼트렸다. 유건은 그녀의 뇌력이 그를 지나 벽으로 날아가는 것을 느꼈다. 잠시 후, 눈을 번쩍 뜬 전류영이 다급한 표정으로 벽 쪽에 퍼트린 뇌력을 얼른 회수하며 일어섰다.

유건은 급히 물었다.

"괜찮습니까?"

"자네 말대로 뇌력이 빨려 들어가는 것을 느꼈네. 그것도 엄청난 속도로 빨려 들어가는 바람에 하마터면 큰일 날 뻔했어."

유건은 턱을 쓰다듬으며 그가 추리한 내용을 가르쳐 주었다.

"이곳은 뇌력이 뻗어 나가지 못하게 하는 신비한 물질이 있는 은죽림입니다. 아마 이 은색 액체는 그 신비한 물질이 수천, 수만 년 동안 쌓여 액체처럼 변한 것일 가능성이 큽니다."

전류영은 고개를 절레절레 저었다.

"본녀는 은죽림에 도착하고 나서 시험 삼아 뇌력을 몇 번 퍼트려 보았네. 그러나 그때는 뇌력이 30장 이상 뻗어 나가지 못했을 뿐이야. 지금처럼 뇌력을 흡수하는 일은 없었어."

유건은 그건 별문제 아니라는 듯 바로 대답했다.

"소량일 때는 단순히 뇌력을 차단하는 효과만 있지만 이처럼 액체를 이룰 정도로 많은 양이 모이면 아예 수사의 뇌력을 흡수하기도 하는 것 같습니다. 이 세상엔 백락장의 마물 같은 것도 존재하는데 이 정도야 별로 신기한 일도 아니죠."

좀 전의 일을 떠올린 전류영의 얼굴이 다급해졌다.

"자네 좀 전에 액체를 만졌을 때, 뇌력이 빠져나간다고 했었나?"

"그랬지요."

"그렇다면 몸에 닿기만 해도 뇌력이 빠져나간단 소리가 아닌가?"

"아마 그럴 겁니다."

전류영은 바로 비행 법보를 꺼내 올라탔다.

"그렇다면 어서 이곳을 빠져나가는 게 좋겠네. 만약 이 불길한 액체가 금안자호의 소굴에 흘러들기라도 하는 날엔, 우리 둘 다 뇌력을 상실해 이지를 상실한 강시처럼 변할 것이야."

유건은 고개를 가로저었다.

"가시려거든 혼자 가십시오. 후배는 좀 더 연구를 해 봐야겠습니다. 이런 신비한 물질은 좀처럼 만날 기회가 없으니까요."

전류영의 언성이 약간 높아졌다.

"대체 뭘 연구한다는 말인가?"

유건은 의미심장한 미소를 지으며 대답했다.

"이건 어쩌면 엄청난 보물을 챙길 절호의 기회일지도 모릅니다."

"보물? 그게 무슨 뚱딴지같은 소리인가?"

"금안자호는 태생이 악수라서 이 물질에 영향을 받지 않았을 겁니다. 그렇다면 금안자호가 자기 보물을 어디에다 숨겨 놓았을 것 같습니까? 당연히 이 물질 근처에 숨겨 놓았을 테지요. 그래야 우리 같은 수사가 훔쳐 가지 못할 테니까요."

전류영은 깜짝 놀라 소리쳤다.

"자네 설마 이 액체가 있는 곳에 들어가 보려는 것은 아니겠지?"

유건은 태연한 표정으로 대답했다.

"하하, 원래 설마가 사람 잡는 법 아니겠습니까."

"방금 자네는 몸에 닿기만 해도 이 액체가 수사의 뇌력을 빼앗아 간다고 하지 않았는가? 그 문제는 어찌 처리할 셈인가?"

유건은 품에서 건마종을 꺼내 그녀 앞에 흔들어 보였다.

"청삼랑 장로께서 주신 이 건마종에는 수사의 뇌력을 차단하는 효과가 있습니다. 그리고 그 말은 이 건마종을 사용하면 이 신비한 액체가 가진 효과도 막아 낼 수 있단 뜻입니다."

"정말인가?"

"건마종이 밖에서 들어오는 수사의 뇌력을 차단해 주는 것처럼 이 건마종 안에 몸을 숨긴 수사의 뇌력도 같이 차단해 주기 때문이죠. 즉, 외부에 뇌력을 흡수하는 물질이 있어도 건마종 덕분에 뇌력이 빨려 나가지 않을 수 있는 것입니다."

유건이 강경했기 때문에 결국, 먼저 항복한 쪽은 전류영이었다. 소굴 밖에 식령괴화가 돌아다니고 있을지도 모르는 상황에서 혼자 돌아갈 수는 없었다. 또, 유건에게 아주 중대한 용무가 있었으므로 더더욱 그를 이대로 두고 갈 수 없었다.

두 수사는 뇌력을 살짝 퍼트려 소굴 어느 방향에 이 신비한 액체가 가장 많은지를 찾았다. 금안자호는 분명 다른 방법을 써서 이곳과 진짜 소굴을 오갈 테지만 이 넓은 소굴 안에서 금안자호가 사용하던 출입구를 찾는 건 불가능했다.

향 한 대 탈 시간이 지났을 무렵, 두 수사는 마침내 신비한 액체가 가장 많은 방향을 찾아냈다. 전류영이 긴장한 표정으로 고개를 끄덕일 때, 유건은 주저 없이 사자후를 날렸다.

사자후의 음파가 바닥에 큰 구멍을 뚫음과 동시에 은색 액체가 물줄기처럼 위로 튀어 올랐다. 제대로 찾았단 증거였다.

청랑을 불러 올라탄 유건과 전류영은 건마종으로 몸을 보호한 상태에서 구멍으로 뛰어내렸다. 구멍 바닥에는 신비한 액체가 한 자 갓 넘을 듯한 너비로 흐르는 작은 시내가 있었다. 유건은 액체에 닿지 않게 조심하며 빠르게 이동했다.

시내가 흐르는 공간이 엄청나게 넓은 점을 생각하면 금안자호가 평소에 이용하던 통로일 가능성이 컸다. 그렇게 한참을 갔을 때, 사방에 다른 통로가 뚫려 있는 공간에 도착했다.

한데 문제는 다른 통로 바닥에도 신비한 액체가 흐르는 시내가 있다는 사실이었다. 그리고 그 시내는 한곳으로 모여들어 작은 연못을 형성했다. 신비한 액체의 양이 몇십 배로 늘어났기 때문에 당연히 액체가 뇌력을 끌어당기는 위력 역시 같이 늘어나 건마종으로도 오래 버티기가 쉽지 않았다.

"저깁니다!"

유건은 뛸 듯이 기뻐하며 한쪽으로 날아갔다.

그가 날아간 곳은 연못에서 그리 멀지 않은 거대한 석실 같은 장소였는데 벽 한쪽에 금안자호가 그동안 모아 둔 게 분명한 각종 재료와 영초, 영균 등이 어지럽게 쌓여 있었다.

4품 악수가 모은 거라 경천동지할 수준의 재료나 영초는 아니어도 어쨌든 고생해 가며 찾아온 보람은 어느 정도 있었다.

그러나 전류영이 보고 있는 것은 재료와 영초 등이 아니었다. 그녀의 시선은 벽 반대편에 놓인 돌 대접에 박혀 있었다.

그녀가 왜 그러나 싶어 그쪽으로 시선을 돌렸던 유건은 이내 허탈한 웃음을 지을 수밖에 없었다. 돌 대접 위에 황금빛 점이 점점이 찍힌 보라색 구슬이 놓여 있었기 때문이었다.

"죽은 금안자호가 가지고 있던 내단은 가단(假丹)이었던 거군요."

그의 말이 들리지 않는다는 듯 멍하게 서 있던 전류영은 마치 귀신에 홀린 사람처럼 날아가 보라색 구슬을 집어 들었다.

"저, 정말 금안자호의 내단이군."

전류영은 믿기지 않는다는 듯 내단에서 시선을 떼지 못했다.

악수는 수사들이 내단을 얻으려고 자신들을 사냥한단 사실을 알기 때문에 내단처럼 보이는 가짜 내단을 연성했다. 그게 바로 유건이 조금 전에 언급한 가단이란 물건이었다.

악수가 가단을 활용하는 방법은 간단했다. 경지가 높지 않은 수사의 경우에는 시간을 들여 자세히 살펴보지 않고서는 가단과 내단을 가려내기가 쉽지 않은 탓에 강적을 만난 도마뱀이 꼬리를 자르고 그 틈에 도망치는 것처럼 악수도 가단을 적에게 줘 버리고 그 틈에 도망치는 방법을 사용했다.

물론, 가단과 내단을 바꿔치기하면 악수는 실력이 현저히 떨어졌다. 아마 금안자호는 10조를 얕잡아 본 나머지 끝까지 가단을 내단으로 바꿀 생각을 안 하다가 목숨을 잃은 듯했다.

한참 만에야 냉정함을 회복한 전류영은 내단부터 챙겨 넣었다.

"본녀는 이 내단이면 되네. 나머진 자네가 갖도록 하게."

"조장님의 하해와 같은 배려에 눈물이 날 지경이군요."

"헛소리 그만하고 빨리 물건을 챙기게. 어서 여길 나가야겠어."

"알겠습니다."

유건은 대답하면서 전류영의 눈치를 슬쩍 살폈다. 전류영은 건마종의 은색 파동 안에 있으면서도 신비한 액체에 빨려 나가는 뇌력의 양이 적지 않은 듯 다급한 기색으로 서둘렀다.

그에 반해 유건은 아직 여유가 있는 편이었다.

'오선 초기인 그녀가 이렇다면 오선 중기부터는 아예 들어올 생각을 안 하겠군. 뇌력 상실만큼 두려운 일도 없으니까.'

시키는 대로 금안자호가 남긴 재료와 영초 등을 법보낭에 챙기던 유건은 문득 연못을 가득 채운 신비한 액체가 어디로 흘러가는지 궁금해졌다. 다행히 특별한 비밀 같은 것은 없었다. 그는 얼마 지나지 않아 신비한 액체가 연못 북동쪽에 난 수로를 따라 벽 밑으로 흘러간다는 사실을 알아냈다.

그때, 규옥이 뜬금없이 뇌음을 보내왔다.

"공자님, 이 신비한 액체가 소옥이 아는 그 액체가 맞는다면 어쩌면 이건 엄청난 기연을 의미하는 것일 수도 있습니다."

"기연이라고?"

호기심이 생긴 유건은 규옥의 설명을 듣다가 몸을 흠칫했다.

'기연이긴 한데 엄청난 위험이 따르는 기연이군.'

유건은 잠시 고민하고 나서 다시 물었다.

"네 예감으로는 어떤 것 같으냐?"

"소옥의 예감으로는 좋은 쪽인 것 같습니다."

"흠, 그렇단 말이지."

마침내 결정을 내린 유건은 전류영을 찾아가 간곡히 부탁했다.

"후배는 이곳을 좀 더 둘러보고 돌아가겠습니다."

전류영은 약간 짜증이 난 목소리로 물었다.

"그게 무슨 소린가?"

"다른 악수들이 금안자호처럼 똑똑하다면 다른 곳에도 보물이 있지 않겠습니까? 그런 보물을 두고 그냥 갈 순 없지요."

전류영은 한참을 고민하다가 어렵사리 입을 열었다.

"소굴 근처에서 닷새를 기다려 주겠네. 닷새 안에 소굴 쪽으로 다시 나온다고 맹세하면 허락해 주지. 그리고 이걸 받게."

말을 마친 전류영은 별 모양 동패를 던졌다.

얼떨결에 동패를 받은 유건이 고개를 들며 물었다.

"이게 뭡니까?"

"추적패일세. 몸에 지니고 있으면 본녀가 언제든 자넬 찾을 수 있지. 딱 닷새일세. 닷새가 지나면 자넬 버리고 갈 거야."

닷새는 약간 촉박할지도 모른단 생각이 들었다. 그러나 어쨌든 허락은 받은 셈이라 유건은 그녀를 금안자호의 소굴로 기분 좋게 데려다주고 본인은 다시 은색 연못으로 돌아왔다.

유건은 신비한 액체가 흘러들어 가는 수로를 유심히 관찰했다.

"조금 전에 말한 내용을 다시 한번 말해 봐라."

규옥은 기다렸다는 듯 바로 대답했다.

"예, 공자님. 소옥의 추측이 맞는다면 저 신비한 액체는 선도에서 뇌령은수(腦靈銀水)라 불리는 귀한 물질이 틀림없습니다. 뇌령은수는 은모죽(銀毛竹), 감은대화석(鑑銀大花石), 구은구식토(九銀九蝕土)와 같은 희귀한 재료에서 주로 나는데, 이곳에 있는 뇌령은수는 은모죽에서 나온 것입니다."

규옥의 이어진 설명에 따르면 은모죽도 다른 대나무처럼 군락을 이루긴 하지만 기껏해야 2, 300그루가 군락을 이루는 게 다였다. 한데 이 은죽림에 있는 은모죽은 적게 잡아도 수십만 그루였다. 즉, 이 은죽림의 은모죽은 자연 발생한 게 아니라 실력이 대단한 종파나 선가가 은모죽의 종자를 모아다가 수만 년에 걸쳐 정성스럽게 길렀다는 말이었다.

물론, 은죽림에 별다른 금제나 결계가 존재하지 않는다는 점을 고려하면 이 숲을 처음 조성한 종파나 선가는 오래전에 멸망했을 가능성이 컸다. 그렇지 않다면 그들이 정성 들여 조성한 은죽림에 악수가 들끓게 하지는 않았을 테니까.

그때, 규옥이 새로운 가설을 내놓았다.

136

"한데 소옥이 보기에는 이 은죽림을 조성한 종파나 선가도 뇌령은수를 얻으려고 은모죽을 기른 것은 아닌 것 같습니다."

"그럼 그들은 무슨 이유로 이런 정성을 쏟았단 말이냐?"

"뇌령은수에는 식물의 성장을 도와주는 물질이 있습니다. 아마 그들은 뇌령은수를 배출하는 은모죽 근처에 영초나 영목, 영균 등이 자생하는 모습을 보고 영약이나 법보의 재료를 얻으려고 이 은죽림을 조성했을 가능성이 아주 큽니다."

"그럼 그들도 그로부터 몇만 년이 지나고 나서 은죽림 지하에 뇌령은수가 흐를 거라곤 전혀 예상을 못 했을 거란 말이냐?"

"그렇지요."

"흐음."

유건은 한참 고민하고 나서 결정을 내렸다.

'소옥의 예측이 맞는다면 이건 하늘이 내려 준 기회가 틀림 없다.'

잠시 후, 유건은 뇌령은수가 흘러들어 가는 수로로 몸을 날렸다. 한데 몇 발자국 움직이기도 전에 수로에 흐르는 뇌령은수가 그의 뇌력 일부를 흡수하는 느낌을 받았다. 비록 건마종의 은색 파동 덕에 빨려 나가는 뇌력의 양이 많진 않았어도 이런 식으론 절대 이 안에서 닷새를 버티지 못했다.

'소옥을 믿기로 했으면 끝까지 믿어 봐야지.'

유건이 건마종의 은색 파동에 숨어 수로를 따라 다섯 시진 넘게 날아갔을 때였다. 갑자기 수로가 흐르는 공간이 확 트이더니 길잡이로 사용한 수로와 비슷한 형태의 수로가 사방에서 10여 개가 더 나타났다. 그리고 그 수로들은 공간 중앙에 자리한 커다란 연못과 이어져 있었다. 이는 금안자호의 진짜 소굴이 있던 석실 공간과 형태가 거의 일치했다.

다만, 그보다 다섯 배 이상 크다는 점이 다를 뿐이었다. 한데 이곳도 악수가 전에 기거하던 곳인지 곳곳에 먼지 묻은 재료가 어지럽게 흩어져 있었다. 시간이 촉박한 탓에 귀해 보이는 재료만 몇 가지 챙긴 유건은 연못 근처로 날아갔다.

이 연못을 가득 채운 뇌령은수도 북동쪽으로 뻗은 수로를 따라 은죽림 중심으로 흘러들어 가는 중이었다. 한데 지금은 규모가 훨씬 커져 수로라기보다 작은 강에 더 가까웠다. 그만큼, 빨려 나가는 뇌력의 양도 전보다 훨씬 많아졌다.

'슬슬 겁이 나는군.'

그러나 유건은 포기하지 않았다. 어차피 그는 평범한 공선 후기를 훨씬 능가하는 뇌력을 지녔다. 여기서 뇌력을 조금 잃더라도 이지를 상실해 강시처럼 변할 위험은 아직 없었다.

좀 더 도전해 보기로 마음먹은 유건은 습관적으로 품속에 손을 집어넣어 빙혼정을 봉인해 둔 석갑 부적에 손을 올렸다.

한데 자하제룡검이 경고를 보내지 않았다.

'이상하군.'

유건은 그를 감시하던 자가 은죽림까지 따라왔을 가능성이 크다는 생각에 한 시진마다 한 번씩 석갑 부적에 손을 대보았다. 한데 지금까진 계속 경고를 보내던 자하제룡검이 이번엔 보내지 않았다. 다시 말해 그를 감시하던 자가 사라졌단 뜻이었다. 그는 그 이유를 알아보려고 그간의 일을 되짚어 보았다. 잠시 후, 놀라운 사실이 한 가지 드러났다.

'그러고 보니 전류영과 헤어지고 나서부터 자하제룡검이 경고를 보내지 않는군. 설마 그녀가 진짜 감시자였다는 말인가?'

그러나 이는 아직 몇 가지 정황 증거를 토대로 만든 추측일 따름이었다. 유건은 다시 뇌령은수에 집중하기로 하였다.

유건은 뇌령은수가 흐르는 작은 강을 따라 북동쪽으로 계속 비행했다. 확실히 뇌령은수가 모이는 은죽림 중심으로 접근하는 중임이 분명했다. 다시 세 시진을 더 날아갔을 때, 이젠 작은 강이 아니라, 너비가 꽤 되는 강이 나타났다.

그곳에도 악수가 남긴 재료가 몇 가지 있어 서둘러 챙긴 유건은 강을 따라 은죽림 중심으로 향했다. 한데 역시 강은 강이었다. 뇌력이 빨려 나가는 속도가 전보다 배는 빨라졌다.

'이쯤에서 포기해야 하나?'

유건이 잠시 망설일 때였다. 무심코 안력을 높인 그는 전방에 하얀 백골 몇 개가 쓰러져 있는 모습을 보았다. 그는 급히 그쪽으로 날아가 백골의 상태를 점검했다. 이 상태로 있은 지 최소 수백 년은 지났을 것 같은 유골이었는데 근처에 생전에 쓰던 법보와 오행석 등이 그대로 남아 있었다.

법보의 위력과 오행석의 양을 생각하면 입선 후기나 공선 초기 같았다. 그들은 능력이 부족해 도중에 죽은 모양이었다.

'어쨌든 이런 생각을 나만 한 건 아니군.'

오행석 등을 챙긴 유건은 좀 더 들어가 보기로 마음먹었다. 다른 수사라면 갑자기 등장한 백골에 겁을 먹을 테지만 그는 오히려 호기심이 생겼다. 이곳에 수사의 백골이 있단 말은 그가 최소한 제대로 가고 있음을 뜻하기 때문이었다.

유건은 다시 한 시진을 더 날아갔다. 역시나 그가 가는 방향이 맞는 듯했다. 백골의 수가 늘어나는 게 이를 뒷받침하는 증거였다. 유건은 죽은 수사들의 오행석과 법보, 각종 재료, 영단 등을 눈에 보이는 족족 챙겨 법보낭에 집어넣었다.

이번엔 오행석의 양이 전보다 훨씬 많았다. 즉, 이곳에 누워 있는 백골의 주인은 최소 공선 중기 이상일 거란 의미였다.

유건은 두 번째 백골을 발견한 지점에서 다시 반 시진을 더 날아갔다. 이젠 뇌령은수가 흡수하는 뇌력의 양이 무시 못 할 정도로 늘어나 엄청난 두통까지 생겼다. 그는 앞으로 반 시진만 더 가 보기로 마음먹고 속도를 더 끌어올렸다.

한데 정확히 반 시진을 더 날아갔을 때였다.

'여기인가?'

마침내 뇌령은수가 흐르는 강이 끝을 드러냈다. 유건은 머리가 깨질 듯한 두통을 참아 가며 조금 더 전진했다. 곧 그 앞에 반경이 100장에 달하는 찬란한 은빛 호수가 나타났다.

호수는 강보다 30장쯤 낮은 곳에 있어 멀리서는 그 형태가 제대로 보이지 않았다. 강 끝에 다다른 뇌령은수는 폭포처럼 은빛 거품을 일으키며 호수 수면으로 떨어져 내렸다.

한데 그런 폭포가 한두 개가 아니었다. 큰 폭포만 세어 봐도 다섯 개였다. 시냇물처럼 작은 폭포까지 합치면 수백 개였다. 마치 지하수가 흘러들어 자연적으로 생긴 호수 같았다.

유건은 호수 주위를 재빨리 돌아보았다. 호수 곳곳에 백골이 즐비했다. 대충 세어 봐도 100구는 넘는 듯했다. 백골이 취한 자세는 제각각이었다. 호숫가에 가부좌한 자세로 좌화(坐化)한 백골도 있고 도망치다가 힘에 부쳐 그대로 쓰러져 죽은 것 같은 백골도 있었다. 심지어 백골 몇 구는 서로 싸우다가 죽은 것처럼 머리나 가슴에 구멍이 뚫려 있었다.

두통이 극심한 탓에 백골 옆에 있는 오행석이나 법보를 챙길 여유가 없었다. 그러나 오행석 양을 통해 여기 있는 백골 대부분이 공선 중기나 공선 후기란 사실을 알 수 있었다.

유건은 급히 규옥에게 뇌음을 보냈다.

"맞게 찾아온 건가?"

"확실합니다."

"그렇다면 호수 반대편으로 내려가 봐야겠군."

유건은 청랑을 타고 호수 반대편 절벽으로 내려갔다. 호수는 목과 받침으로 이뤄진 술잔 같은 형태였다. 절벽을 내려가면 기다란 목과 술잔 받침에 해당하는 부분을 볼 수 있었다.

전체적인 형태는 목이 긴 거대한 술잔에 몇 개의 강이 끊임없이 술을 채워 넣는 모습에 가까웠다. 호수라는 술잔에 술이 아니라 뇌령은수를 채운다는 점이 약간 다를 뿐이었다.

단숨에 술잔 받침까지 내려간 유건은 주변을 재빨리 둘러보았다. 여기서 버틸 수 있는 시간이 많지 않았기 때문에 행동이 절로 빨라졌다. 그러나 머릿속은 행동과 달리 아직 차분했다. 여기서 흥분하면 끝이란 사실을 알기 때문이었다.

유건은 곧 술잔 받침이 주변 모습과 다르단 사실을 알아냈다. 다른 데는 붉은 기가 도는 단단한 암벽으로 이루어져 있었다. 한데 술잔 받침은 아주 짙은 파란색이었으며 재질도 마치 부드러운 솜을 만질 때처럼 푹신하기 이를 데 없었다.

'규옥의 말이 맞는다면 이 받침이 뇌령은수 성질을 바꿔주는 부분이겠구나. 규옥은 뇌령은수가 여길 지나면 성질이 반대로 바뀐다고 했었지. 천조역정망(天造易淨網)이라 했던가?'

한데 그때 마침 규옥이 뇌음을 보내왔다.

"이 푸른색 암벽이 천조역정망인 것 같습니다."

"방금 나도 그런 생각을 했었다."

고개를 끄덕인 유건은 천조역정망으로 보이는 파란색 암벽 속으로 규옥의 지둔술을 펼쳐 들어갔다. 규옥에 따르면 천지에 존재하는 물질은 음양이 조화를 이룬 상태로 존재했다.

심지어 백락장의 마물조차 음양의 조화를 따랐다. 다만, 수사가 그 비밀을 풀지 못해 백락을 이용하지 못할 따름이었다.

다행히 뇌령은수는 그보다는 훨씬 선명하게 음양의 조화에 따라 움직였다. 즉, 음이 있으면 양이 있듯 수사의 뇌력을 빨아들이는 뇌령은수가 있다면 그 반대 역시 있기 마련이었다. 유건은 바로 그 반대 성질을 지닌 뇌령은수를 찾으려고 자칫 잘못하면 목숨까지 잃을 수 있는 도박을 감행했다.

천조역정망은 바로 수사의 뇌력을 빨아들이는 뇌령은수의 성질을 정반대로 바꿔 주는 역할을 하는 기이한 물질이었다. 즉, 뇌령은수가 이 천조역정망을 통과하면 성질이 반대로 바뀌어 뇌령은수가 가진 뇌력을 수사가 흡수할 수 있었다.

한데 규옥도 천조역정망의 진정한 실체는 알지 못했다. 자연법칙에 따라 뇌령은수가 호수를 이룰 때, 그 영향을 받아 천조역정망이 저절로 생겨난 게 아닌가 추측할 따름이었다.

그렇게 100장을 지둔술로 뚫고 들어갔을 때였다. 마침내 밑에서 엄청난 농도의 뇌력이 파도처럼 밀려오며 어떤 힘 센 괴물이 머릿속에 든 뇌를 잡고 빨래처럼 쥐어짜는 듯하던 두통이 말끔히 사라졌다. 아니, 사라진 수준을 넘어 지금까지 경험한 적 없는 엄청난 상쾌함이 폭풍처럼 밀려왔다.

덕분에 그동안 해결하지 못한 공법의 난해한 부분 몇 가지가 절로 풀릴 정도였다. 유건은 천조역정망 바닥까지 내려와 주변을 조사했다. 바닥엔 반경 10장이 넘지 않은 작은 연못이 있었다. 물론, 지금까지 숱하게 본 은색 연못과는 달리 뇌력을 빨아들이는 게 아니라 오히려 보충해 주었다.

한데 유건이 놀란 것은 연못의 존재가 아니었다. 그 연못 위에 둥둥 떠다니는 은색 백골 몇 개가 그를 놀라게 하였다.

유건처럼 이 연못을 찾아낸 수사가 몇 명 있었단 증거였다.

'한데 이들은 왜 여길 빠져나가지 못하고 죽은 거지? 혹시 규옥도 모르는 부작용이 있는 걸까? 그래서 미처 빠져나가지 못하고 다른 이들처럼 은죽림 안에서 숨을 거둔 것일까?'

유건이 조금 망설일 때였다.

규옥이 답답하다는 듯 다급한 목소리로 권했다.

"공자님, 어서 연못 안으로 들어가 뇌력을 흡수하셔야 합니다."

"서둘러야 할 까닭이 있느냐?"

"원래 이런 곳에서는 오래 머무를수록 효과가 떨어지기

마련입니다. 마치 맛있는 과일을 발견했을 때 처음엔 아주 맛있어도 나중에는 적응해 별 감홍이 없는 것과 마찬가지지요."

"알겠다."

유건은 규옥의 조언대로 은색 연못 안에 몸을 담갔다. 물론, 규옥도 오랜만에 영목낭 밖으로 나와 같이 몸을 담갔다.

마치 온천에 들어간 것처럼 은색 연못 안에 몸을 푹 담근 유건은 피부를 통해 들어오는 순수한 뇌력을 느끼곤 황홀감에 말을 제대로 잊지 못했다. 이런 경험은 난생처음이었다.

유건은 아예 물속에 머리까지 전부 담갔다. 당연히 들어오는 뇌력의 양도 늘어나 이곳까지 오면서 잃어버린 뇌력을 금세 보충했다. 그렇게 꼬박 사흘 동안 몸을 담갔을 때였다.

원랜 무릎까지 오던 뇌령은수가 거의 바닥을 드러냈다. 물론, 사라진 뇌령은수는 유건과 규옥이 모두 흡수한 상태였다.

'이 정도 양의 뇌령은수를 만드는 데 몇 년이 걸렸는지 알 순 없으나 아무래도 이번 생에선 그 덕을 다시 보기 힘들겠군.'

한데 그때였다.

고오오오!

사흘 동안 조용히 뇌령은수를 흡수하던 규옥의 몸 주위에서 갑자기 녹색 빛무리가 찬란하게 피어오르더니 작은 몸이 공중으로 둥실 떠올랐다. 규옥이 지금 새로운 경지를 돌파 중임을 직감한 유건은 조용히 지켜보며 호법을 서 주었다.

그로부터 한 시진이 지났을 때였다. 규옥의 몸에서 부채를 닮은 나뭇잎 아홉 개가 나선형을 이루며 자라기 시작했다. 한데 잎의 색이 전부 다 달랐다. 맨 밑에는 금색이었고 그 위로 은색, 갈색, 붉은색, 초록색, 파란색, 보라색, 남색, 분홍색 잎이 자랐다. 또, 그와 동시에 두 팔은 녹색 기운이 도는 흰 나뭇가지로 변했고 두 다리는 투명한 얼음처럼 변하더니 안에서 자잘한 검은 뿌리가 혈관처럼 빠르게 뻗어 나갔다.

그때, 규옥의 얼굴이 잔뜩 일그러졌다. 아마 엄청난 고통을 느끼는 모양이었다. 급기야 온몸에서 녹색 정혈이 굵은 땀방울처럼 뚝뚝 떨어지기까지 하였다. 마지막 고비임을 직감한 유건은 조마조마한 심정으로 규옥의 변화를 관찰했다.

다시 한 시진이 지났을 때였다. 규옥의 얼굴이 어느 순간부터 편해지는가 싶더니 갑자기 뱀이 허물을 벗듯 악취가 나는 겉껍질을 벗어던졌다. 유건은 깜짝 놀라 안력을 높였다.

그때, 겉껍질 속에서 전보다 조금 자란 듯한 규옥이 다시 모습을 드러냈다. 전에는 작고 귀여워서 고양이를 보는 것 같았다면 지금은 이제 막 걷기 시작한 갓난아기를 보는 듯했다.

마지막으로 상서로운 무지개 하나가 나타나 새로 태어난 규옥의 몸을 한 차례 휘감고 나서 규옥의 콧속으로 사라졌다.

마침내 공선 중기에 이른 규옥은 부끄러운 듯 얼른 법보낭에서 옷을 꺼내 걸치더니 유건에게 날아가 큰절을 올렸다.

"공자님이 보살펴 주신 덕분에 수차례 기연을 만나 그동안 소원해 마지않던 경지 상승을 이루었습니다. 앞으로도 이 은혜를 절대 잊지 않고 두고두고 갚아 나가도록 하겠습니다."

유건도 자기 일처럼 기뻐하며 규옥에게 축하의 인사를 건넸다.

"경사로구나. 네가 그동안 고생 많았다."

물론, 유건도 규옥처럼 경지 상승을 한 것은 아니지만 성과가 전혀 없진 않았다. 그도 뇌령은수를 잔뜩 흡수한 덕에 공선 중기 대성을 코앞에 둔 상태였다. 앞으로 영약을 복용하며 2, 3년 더 수련한다면 대성 달성은 큰 문제가 없었다.

그때 갑자기 남은 뇌령은수를 전부 흡수하면 어떤 결과가 생길지 궁금해졌다. 어쩌면 뇌령은수 덕분에 경지를 돌파한 규옥처럼 유건 본인도 공선 중기 대성에 이를지도 몰랐다.

한데 규옥이 그의 그런 생각을 간파한 듯 다급하게 조언했다.

"공자님의 심정을 모르는 바는 아닙니다. 그러나 여기서 욕심을 더 부리시면 여기 있는 백골들처럼 목숨을 잃으실 것입니다. 이 백골들은 아마 조금만 더 흡수해야지, 조금만 더 흡수해야지 하다가 결국 끝내는 심마에 빠진 것일 테니까요."

유건은 본인 영수라고 해서 다른 수사들처럼 함부로 대하지 않았다. 오히려 영수를 동료로 생각하는 면이 더 컸다. 지금도 마찬가지여서 규옥이 한 조언을 가볍게 여기지 않았다.

"뇌력을 급격히 늘리면 좋지 않단 뜻이냐?"

"그렇습니다. 얼마 전에 소옥이 천조역정망을 설명할 때 말씀드린 것처럼 뭐든 음양이 조화를 이루어야 안전합니다. 수사로 치면 뇌력과 법력이 조화를 이루어야 하겠지요. 한데 공자님은 법력의 양이 동급 수사에 비해 많은 덕에 뇌력을 갑자기 늘려도 법력과 균형이 맞아 무사할 수 있었습니다. 그러나 만약, 법력이 감당할 수 있는 양보다 뇌력이 더 늘어난다면 뇌력이 폭주해 폐인 신세를 면치 못할 것입니다."

유건은 규옥의 말이 이치에 맞는단 생각이 들어 바로 수긍했다. 한데 갑자기 의문 하나가 생겼다. 규옥이 비록 그와 경지는 같아도 수련해 온 기간은 훨씬 길므로 그보다 선도에 관해 잘 아는 게 당연했다. 그러나 은모죽, 뇌령은수, 천조역정망, 또 뇌력과 법력이 조화를 이루어야 안전하단 사실 등은 아무리 그런 규옥이라도 알기 쉽지 않은 정보였다.

유건은 고개를 갸웃거리며 물었다.

"이런 정보는 네 선사이신 공공자 어르신에게서 들은 것이냐?"

한데 규옥은 어찌 된 일인지 대답을 망설였다.

유건은 문득 떠오르는 생각이 있어 급히 물었다.

"요즘 네 말투가 백 선자를 닮아 간다고 느꼈는데 착각인 것이냐?"

규옥은 결국, 한숨을 푹 내쉬더니 법보낭에서 오색 연기가 몽글몽글 솟아오르는 검은 비석 같은 돌덩이를 하나 꺼냈다.

"이 돌덩이는 선문뇌기서(仙文腦記書)라 불리는 흔치 않은 법보인데 공자님도 전에 들어 보신 경험이 있으실 것입니다."

"들어 보았다. 수사가 지닌 방대한 기억을 뇌력으로 기록해 두는 법보이지. 한데 갑자기 선문뇌기서는 왜 보여 주는 것이냐?"

"백 선자님이 화신역체대법을 수련하기 위해 폐관에 들어가시기 전날이었습니다. 백 선자님이 갑자기 소옥을 찾아오셔서는 본인이 직접 기록한 이 선문뇌기서를 주시며 앞으로 선자님을 대신해 공자님을 옆에서 잘 보필하라는 엄명을 내리셨습니다. 소옥은 전에 돌아가신 선사님께 은모죽과 뇌령은수에 대해 들은 적은 있으나 천조역정망의 존재와 천조역정망이 정확히 어떤 역할을 하는지는 몰랐습니다. 그러나 선문뇌기서에 그런 내용이 있어 공자님께 뇌령은수가 모이는 장소를 찾아보라 조언을 드린 것입니다. 또, 수사는 모름지기 뇌력과 법력이 어느 정도 조화를 이루어야지만 대도를 이룰

149

수 있다는 내용도 선문뇌기서에 있던 것입니다."

백진의 배려에 크게 감동한 유건은 코끝이 살짝 시큰해졌다.

"아, 우리 둘 다 백 선자에게 큰 신세를 졌구나!"

"정말 그렇습니다."

유건은 규옥에게 손을 내밀었다.

"선문뇌기서를 이리 줘 보아라. 백 선자가 사용할 정도로 명성이 자자한 법보니만큼 이참에 안계를 좀 더 넓혀 봐야겠다."

규옥은 절대 줄 수 없다는 듯 선문뇌기서를 품에 꼭 안았다.

"아무리 공자님이라도 이 법보만큼은 드릴 수 없습니다."

유건은 황당한 표정으로 물었다.

"내가 법보를 뺏어 갈까 봐 그러는 것이냐? 그냥 어떤 법보인지 잠시 살펴보고 나서 바로 돌려줄 것이다. 걱정하지 말아라."

규옥은 고개를 세차게 저었다.

"백 선자께서 절대 선문뇌기서를 공자님께 드리지 말라는 엄명을 내리셨습니다. 더욱이 백 선자께서 소옥만 읽을 수 있게 해 놓았기 때문에 공자님은 내용을 읽어 보실 수도 없고요."

유건은 미간을 찌푸리며 물었다.

"백 선자가 그렇게까지 하는 이유가 대체 무엇이지?"

"백 선자님의 말씀에 따르면 선문뇌기서엔 방대한 정보가 들어 있다고 했습니다. 아마 전부 다 읽으려면 수십 년, 아니 어쩌면 수백 년이 걸릴지도 모르지요. 백 선자님은 공자님이 선문뇌기서에 빠져 수련을 게을리할 것을 염려하셨습니다."

유건은 냉소를 지으며 물었다.

"소옥, 네가 보기에는 내가 그 정도로 자제심이 없을 것 같으냐?"

"사실 이유는 그뿐만이 아닙니다."

"그럼 다른 이유가 더 있단 것이냐?"

"그렇습니다. 선문뇌기서엔 아직 소옥도 접근할 수 없는 부분이 많습니다. 아마 백 선자께서 화신역체대법을 연성하다가 일이 잘못될 때를 대비해 적어 둔 아주 중요한 기록 같은데 소옥의 경지가 지금보다 훨씬 높아지지 않으면 영원히 열 수 없을 것입니다. 부디 소옥의 고충을 이해해 주십시오."

유건은 백진이 화신역체대법을 연성하다가 잘못될 때를 대비해 적어 두었단 기록이 뭔지 갑자기 궁금해졌다. 그 내용은 아마 자신의 출생에 관한 비밀이나 그를 이곳으로 부른 선인의 진짜 의도와 관련한 내용일 게 틀림없기 때문이었다.

그때, 갑자기 명치에 묵직한 한 방을 맞은 듯한 느낌이 들었다.

'백 선자가 선문뇌기서를 소옥만 읽을 수 있게 한 이유를 이제야 알 것 같구나. 선문뇌기서에 그런 내용이 있단 사실을 알기 무섭게 궁금증을 참기 힘든 것을 보면 결과야 뻔하지. 아마 나에게 선문뇌기서를 읽을 수 있는 권한이 있었다면 백 선자가 남겨 놓았다는 중요한 기록이 뭔지 궁금해 몇 년이고 그 책만 미친 듯이 들여다봤을 거다. 백 선자가 한 경고처럼 가장 중요한 수련을 게을리하면서까지 말이야.'

피식 웃은 유건은 고개를 끄덕였다.

"알았다. 다신 선문뇌기서에 관심을 가지지 않으마. 됐느냐?"

규옥은 유건의 눈치를 살피며 조심스레 물었다.

"혹시 이 일 때문에 마음 상하신 것은 아니죠?"

"그런 게 없다면 솔직하지 못한 거겠지. 그러나 너와 백 선자의 의도가 무엇인진 알고 있다. 다 나를 위해 그런 걸 테지."

규옥은 그제야 안도의 한숨을 내쉬었다.

"당연히 공자님을 위한 거지요."

다시 건마종을 꺼낸 유건은 청랑을 타고 천조역정망을 빠져나갔다. 그는 빠져나가면서 뇌력이 얼마나 늘었는지 확인하고픈 생각이 굴뚝같았다. 그러나 이곳에서 뇌력을 퍼트렸다간 천신만고 끝에 얻은 뇌력을 도로 잃어버릴지도 몰랐다.

천조역정망 역할을 하는 푸른 암벽지대를 곧장 벗어난 유건은 절벽 위에 있는 호수로 올라가 죽은 수사들이 남긴 오행석과 법보 등을 몽땅 챙겼다. 이미 여기서 얻은 오행석만으로도 고생한 보람은 차고도 넘칠 지경이었다. 거기다 법보 중 일부는 오선 초, 중기 급이어서 기연을 이중으로 만난 상황과 같았다. 다시 극심한 두통과 함께 뇌력이 빠져나가는 느낌을 받은 그는 전속력으로 왔던 길을 돌아갔다.

올 때는 앞에 뭐가 있을지 몰라 속도를 조절했다. 그러나 나갈 때도 그럴 이유는 없었다. 그는 불과 반나절 만에 처음 출발한 곳인 금안자호 소굴 근처 수로에 다다를 수 있었다.

그러나 소굴로 바로 들어가지는 않았다. 전류영이 닷새 동안 그를 기다리다가 돌아오지 않으면 버리고 간다고 했는데 오늘이 바로 그 닷새째였다. 그렇다면 전류영이 금안자호의 소굴에서 그가 돌아오길 기다리고 있을 가능성이 컸다.

한데 문제는 전류영의 의도가 약간 의심스럽다는 데 있었다. 전류영은 그동안 청삼랑이 기거하는 일봉 정상을 자주 오갔을 뿐만 아니라, 이번 임무를 시작하기 전부터 그를 부쩍 의식하는 모습을 자주 보여 주었다. 무엇보다 전류영과 헤어진 다음부터는 자하제룡검이 경고를 보내오지 않았다.

또, 굳이 그를 닷새나 기다리겠다고 한 저의 역시 의심스럽긴 매한가지였다. 그녀가 아닌 다른 조장이라면 내버려 뒀거나, 아니면 명령을 내려 같이 복귀했을 것이 분명했다.

지금까지의 정황만 놓고 보면 전류영이 청삼랑이 보낸 감시자일 가능성이 농후했다. 당연히 신중할 수밖에 없었다.

소굴에 들어서는 순간에 기습당하는 일만큼은 피해야 했다.

유건은 먼저 빙혼정을 보관한 석갑부터 건드려 보았다. 한데 이번엔 자하제룡검이 그의 팔목을 옥죄어 경고를 보내 왔다.

'역시 감시자가 근처에서 나를 기다리는 게 확실하군.'

유건은 바로 건마종의 은색 파동에 숨은 상태에서 무광무영복을 그 위에 덮어써 만반의 준비를 마쳤다. 준비를 마친 그는 주변을 경계하며 소굴에 뚫어 놓은 구멍으로 올라갔다.

그러나 의외로 금안자호의 소굴은 텅 비어 있었다. 유건은 그래도 방심하지 않고 건마종과 무광무영복을 덮어쓴 상태에서 소굴 밖으로 나가 그 일대를 조심스럽게 돌아다녔다.

식령괴화는 자기 소굴이 있는 은죽림 중심으로 돌아갔는지 보이지 않았다. 유건은 시험 삼아 뇌력을 살짝 퍼트려 보았다. 그 순간, 뇌력이 순식간에 100장 너머까지 뻗어 나갔다.

'오, 뇌령은수의 효과가 엄청나군.'

전에 시험해 봤을 때는 뇌력이 정확히 25장까지 뻗어 나갔었다. 오선 초기 중에서 강자로 꼽히는 전류영이 30장까지 뇌력을 퍼트릴 수 있다는 점을 고려하면 전에 그의 뇌력은 공선 후기 최고봉에서 오선 초기 수준에 가까웠단 뜻이었다.

한데 뇌령은수를 흡수한 다음에는 무려 네 배로 늘어 오선 중기에 가까운 범위까지 뇌력을 퍼트릴 수 있었다. 그가 공선 중기인 점을 생각하면 엄청난 발전이 아닐 수 없었다.

'이번에는 정말 믿기 힘든 기연을 만난 셈이군.'

신이 난 유건은 뇌력을 계속 시험하며 금안자호 소굴 주위를 돌아다녔다. 한데 그로부터 얼마 지나지 않아 습관적으로 퍼트린 뇌력의 그물에 수사의 기운 하나가 걸려들었다.

다행히 상대는 그를 뇌력으로 감지하지 못했다. 이는 상대의 뇌력 범위가 그보다 짧다는 뜻을 의미했다. 물론, 100장은 은신술이나 은신 법보를 이용해 숨어 있는 게 아니면 맨눈으로도 상대를 확인할 수 있는 거리였다. 그러나 유건은 건마종과 무광무영복으로 완벽한 은신술을 펼쳤기 때문에 상대는 뇌력으로도, 맨눈으로도 그를 찾아내지 못했다.

유건은 청랑에게 천천히 움직여 그를 아직 발견하지 못한 상대에게 접근하라는 지시를 내렸다. 이동할 때 나는 소리나 공기 중의 떨림을 건마종이 어느 정도 가려 주긴 하지만 완벽하지는 않았다. 지금은 천천히 움직일 필요가 있었다.

상대가 두렵지는 않았다. 그보다 뇌력이 미치는 범위가 짧다면 혼자서 충분히 처리할 자신이 있었다. 폐허로 변한 바위 지대 흙더미 옆을 은밀히 돌아가는 순간, 마침내 뇌력이 포착한 상대의 모습이 눈에 들어왔다. 예상대로 전류영이었다.

'순수한 의도로 날 기다린 것인가? 아니면 정말 청삼랑이 보낸 감시자여서 내 곁을 한시도 떠날 수가 없었던 것인가?'

전류영이 준 추적패는 버린 지 오래였다. 괜히 그런 미심쩍은 물건을 들고 있다가 전류영에게 기회를 선사할 순 없었다.

유건은 뇌력으로 주변을 샅샅이 살핀 후에야 전류영이 혼자 있음을 확신했다. 그렇다면 모습을 드러내지 않을 이유가 없었다. 더구나 뇌력이 뻗지 않는 은죽림이었기 때문에 감시자를 처리할 이보다 좋은 기회는 다신 오진 않을 터였다.

유건은 무광무영복을 벗으며 그녀 앞에 나타났다. 주위를 두리번대며 무언가를 찾던 전류영은 30장쯤 떨어진 장소에서 유건이 모습을 드러내기 무섭게 몸을 흠칫 떨며 경계했다.

유건은 슬쩍 웃으며 물었다.

"하하, 뭘 그렇게 경계하십니까? 접니다, 유건."

전류영은 아무래도 유건의 행동이 마음에 들지 않는 듯했다.

"왜 숨어서 접근한 것인가?"

"놀라셨다면 죄송합니다. 그럴 의도는 아니었습니다."

사과를 받은 전류영은 화가 약간 풀린 모습이었다.

"그보다 갔던 일은 성공했는가?"

유건은 그녀의 질문을 능청스럽게 받아넘겼다.

"끝까지 들어가긴 갔는데 백골로 변한 수사의 시체가 수두룩하게 널려 있는 모습을 보고 마음을 접었습니다. 아무래도 그곳은 우리 같은 수사가 들어가선 안 되는 곳이었나 봅니다."

전류영은 유건의 말을 믿지 않는 듯 한동안 그를 유심히 살폈다. 그러나 그의 표정에서 감정을 읽기는 쉽지 않았다.

이번엔 유건이 먼저 입을 열었다.

"한데 뭘 찾기에 두리번대고 계셨던 겁니까?"

"조금 전에 누가 뇌력을 퍼트리는 것을 포착했네. 본녀보다 뇌력 범위가 넓은 것을 봐서는 최소 오선 중기의 강자일세."

유건은 자꾸 새어 나오려는 웃음을 억지로 참으며 대답했다.

"그럼 어서 여길 빠져나가야겠군요."

유건이 그녀의 옆으로 다가서려는 순간, 전류영이 갑자기 그를 경계하는 표정을 짓더니 뒤로 몸을 날려 거리를 벌렸다.

"본녀가 준 추적패는 어찌했지?"

"아 참, 추척패가 있었지. 아마 이동 중에 잃어버린 모양입니다."

"흐음, 성의 없는 변명이로군."

"조장님은 설마 이 후배를 의심하는 것입니까? 후배는 이제 공선 중기에 불과합니다. 조장님과는 하늘과 땅의 차이지요. 더군다나 조장님과 후배는 묵비주를 맺지 않았습니까?"

"우리가 맺은 묵비주 선약은 본녀가 앞으로 자네의 법보에 대해 발설하지 않겠다는 맹세에만 적용되는 것으로 아는데."

유건은 이제야 기억이 난다는 듯 머리를 긁적였다.

"아차, 그랬었지요. 한데 왜 그렇게 절 경계하시는 겁니까? 조장님이 손만 쓰면 언제든 이 후배를 죽일 수 있을 텐데요."

전류영은 미간을 살짝 찌푸렸다.

"본녀는 자네가 동급 경지의 귀선을 죽이는 것을 보았네. 더구나 자네가 가진 그 신기한 법보를 생각하면 경계하지 않을 수 없지. 자넨 평범한 공선 중기가 아니니까 말이야."

유건은 고개를 절레절레 저었다.

"그렇다면 아예 이참에 속의 얘길 꺼내놓는 게 어떻겠습니까?"

"그게 무슨 말인가?"

"저는 지금까지 조장님이 청삼랑 장로님의 밀명을 받아 저를 쭉 감시해 왔다고 믿고 있습니다. 우리 두 명 다 잘 아는 귀음도의 그 '물건' 때문에 말입니다. 정말 그런 것입니까?"

전류영의 가느다란 눈썹이 하늘을 뚫을 것처럼 치켜 올라갔다.

"그게 무슨 뚱딴지같은 소리인가?"

유건은 전류영이 거짓말을 하는 것 같지 않았기 때문에 약간 불안해졌다. 전류영이 아무리 거짓말에 능숙한 수사라고 해도 지금과 같은 본능적인 반응을 연기하기는 무리였다.

유건은 불안한 심사를 애써 억누르며 물었다.

"저를 계속 감시하려고 그런 게 아니라면 그럼 대체 닷새 동안이나 저를 이곳에서 기다려 준 진짜 이유가 무엇입니까?"

전류영은 한숨을 푹 내쉬었다.

"본녀에겐 마음을 터놓고 사귀는 친구가 몇 없네. 아마도 심사가 고약한 탓이겠지. 한데 그런 친구 중 한 명이 공선 중기일세. 교내에 오선 초기가 공선 중기와 어울리는 일을 좋게 보지 않는 수사가 많아 다른 이들이 있는 곳에선 잘 만나지 않았지. 물론 그 덕에 다른 이들은 그 사실을 잘 모르네. 본녀가 말한 공선 중기 여수사가 누군지 알겠는가?"

유건은 그제야 자신이 완전 잘못 짚었음을 깨달았다.

"선혜 선자이겠군요."

"바로 그렇다네."

유건은 상황이 전혀 예상치 못한 방향으로 흘러간다고 느꼈다.

전류영은 쐐기를 박았다.

"본녀가 닷새 넘게 자네를 기다린 이유는 그녀가 자네에게 전해 달라는 물건이 하나 있기 때문일세. 바로 이 물건이네."

전류영은 그러면서 분홍 비단으로 만든 예쁜 주머니를 건넸다. 유건은 주머니를 받아 안을 열어 보았다. 노란빛이 도는 화살 하나와 푸른 조개로 만든 작은 함이 안에 들어 있었다.

유건은 노란빛이 도는 화살부터 확인했다.

'비전전서(飛箭傳書)로군.'

비검전서는 검을 이용한 통신 수단이고 비전전서는 화살

을 이용한 통신 수단이었다. 유건은 노란빛이 도는 화살을
두 손으로 잡아 살짝 비볐다. 그 순간, 화살 표면에 선문이
반짝거리더니 유건의 머릿속에 선혜수의 목소리가 들렸다.

[매년 한 번씩 찾아가겠다는 약속을 지키지 못해 미안해
요. 그럴 만한 사정이 있었어요. 그대가 이해해 주리라 믿어
요. 시간이 많지 않은 관계로 정말 중요한 내용만 추려 말할
게요.]

사과 다음에는 상대희가 일월교 온건파 수장 문지걸을 자
기편으로 확실히 끌어들일 목적으로 몇 년 전부터 그녀와 상
대희의 손자 상영을 강제로 짝지어 주려 했다는 얘기가 흘러
나왔다. 물론, 그 얘기 뒤에는 자기는 상영에게 마음이 전혀
없음을 분명하게 밝혀 유건이 오해하지 않게 하였다.

또, 그녀가 문지걸을 따라 변경으로 가고 나서 혼담 상대
인 상영이 갑자기 사라졌단 소문을 들었는데 한편으론 그가
혹시 유건을 찾아가진 않았을까 무척 걱정했다는 내용도 있
었다. 어쨌든 상영이 유건을 찾아내기 전에 그렇게 사라져서
정말 크게 안도했다는 내용으로 그 얘기는 끝을 맺었다.

유건은 그 부분을 들으며 쓴웃음을 금치 못했다.

'오긴 왔지. 다만, 죽은 건 내가 아니라 그였지만.'

현재 일월교에서 유건이 상영을 죽였을 거로 의심하는 수

사는 거의 없다고 봐야 했다. 이는 유건이 공선 중기이고 상영이 오선 중기이기 때문이었다. 가끔 역천의 천재가 본인 경지보다 높은 수사를 죽였다는 예가 있긴 하지만 경지가 세 단계나 높은 상대를 죽였단 얘긴 전설상에서나 존재했다.

선혜수도 마찬가지였다. 그가 설마 상영을 죽였을 거라고 상상조차 못 한 그녀는 다른 수사가 상영을 죽였다고 믿었다.

유건은 곧 이어지는 다음 내용에 집중했다.

[사부님 말씀에 따르면 요즘 들어 태일소 보주와 상대희 교주가 보낸 사자(使者)가 문지방이 닳도록 사부님을 찾아오는 중이래요. 사부님을 자기편으로 끌어들이려고요. 사부님은 또 곧 태일소 보주와 상대희 교주가 크게 충돌해 칠교보란 이름을 지속하기 어려울 정도의 내전이 벌어질 거라 하셨어요. 사부님께서는 상대희 교주가 손자인 상영의 죽음이 태일소 보주 탓이라 여기기 때문에 절대 좋게 끝날 리 없다고 하시더군요. 그대는 내전이 벌어지기 전에 틈을 봐 도망치도록 해요. 사부님은 이참에 칠교보를 나와 독립까지 생각하시는 듯하니 이쪽으로 오면 날 만날 수 있을 거예요. 그리고 혹시나 해서 내가 사부님께 얼마 전에 받은 호신 법보를 같이 보내요. 상용 법보라 한 번만 쓸 수 있지만, 반드시 한 번은 그대의 목숨을 구해 줄 거예요. 아, 이 비전전서와 호신 법보를 당신에게 전해 줄 전류영 선배님은 내가 일월교에서 사부님

과 사형제 다음으로 믿는 선배님이에요. 한데 공교롭게도 본교로 복귀한 그대가 전 선배님의 이끄는 혜성대 10조에 있단 말을 듣고는 정말 이 세상에 운명이란 게 존재할지도 모른단 생각을 했을 정도예요. 모쪼록 그대가 전 선배님의 의도를 의심하지 않으셨으면 해요. 그럼 이곳에서 그대를 만날 날을 고대하고 있을게요.]

비전전서나 비검전서는 당사자가 다 읽기 전에는 다른 수사가 훔쳐 읽을 수 없으므로 전류영도 서찰의 내용을 몰랐다.

선혜수의 비전전서에는 중요한 내용이 많이 적혀 있었다. 물론, 그중에서 상대회와 태일소의 분쟁이 거의 극한까지 치달은 탓에 일월교와 두생교가 곧 대규모로 충돌해 칠교보를 더는 유지하기 힘들 거란 소식이 가장 중대한 내용이었다.

그러나 유건 개인에게 가장 중요한 소식은 선혜수의 사부 문지걸이 이 틈에 독립해 독자적인 종파를 세울 거라는 소식이었다. 장선 중기 최고봉의 초강자인 문지걸은 몇십 년 내로 장선 후기 진입을 시도할 거란 소문이 파다하게 돌았다.

더욱이 그 어느 때보다도 후기 진입에 성공할 확률이 높다는 관측이 많았기 때문에 다들 칠교보의 네 번째 장선 후기 수사의 탄생을 고대하는 중이었다. 한데 그런 문지걸이 태일소와 상대회가 다투는 틈을 타 독자적인 세력을 구축할 거라 곧 전혀 예상치 못했다. 만약, 문지걸의 계획이 성공한다면 당분간 선혜수에 관해서는 걱정할 필요가 없을 터였다.

유건은 이어서 비단 주머니에 비전전서와 같이 들어 있던 푸른색 함을 꺼내 열어 보았다. 함 안에는 검은 진주에 구멍을 뚫어 놓은 것처럼 생긴 반지 하나가 들어 있었다. 그는 반지를 꺼내 손가락에 끼워 보았다. 그 순간, 반지가 살아 있는 것처럼 그의 손가락 굵기에 딱 맞게 알아서 줄어들었다.

선혜수에 따르면 이 반지는 만 년 묵은 검은 진주에 열 가지가 넘는 재료를 혼합해 만든 흑주순환지(黑珠盾環指)로 상대의 강력한 공격을 튕겨 낼 수 있었다. 물론, 흑주순환지는 사용 횟수에 제한이 있는 상용 법보여서 묘용을 부린 다음엔 그 쓰임새가 다해 평범한 검은 진주 반지로 돌아갔다.

반지까지 챙긴 유건은 그제야 고개를 들어 전류영을 보았다.

"그녀가 조장님은 믿어도 된다는군요."

전류영은 주저 없이 고개를 끄덕였다.

"본녀도 그렇게 생각하네."

유건은 긴장이 약간 풀린 표정으로 물었다.

"저와 그녀가 사귄다는 사실을 언제 아셨습니까?"

"그녀가 변경으로 떠나기 전날, 본녀를 찾아와 다 털어놓더군. 우연히 자네를 만난 일과 매년 한 차례씩 만났던 일까지."

유건은 흠칫하며 물었다.

"그녀가 떠나기 전날이면 조장님이 진종자 선배님과 함께 저를 조사하러 찾아왔을 때도 이미 알고 있었다는 말이 아닙니까?"

전류영은 순순히 시인했다.

"그렇네. 다만, 그땐 다른 수사들이 있어 아는 척하지 못했을 뿐이지. 그리고 자네가 본교로 오고 나선 더 말할 수가 없더군. 오지랖도 정도가 있지, 본녀가 먼저 나서서 자네와 그녀가 연인 사이임을 안다고 말할 수는 없는 노릇 아닌가?"

"그건 그렇군요. 한데 아직 풀리지 않는 의문이 하나 있습니다."

"뭔가?"

"왜 그녀의 비전전서를 닷새 전에 주시지 않은 것입니까? 그때도 우리 둘뿐이라, 건네줄 시간이 꽤 많지 않았습니까?"

전류영은 뭐라 대답해야 좋을지 고민하는 표정을 지었다. 그러나 다른 생각이 떠오르지 않는 듯 솔직한 심정을 말했다.

"솔직히 말하면 본녀가 자네를 안 때는 그녀가 변경으로 떠나기 전이 아니네. 그보다 훨씬 전이지. 상동에서 액운을 만난 그녀가 죽을 고생을 하고 나서 얼마 지나지 않았을 때니까."

유건은 약간 흥미가 생긴 표정으로 물었다.

"그녀가 저에 관해 얘기했나 보군요. 그녀가 뭐라 하던가요?"

"흥분할 것 없네. 위급한 순간에 어떤 입선 경지의 사내를 만나 그의 도움으로 목숨을 건졌고 그 후에는 같이 역경을 헤쳐 나갔다는 흔하디흔한 얘기였으니까. 그러나 본녀는 그때부터 자네가 마음에 들지 않았네. 원래 선혜 선자는 촉망받는 선재(仙才)였네. 다들 그녀가 오선을 넘어 장선까지 이를 수 있을 거라 믿어 의심치 않았지. 한데 자네를 만난 다음부터는 심마가 들끓는지 경지를 뚫는 데 애를 먹었네."

유건은 당황했다.

"그런 사정이 있는 줄은 전혀 몰랐습니다."

"한데 그녀가 심마에서 거의 벗어났을 때쯤, 자네가 다시 나타났네. 그런 상황에서 본녀가 어찌 자넬 좋게 보겠는가?"

유건은 그제야 전류영이 그동안 유독 그를 쌀쌀맞게 대한 이유를 알 것 같았다. 또, 전류영이 선혜수가 전해 달라 부탁한 물건을 닷새 전에 전해 주지 않은 이유 역시 짐작이 갔다.

유건은 씁쓸한 표정으로 대꾸했다.

"조장님은 금안자호의 소굴에서 제가 죽길 바라셨군요. 그래야 지금까지 선혜 선자를 괴롭혀 온 심마가 사라질 테니까요."

전류영은 어깨를 으쓱거렸다.

"부정하지 않겠네."

"한데 조장님이 전에 약속한 대로 닷새 동안 기다려 주신 것을 보면 제가 아주 마음에 들지 않은 것은 아니었나 보군 요."

"그건 그녀가 최근에 보낸 서찰 때문이네."

"선혜 선자가 최근에 조장님께도 따로 서찰을 보낸 것입니 까?"

"그렇네. 서찰에 자네를 잘 부탁한단 내용이 적혀 있었지. 그리고 곧 공선 중기를 대성할 수 있을 것 같단 내용도 있었 네. 본녀는 그녀가 자넬 만나고 나서 심마가 더 강해질 줄 알 았는데 오히려 그 반대로 심마가 좋은 쪽으로 변한 것이네. 자네가 그녀의 심마를 나쁜 쪽으로 몰고 가는 게 아니라면 본녀도 자네를 나쁘게 생각할 이유가 없지 않겠는가?"

유건은 진심으로 기뻐했다.

"그것참 반가운 소식이군요."

"그럼 이제 본녀에 대한 의심은 다 풀린 건가?"

"아직 한 가지 남았습니다. 일봉 주봉에 자주 가시던데 혹 시 청삼랑 장로님이 찾으셔서 간 것입니까? 아니면 다른 이 유로?"

"몇 번 부르시긴 했네. 처음엔 자네에 관해 물어보려고 부 르셨고 며칠 전에는 이번 임무를 직접 지시하려고 부르셨 지."

유건은 흠칫하며 물었다.

"과거에도 이번 은죽림의 임무처럼 장로님 선에서 직접 내려온 임무가 있었습니까? 혜성대 대주님을 통하지 않고서요."

전류영은 잠시 생각하다가 고개를 가로저었다.

"없었네. 보통은 혜성대 대주님을 통해 내려오니까."

유건은 그 말이 끝나기 무섭게 손을 품속에 집어넣어 빙혼정을 보관한 석갑을 만져 보았다. 한데 그 순간, 자하제룡검이 전에 없이 강하게 그의 손목을 옥죄어 경고를 보내왔다.

유건은 갑자기 뇌음을 써서 물었다.

"좀 전에 오선 중기 이상의 수사가 뇌력을 퍼트렸다고 하셨는데 그게 한 번이었습니까? 아니면 한 번 이상이었습니까?"

전류영도 뭘갈 감지했는지 급히 뇌음으로 대답했다.

"총 네 번이었네. 왜 그러는가?"

"아무래도 청삼랑 장로가 저에 대해 단단히 오해한 것 같습니다."

"자네가 귀음도 귀선들이 찾던 보물을 가지고 있다고 말인가?"

"그렇습니다."

"그럼 설마 조금 전에 본녀가 느낀 뇌력이……."

"청삼랑 장로가 저를 죽이려고 보낸 살수의 뇌력일 것입니다. 그렇게 생각하면 모든 게 맞아떨어집니다. 청삼랑 장로가

171

혜성대 대주를 통하지 않고 이번 임무를 내린 목적. 또, 이번 임무가 도망치기 쉽지 않은 은죽림에서만 가능했던 이유 모두 저를 죽이거나 붙잡아 보물의 행방을 알아내고 싶었기 때문입니다. 아무래도 좋게 끝나진 않을 것 같군요."

전류영은 다급히 물었다.

"어찌할 생각인가? 설마 맞서 싸우잔 얘긴 아니겠지?"

"조장님은 모르는 척 먼저 가십시오. 상대가 저를 노리는 게 분명한 탓에 조장님은 쫓지 않을 것입니다. 아, 제 생사는 걱정할 필요 없습니다. 제겐 오선 중기의 강자라도 따돌릴 수 있는 강력한 수단이 하나 있으니까요. 자, 제가 신호를 보내는 즉시, 아무 일도 없는 것처럼 먼저 떠나십시오."

망설이던 전류영은 결국 유건을 믿고 먼저 떠나기로 하였다.

한데 그녀가 비행 법보를 꺼내 막 올라타려는 순간, 왼쪽에서 검붉은 화살 하나가 튀어나와 그녀의 등을 찔렀다. 그러나 유건의 경고를 듣고 나서 이런 상황이 있을지도 모른다고 생각한 전류영은 기다렸다는 듯 비행술로 화살을 피했다.

그때, 유건이 날린 목정검이 40장 거리에 있는 허공을 관통했다. 그러나 목정검은 목적을 달성하지 못했다. 목정검이 노리던 목표가 어느새 10장 밖에서 나타났기 때문이었다.

그곳엔 머리를 완전히 민 중년 수사 하나가 손에 검붉은 빛이 흐르는 고색창연한 철궁(鐵弓) 한 자루를 들고 떠 있었다.

전류영은 중년 수사를 아는 듯 놀란 목소리로 외쳤다.

"아니, 마헌걸(磨憲傑) 선배님이 아닙니까?"

마헌걸은 서늘한 미소를 지으며 차갑게 대꾸했다.

"네년이 일전에 선혜수에게 받았다는 서찰만 순순히 내놓으면 네년의 목숨은 살려 주마. 그러나 서찰을 내놓지 않겠다면 네년 역시 저놈과 이 은죽림에서 최후를 마쳐야 할 것이야."

전류영은 가느다란 눈썹을 있는 대로 찌푸리며 물었다.

"우리가 하는 얘길 숨어서 엿들으신 것입니까?"

"그렇다. 네년이 저놈과 선혜수에 관해 떠들던 얘기를 모두 들었지. 덕분에 난 청삼랑 장로님을 뵐 면목이 다시 생겼고 말이야. 네년이 저놈과 하는 대화를 엿듣지 못했으면 한 달 동안 감시하고도 별 소득 없이 돌아가야 했을 테니까."

유건은 전류영 옆으로 이동하며 물었다.

"청삼랑 장로님이 날 죽인 다음에 보물을 찾아오라 시키던가요?"

오만할 정도로 자신감이 넘치는 마헌걸은 유건이 전류영 쪽에 합류하는 것을 그냥 지켜만 보았다. 마치 이 자리에서 유건과 전류영을 없애는 것쯤은 식은 죽 먹기라는 듯했다.

"네놈 말대로 처음엔 네놈을 생포한 후에 귀음도의 보물을 찾아볼 생각이었다. 한데 네놈이 저년과 하는 얘기를 듣고 나서 월척 중의 월척을 잡았단 사실을 깨달았지. 청삼랑 장로님은 네놈과 선혜수란 계집이 정을 통하고 있음을 이미 알고 계신다. 또, 교주님의 친손자인 상 공자가 네놈을 죽이려고 마두산에 갔었단 사실도 알고 계시고. 다만, 공선 중기에 불과한 네놈에게 상 공자를 해칠 능력이 없단 점이 못내 마음에 걸려 확답을 내리지 못하는 상황이었지. 한데 인제 보니 저년이 네놈을 도와 상 공자를 급습한 모양이구나. 아무리 상 공자의 능력이 출중해도 교내 인물이 갑자기 악독한 수법으로 기습을 가하면 당하실 수밖에 없었을 테니까."

그때, 유건은 마헌걸이 그들의 얘기를 제대로 듣지 못했음을 간파했다. 제대로 들었으면 그와 전류영이 처음 만난 시기가 상영이 죽고 나서였다는 사실을 알 수밖에 없었다. 그게 아니라면 다른 목적 때문에 그 부분은 무시하기로 했거나.

'고지식한 사내로군.'

유건은 위기에 처한 수사답지 않게 담담한 표정을 유지했다.

"그럼 이제 내가 가진 선혜 선자의 비전전서와 전 선배님이 지닌 선혜 선자 서찰을 갖고 청삼랑 장로님에게 돌아가면 상 공자 실종을 둘러싼 비밀이 깨끗이 풀리기라도 한다는 겁니까?"

마헌걸의 미간이 살짝 찌푸려졌다.

"그럼 해결이 안 난단 뜻이냐?"

"소문에 따르면 상대회 교주님과 태일소 보주님이 곧 한판 붙을 거라는데, 두 어르신이 붙는 가장 큰 이유가 뭔지 아십니까?"

마헌걸은 흠칫해 급히 물었다.

"무슨 뜻이지?"

"그 이유는 당연히 상 공자 때문일 것입니다. 상대회 교주님이 상 공자를 죽인 게 태일소 보주님이라 의심해서 그렇지 않아도 사이가 나쁜 두 분의 관계가 최악으로 치달은 거니까요."

"이놈! 대체 무슨 말을 지껄이는 것이냐?"

"선배님이 우리 둘을 죽이고 돌아가서 청삼랑 장로님에게 상 공자를 죽인 흉수가 우리 둘이라 말하면 장로님이 잘했다며 상이라도 줄 것 같습니까? 내가 보기엔 오히려 선배님을 죽여서 이 일이 새어 나가지 않게 할 것 같습니다. 그래야 상대회 교주님이 태일소 보주님을 치는 데 결정적인 명분으로 작용한 상 공자의 실종 사건이 계속 실종 상태로 남을 테니까요. 어떻습니까? 내 의견이 좀 더 그럴듯하지 않습니까?"

정말 그럴지도 모른다고 느낀 마헌걸은 동요하는 빛을 보였다.

한데 그때, 전류영은 묵오보탑과 남우혈비 두 개의 법보로, 유건은 천수관음검법을 펼친 상태에서 목정검과 홍쇄검, 건마종을 방출해 동요한 마헌걸을 사방에서 급습해 들어갔다.

유건은 말로 마헌걸을 몰아세우면서 뇌음으로 전류영과 대책을 상의했다. 전류영은 처음에 도망치는 쪽을 더 선호했다. 그러나 협공하면 이길 수 있다는 유건의 주장에 설득당해 결국, 힘을 합쳐 마헌걸을 제거하는 방향으로 선회했다.

마헌걸은 오선 중기답게 반응이 아주 신속했다. 전류영이 방출한 묵오보탑의 장엄한 불광에 당하기 바로 직전에 구체 형태의 보호막을 주위에 둘러 충격을 줄이는 데 성공했다.

그러나 전류영과 유건의 협공은 이제 막 시작한 거나 다름 없었다. 곧 전류영이 남우혈비로 만든 남색 빛줄기 수백 가닥이 소나기처럼 쏟아져 마헌걸의 보호막을 뚫고 들어갔다.

마헌걸은 급히 비석 형태의 방어 법보를 꺼내 보호막을 한층 더 강화하는 한편, 검붉은 철궁의 보이지 않는 시위를 연거푸 당겨 남우혈비를 조종하는 전류영에게 반격을 가했다.

전류영은 급히 묵오보탑 꼭대기로 도망쳐 검붉은 철궁이 발사한 검붉은 화살 수백 대를 보탑 양쪽으로 계속 튕겨 냈다.

확실히 오선 중기다운 실력을 지닌 마헌걸은 묵오보탑으로 방어하면서 남우혈비로 공격을 퍼붓는 전류영을 여유 있게 몰아붙였다. 심지어 대결을 시작한 지 불과 1각이 채 지나기도 전에 남우혈비의 남색 빛줄기는 마헌걸의 비석 법보에 흡수당해 자취를 감추었다. 반면, 마헌걸이 검붉은 철궁으로 쏜 화살은 묵오보탑을 감싼 불광에 구멍을 연신 뚫었다.

급기야 전류영은 구명 법보처럼 보이는 노란 손수건까지 꺼내 불광을 뚫고 들어오는 화살을 직접 막아 내야 했다. 다행히 노란 손수건은 구명 법보다운 위력을 지녀 불광을 뚫고 들어온 화살도 노란 손수건에 막히면 파고들어 오지 못했다.

"제법이구나!"

그때, 히죽 웃은 마헌걸이 법보낭에서 닭 볏처럼 붉은 새의 털이 중앙에 꽂힌 하얀 철 투구를 꺼내 머리에 덮어썼다.

그 순간, 마헌걸이 열두 명으로 불어났다. 한데 열두 명 모두 똑같은 복장과 똑같은 법보를 지녀 그중 누가 진짜 마헌걸인지 알아볼 수 없었다. 전류영도 안력을 높여 진짜 마헌걸을 찾으려 했으나 행동도, 기운도 전부 진짜처럼 느껴졌다.

사방으로 흩어져 남우혈비의 남색 빛줄기를 피한 마헌걸 열두 명은 동시에 철궁을 당겨 수천 발이 넘는 화살을 쏘았다.

물감을 칠한 것처럼 붉은 입술을 피가 나도록 깨문 전류영은 원신을 밖으로 내보냈다. 원신은 곧 전류영이 쓰던 노란 손수건 법보를 재빨리 넘겨받아 위에서 오는 화살을 막았다. 또, 그 사이 전류영 본신은 묵오보탑에 남은 법력을 전부 밀어 넣어 밑에서 날아드는 화살을 불광으로 저지했다.

한데 그때였다.

177

쉬익!

공간을 찢는 날카로운 파공성이 들려오더니 갑자기 마헌걸이 눈앞에서 불쑥 튀어나와 손에 쥔 철궁에 법력을 주입했다.

전류영은 소스라치게 놀라 급히 주변을 훑었다. 여전히 마헌걸 열두 명은 묵오보탑을 둘러싼 상태에서 화살을 날리는 중이었다. 한데 인제 보니 그 열두 명은 전부 분신이었고 그녀의 코앞에 나타난 마헌걸이 진짜 본신이었다. 마헌걸의 분신술이 워낙 절묘해 감쪽같이 속아 넘어간 셈이었다.

법력을 한껏 머금은 철궁은 이내 곧게 펴지더니 검은 창처럼 변했다. 절체절명의 위기에 처한 전류영은 다급한 김에 입으로 분홍색 불길을 내뿜어 마헌걸의 본신을 밀어냈다.

그러나 서늘한 미소를 지은 마헌걸은 비석 법보로 불길을 흡수하다가 창으로 묵오보탑 꼭대기에 앉은 전류영을 찔렀다.

원신은 위에서 날아드는 화살을, 본신은 밑에서 날아드는 화살을 막는 중이라, 정면에서 오는 창은 막을 방법이 없었다.

그 순간, 마침내 모든 준비를 마친 유건이 본격적인 공세에 나섰다. 우선 목정검이 거대한 숲으로 변해 위에서 마헌걸을 찍어 눌렀고 그에 발맞춰 홍쇄검 108자루는 검 끝을 곧게 세운 상태에서 마헌걸의 다리로 일제히 쇄도했다.

또, 건마종은 은색 말 10여 마리를 소환해 마헌걸의 등으로 질주했다. 말 그대로 전류영이 있는 방향을 제외한 세 방향에서 목정검, 홍쇄검, 건마종이 동시에 덮쳐 가는 형세였다.

당연히 마헌걸도 뒤에서 유건이 공격해 온단 사실을 알았다. 그러나 보호막에 법력만 더 주입했을 뿐, 별다른 대책을 세우지 않았다. 오히려 그보단 앞에 있는 전류영을 없애는 데 더 집중했다. 그가 그런 선택을 한 이유는 간단했다.

유건이 공선 중기이기 때문이었다. 공선 중기 따위는 아무리 날고 기어 봐야 결국 공선 중기였다. 공선 중기의 공격은 오선 중기인 본인에게 씨알도 먹히지 않을 게 틀림없었다.

그보다는 거의 다 잡은 먹잇감이나 다름없는 전류영부터 빨리 제압해 둘 필요가 있었다. 그럴 린 없을 테지만 전류영이 구멍 비술을 써서 도망이라도 치는 날엔 재미가 적었다.

마헌걸의 의도대로 그가 찌른 창은 전류영의 배를 정확히 강타했다. 물론, 지금은 제압만 해 둘 생각이었기 때문에 전류영이 정신을 잃는 모습을 보며 창을 뒤쪽으로 다시 빼냈다.

한데 그와 동시에 목정검이 변한 거대한 숲이 위에서 엄청난 양의 나무 속성 기운을 쏟아 내 그를 강하게 찍어 눌렀다.

"으음?"

거대한 숲이 뿜어내는 엄청난 양의 짙은 나무 속성 기운에 순간적으로 몸이 마비되는 느낌을 받은 마헌걸은 흠칫했다.

"설마?"

그 순간, 발밑에서 짐승을 잡을 때 쓰는 덫처럼 검 끝을 바짝 세운 홍쇄검 108자루가 붉은 검기를 발사하며 솟구쳤다.

치이이이익!

보호막에 구멍이 숭숭 뚫리더니 홍쇄검 108자루가 날린 날카로운 검기 수백 가닥이 단단한 마헌걸의 하체를 난도질했다.

"맙소사!"

의혹이 걱정으로, 걱정이 경악으로 바뀌는 순간은 그야말로 찰나에 불과했다. 마헌걸은 급히 비석 법보를 뒤로 날려 등을 보호했다. 한데 막 비석 법보가 등을 보호하려는 순간, 은색 준마 10여 마리가 돌진해 와 그의 등을 들이받았다.

"쿨럭!"

피 한 사발을 분수처럼 토한 마헌걸은 급히 돌아서서 나체 여인을 조각한 나무판자, 회색 연기가 흐르는 고색창연한 족자, 녹색 전깃불이 튀는 흰 자바라를 연달아 꺼내 미리 꺼내 둔 비석 법보와 함께 전후좌우를 철통같이 틀어막았다.

그 순간, 천수관음검법을 펼쳐 30장까지 몸을 키운 유건은 팔 열여섯 개를 하나로 합쳐 거대한 칼을 완성했다. 다섯 장까지 길이가 늘어난 칼에서는 고대 불경으로 만든 신묘한 선문이 황금 모래처럼 반짝이며 장엄한 불광을 발산했다.

준비를 마친 유건은 바로 전광석화로 쇄도해 거대한 칼을 마헌걸 쪽으로 찔러 넣었다. 얼굴에 땀이 뚝뚝 흐를 정도로 긴장한 마헌걸은 급히 모든 법력을 방어 법보에 투입했다.

쩌어어엉!

가장 먼저 나체 여인을 조각한 나무판자가 박살 나 흩어졌다. 마헌걸은 급히 회색 연기가 흐르는 고색창연한 족자를 펼쳐 칼을 막았다. 그러나 족자 역시 구멍이 뻥 뚫리며 찢겨 나갔다. 얼굴이 사색으로 변한 마헌걸은 비석 법보와 녹색 전깃불이 튀는 흰 자바라를 부딪쳐 거대한 빛무리를 만들어 냈다. 곧 거대한 칼과 빛무리가 정면으로 충돌했다.

유건은 그 틈에 지상으로 내려와 정신을 잃고 쓰러진 전류영을 살폈다. 전류영은 배에서 피를 철철 흘리며 힘없이 누워 있었다. 그나마 마헌걸이 그녀를 죽일 생각까진 없어 다행이지 그렇지 않았다면 배에 구멍이 뚫려 즉사했을 듯했다.

미간을 찌푸린 유건은 고개를 돌려 위를 보았다. 천수관음 검법과 빛무리가 충돌한 여파에 휩쓸린 마헌걸은 아직 이쪽에 신경을 쓰지 못하는 중이었다. 물론, 그는 처음부터 이번 공격으로 마헌걸이 죽을 거란 기대를 전혀 품지 않았다. 마헌걸은 오선 중기에 이른 강자였다. 그가 가진 최강의 수법 두 개를 아껴 가며 죽일 수 있는 상대가 결코 아니었다.

그때, 규옥이 뇌음을 보냈다.

"소옥이 청랑을 타고 놈의 시선을 끌어 보겠습니다."

"괜찮겠느냐?"

"소옥은 청랑의 능력을 믿습니다."

"너희 둘만 믿으마. 그래도 너무 무리하진 말아라."

"염려 마십시오, 공자님."

대답한 규옥은 바로 영목낭에서 튀어나와 청랑 등에 올라탔다.

그사이, 전류영을 좀 더 안전한 장소로 옮긴 유건은 몇 가지 단약으로 그녀의 상처부터 지혈했다. 지혈은 별로 어렵지 않았다. 지혈을 마친 유건은 바로 무광무영복으로 그녀를 덮어 마헌걸이 기절한 그녀를 찾아내지 못하게 조치했다.

그때, 충돌 여파에서 가까스로 벗어난 마헌걸이 살벌한 눈빛으로 주위를 쓱 둘러보았다. 그는 유건의 공격을 막는 동안, 가장 아끼던 방어 법보 네 개를 전부 잃었을 뿐만 아니라, 홍쇄검에 찔린 하체는 거의 엉망진창이었고 건마종의 은마에 들이받히는 바람에 심각한 내상까지 입은 상태였다.

"으아아아악!"

분노를 참지 못한 마헌걸은 급기야 괴성까지 지르며 유건을 찾아다녔다. 마치 유건이 부모를 죽인 원수라도 되는 듯했다.

그때, 규옥이 청랑을 조종해 은죽림 출구 쪽으로 달아났다. 마헌걸은 처음에 유건이 아닌 것을 보고 신경 쓰지 않았다. 그의 원수는 유건이었다. 한데 청랑을 조종하는 수사가 그 귀하다는 영선임을 알아내기 무섭게 눈빛이 확 달라졌다.

"갑자기 이게 웬 횡재란 말인가?"

영선만 있으면 오선 후기도 꿈은 아니었다. 영선부터 잡고 나서 유건을 쫓기로 마음먹은 마헌걸은 곧장 비행술을 펼쳐 영선의 뒤를 쫓았다. 한데 금방 잡힐 거로 예상한 영선이 의외로 그의 추적을 번번이 따돌렸다. 마헌걸은 그제야 영선이 탄 파란 가죽 개도 범상치 않은 영수임을 알아챘다.

그야말로 전화위복도 이런 전화위복이 없었다. 공선 중기에게 형편없이 깨지는 바람에 분노를 주체하지 못할 때, 공교롭게도 평생 한 번 만나기도 쉽지 않다는 영선에 이어 추적을 번번이 따돌릴 정도로 빠른 영수까지 모습을 드러냈다.

마헌걸은 악수를 포획할 때 사용하는 그물 법보와 올가미 법보, 낚싯대 법보 등을 닥치는 대로 꺼내 영선에게 던졌다. 그러나 영선을 태운 영수가 그때마다 불꽃을 크게 키워 유유히 빠져나가는 바람에 모든 시도가 실패로 돌아갔다.

마헌걸은 콧방귀를 뀌었다.

"흥, 처음엔 훗날을 생각해 네놈들의 털끝 하나 건드리지 않을 생각이었다. 한데 네놈들이 끝내 권주를 마다하고 벌주를 마시겠다는 태도로 나온다면 나도 다 생각이 있느니라."

마헌걸은 다시 하얀 투구를 덮어써서 분신술을 펼쳤다. 다만, 이번에는 내상을 입은 탓에 여섯 명만 소환할 수 있었다.

마헌걸의 분신들은 마치 어부가 그물망을 넓게 펼쳐 물고기를 한쪽으로 모는 것처럼 길목을 막아 규옥과 청랑을 좁은 공간으로 몰아넣었다. 그 순간, 마헌걸의 본신이 생각지 못한 방향에서 뛰쳐나와 갑자기 오른손을 높이 쳐들었다. 잠시 후, 부처님 손바닥처럼 수십 배로 커진 마헌걸의 오른손이 날아와 규옥과 청랑을 단숨에 움켜쥐려 들었다.

한데 그때였다.

"지금이얏!"

눈빛이 돌변한 규옥이 청랑의 다리를 잡고 제자리서 엄청난 속도로 빙빙 돌다가 갑자기 손을 탁 놓아 버렸다. 규옥이 손을 놓는 순간, 마헌걸을 향해 섬광처럼 쏘아져 가던 청랑이 몸을 둥글게 말아 불꽃에 휩싸인 공처럼 변했다.

쿠웅!

잠시 후, 청랑과 마헌걸의 손이 충돌하며 빛이 한 차례 번쩍였다. 한데 그 순간, 마헌걸의 손은 연기로 변해 흩어졌고 청랑은 그 반탄력으로 다시 규옥에게 번개같이 돌아갔다.

청랑과의 절묘한 합작으로 마헌걸에게 예상치 못한 일격을 날려 버린 규옥은 주변에 녹색 독 구름을 뿜어 신형을 감추었다.

앙증맞게 생긴 영선과 영수에게 또 한 번 호되게 당한 마헌걸은 콧김까지 씩씩 뿜어대며 주변을 훑었다. 그 순간, 영선과 영수가 한 덩어리로 뭉쳐 금안자호 소굴로 도망치는 모습이 보였다. 마헌걸은 놓치지 않겠다는 듯 바로 뒤쫓았다.

마헌걸은 금안자호의 소굴로 따라 들어가며 코웃음을 쳤다.

"인제 보니 저 영선과 영수는 유건이란 놈의 것이었군."

마헌걸은 규옥과 청랑이 그를 금안자호 소굴로 유도하는 이유가 주인이 파 놓은 함정에 그를 빠트리기 위해서임을 눈치 챘다. 그러나 고작 공선 중기 따위가 파 놓은 함정이 얼마나 대단할까 싶어 마헌걸은 속도를 전혀 줄이지 않았다.

좀 전에 형편없이 깨진 것은 전류영에 집중하느라 방심했기 때문이었다. 지금은 방심은커녕, 오히려 놈에 대한 복수심으로 인해 집중력이 그 어느 때보다 높은 상황이었다.

한데 금안자호의 소굴 안으로 들어가기 무섭게 황금빛에 휩싸인 무언가가 퇴로를 차단하는 모습을 보았다. 흠칫한 마헌걸은 급히 고개를 돌려 퇴로를 차단한 상대를 확인했다.

"용?"

마헌걸의 눈이 찢어질 것처럼 커졌다. 퇴로 앞에는 머리에 아름다운 뿔이 달린 황금색 용 한 마리가 보라색 콧김을 뿜어대며 당장이라도 덤벼들 것 같은 자세를 취하고 있었다.

그뿐만이 아니었다. 어느새 앞에는 가죽에 윤기가 흐르는 보라색 구렁이 한 마리가 나타나 혀를 날름거리며 공중을 천천히 유영하는 중이었다. 말 그대로 앞뒤를 모두 포위당한 상태였다. 마헌걸은 급히 뇌력을 퍼트려 유건을 찾았다.

그러나 유건의 모습은 보이지 않았다.

그때, 황금색 용과 보라색 구렁이가 앞뒤에서 덮쳐 왔다. 황금색 용은 머리에 달린 뿔로 벼락을 내리쳤고 보라색 구

185

렁이는 보라색 독연을 뿜어 마헌걸이 도망치지 못하게 하였다.

마헌걸은 방어 법보 두 개로 일단 막아 내면서 분신술을 펼쳐 포위망을 빠져나가려 들었다. 한데 갑자기 그동안 모습이 보이지 않던 유건이 청랑을 타고 땅속에서 솟구쳐 오르더니 그대로 천수관음검법을 펼쳐 거대한 칼로 마헌걸을 찔렀다.

마헌걸은 급히 활을 창으로 만들어 거대한 칼을 막아 갔다. 그때, 청랑의 배 밑에서 튀어나온 규옥이 포선대로 마헌걸의 창을 빨아들였다. 소스라치게 놀란 마헌걸은 급히 창을 다시 활로 바꾸어 화살 수백 대를 쏘았다. 그러나 그가 쏜 화살은 거의 다 포선대 안으로 빨려 들어가 자취를 감췄다.

그사이, 천수관음검법으로 만든 거대한 칼이 마헌걸의 왼팔부터 오른 다리까지 단숨에 잘라 냈다. 말 그대로 몸의 반이 잘려 나간 셈이었다. 그러나 마헌걸도 그냥 죽어 줄 생각은 없다는 듯 법보낭에서 하얀 부적을 하나 꺼내 이마에 붙였다.

그 순간, 눈이 먼 사람처럼 마헌걸의 눈이 하얗게 뒤집히더니 지금까지와는 비교할 수 없을 정도의 위력을 뿜어냈다.

'쳇, 구명 비술인가?'

천수관음검법을 포기한 유건은 뇌음으로 금룡과 자하, 규옥과 청랑을 모두 불러들였다. 청랑이 마지막으로 대피하는 순간, 유건은 미리 정혈을 잔뜩 뿌려 둔 백팔음혼마번 주기를 꺼내 공중으로 던졌다. 한데 제자리에서 빙빙 돌며 마기를 분출하던 주기에서 갑자기 사람 얼굴 같은 게 튀어나오더니 밖으로 도망치려고 깃발 곳곳에 얼굴을 마구 비벼 댔다.

마헌걸은 백팔음혼마번 주기에서 나온 사람의 얼굴이 상영과 똑같다는 사실을 깨닫기 무섭게 몸을 바들바들 떨었다.

◆ ◈ ◆

마헌걸은 자기가 본 광경을 믿을 수 없다는 듯 경악해 물었다.

"서, 설마 상 공자의 원신으로 마번을 연성한 것이더냐?"

유건은 서리가 내려앉은 듯한 차가운 목소리로 중얼거렸다.

"아직 놀라긴 일러."

"무, 무슨 뜻이냐?"

"너도 상영이란 놈과 같은 전철을 밟을 거란 뜻이지."

"아, 악독한 놈이로구나!"

유건은 가소롭단 표정으로 대구했다.

"흥, 그럼 조금 전까지 네놈이 하려던 짓은 착한 짓이더냐?"

"나, 난 그저 청삼랑 장로님의 명령을 따랐을 뿐이다!"

"그럼 그게 네 운명인 게지."

유건은 법결을 만들어 주기에 날렸다. 그 순간, 주기에 갇힌 상영의 원신이 겁에 질린 목소리로 처량하게 울부짖었다.

그러나 유건은 냉랭한 눈빛으로 재차 법결을 날려 상영의 원신을 압박했다. 법결을 두 차례나 맞은 상영의 원신은 바로 고분고분해져 유건이 지시하는 대로 따랐다. 잠시 후, 주기에 갇힌 상영의 원신이 명령을 내리는 순간, 금안자호 소굴 벽에 숨겨 둔 백팔음혼마번 깃발 107개가 공중으로 둥실 떠올라 끔찍한 모습을 한 마귀 107마리를 소환했다.

마귀 107마리는 굶주린 들개처럼 곧장 마헌걸 쪽으로 쇄도했다. 놀란 마헌걸은 급히 구명 비술을 써서 증폭시킨 법력으로 법보를 조종해 마귀를 물리치려 들었다. 그러나 마헌걸이 수백 년 동안 연성한 법보조차 순식간에 먹어 치운 마귀 107마리가 마헌걸에게 달라붙어 살과 뼈를 뜯어 먹었다.

끔찍한 비명을 지르며 괴로워하던 마헌걸은 이내 하나 남은 손으로 본인 정수리를 내리쳐 원신을 밖으로 탈출시켰다.

그때, 마귀 몇 마리가 마헌걸의 정수리에서 빠져나온 원신까지 먹어 치우려고 달려들었다. 그 모습을 본 유건은 곧장 법결을 날려 제지했다. 한데 마귀들은 통제가 쉽지 않아 법결을 세 번 더 날린 후에야 마헌걸의 원신을 살릴 수 있었다.

구사일생으로 마귀에게 먹히는 최악의 참사만은 면한 마헌걸의 원신은 붉은 구름을 불러 타고 출구로 냅다 달아났다.

유건은 마헌걸을 살려 주려고 마귀들이 그의 원신을 잡아
먹지 못하게 막은 게 아니었다. 그는 규옥에게 얼른 포선대를
가지고 가서 마헌걸의 원신을 잡아 오란 지시를 내렸다.

"예, 공자님!"

대답한 규옥은 청랑을 타고 곧장 마헌걸의 원신을 추적했
다.

한데 마헌걸이 익힌 구명 비술은 하나가 아니었다. 마헌걸
의 원신은 자기 혀를 스스로 자르더니 그 자른 혀를 원신이
탄 붉은 구름에 먹이 주듯 던져 주었다. 한데 그 순간, 마치
순간이동하듯이 붉은 구름의 속도가 엄청나게 빨라졌다.

심지어 청랑이 화륜차의 속도를 최대 한도까지 끌어올렸
음에도 따라잡기가 버거울 정도였다. 쓴웃음을 지은 유건은
하는 수 없이 자기 천령개를 슬쩍 내리쳐 원신을 불러냈다.

원신은 오랜만에 보는 바깥세상이 신기한지 산책 나온 강
아지처럼 사방에 코를 들이대며 킁킁거렸다. 이마를 짚으며
한숨을 내쉰 유건은 빨리 마헌걸의 원신을 잡아 오라 명령했
다. 콧방귀를 뀌며 본체만체하던 원신은 유건이 뇌력까지 써
가며 강하게 명령을 내리고 나서야 귀찮은 얼굴로 원신을 쫓
아갔다. 그가 원신을 동원한 이유는 바로 드러났다.

유건의 원신은 투명한 날개를 접었다가 펴기 무섭게 수백
장을 순간이동했다. 원신은 그런 식으로 대여섯 번 순간이동
해 청랑을 탄 규옥을 앞질렀다. 또, 거기서 세 번 더 순간이동

했을 때는 마침내 마헌걸의 원신을 눈앞에 두었다.

입맛을 다시던 원신이 입을 크게 벌리는 모습을 본 유건은 재빨리 뇌력으로 그러지 말라는 명령을 내렸다. 원신은 입을 삐죽대며 불만을 드러냈다. 그러나 본신이 내리는 명령을 거부하진 못했다. 유건의 원신은 본신이 시키는 대로 머리에 달린 뿔로 벼락을 방출해 마헌걸의 원신을 감전시켰다.

감전당한 마헌걸의 원신은 몸을 바르르 떨다가 갑자기 바닥으로 떨어졌다. 그러나 바닥과 부딪히지는 않았다. 청랑을 재촉해 달려온 규옥이 그 전에 포선대로 안전하게 낚아챘다.

백팔음혼마번을 회수한 유건은 규옥, 청랑과 합류한 후에 금안자호의 소굴을 나와 전류영이 무사한지 확인했다. 다행히 전류영은 그가 눕혀 놓은 자리에 여전히 무광무영복을 덮어쓴 상태로 누워 있었다. 상처가 덧나지 않도록 조심해서 법술로 그녀를 들어 올린 유건은 주위를 슬쩍 둘러보았다.

폐허로 변한 바위 지대 뒤쪽에 100장 높이의 커다란 폭포가 있었고 그 폭포 뒤에 작은 동굴이 뚫려 있었다. 유건은 전류영을 작은 동굴로 데려가 마저 치료했다. 내상에 좋은 영단을 썼기 때문에 한나절이면 다시 정신을 차릴 듯했다.

전류영이 회복하는 동안, 동굴 깊숙한 곳으로 자리를 옮긴 유건은 결계와 금제를 펼쳐 안전을 확보했다. 지금부터 하려는 일의 중요성을 고려하면 안전장치는 이 정도도 부족했다.

준비를 마친 유건은 규옥에게 포선대에 잡아 둔 마헌걸의
원신을 꺼내게 했다. 규옥은 영선만의 독특한 법술로 마헌걸
의 원신이 도망치지 못하게 만들고 나서 원신을 꺼냈다.

유건은 바로 마헌걸의 원신을 여러 가지 방법으로 고문해
원하는 정보를 알아냈다. 고문을 끝까지 버티는 원신은 없었
으므로 곧 그가 원하는 정보를 모두 얻을 수 있었다. 마헌걸
의 원신이 털어놓은 정보에 따르면 청삼랑 장로는 그가 상영
을 죽였을지 모른다고 의심하는 중이지만 아직 확실하게 단
정 지은 상태는 아니었다. 그리고 예상대로 청삼랑 장로가 마
헌걸에게 은죽림에 가서 유건을 잡아 오라 시킨 이유는 그에
게 귀음도 보물이 있는지 확인하기 위해서였다.

원하는 정보를 알아낸 유건은 백팔음혼마번 부기(部旗)
107개 중에서 첫 번째 부기를 꺼내 그 안에 갇혀 있는 억울한
혼백을 풀어 주었다. 그에겐 헌월선사가 남겨 둔 기억이 있어
혼백을 처리하는 복잡한 법술을 따로 구할 필요가 없었다.

유건 덕분에 윤회가 다시 가능해진 혼백은 이제 막 걸음마
를 떼기 시작한 아기였다. 마번의 속박에서 풀려난 아기는 어
른처럼 일어나 유건에게 절을 아홉 번 올리더니 서쪽 하늘로
사라졌다. 유건은 사라지는 혼백을 향해 축원을 올렸다.

작업을 마친 유건은 법술을 써서 마헌걸의 원신을 비어 있
는 첫 번째 부기 안에 집어넣었다. 처음 사용해 보는 마종의 법
술이라 처음에는 시행착오가 꽤 있었다. 그러나 뭐든지 하다

보면 실력이 늘기 마련이라 그로부터 한 시진이 채 지나지 않아 마헌걸의 원신을 부기에 집어넣는 데 성공했다.

원래 백팔음혼마번을 처음 제작할 때는 동남동녀의 혼백만을 써야 했다. 그렇지 않으면 효과가 제대로 나오지 않았다.

그러나 지금은 이미 만들어진 마번을 개조하는 과정에 해당해 동남동녀도 아니고 그렇다고 혼백도 아닌, 마헌걸의 원신을 집어넣어도 상관없었다. 아니, 오히려 위력은 더 강해졌다. 아마 마번 108개 전부를 장선 이상의 원신으로만 채운다면 삼월천에서 그를 따라올 자가 없을 가능성이 컸다.

하지만 유건은 그게 쉽지 않은 일임을 알았다. 장선의 원신을 구하는 것은 당연히 어려웠다. 한데 그보다 더 큰 문제는 그가 마종 공법을 익힌 적이 없다는 점에 있었다. 유건은 오른 손등을 눈앞으로 가져와 한동안 유심히 지켜보았다.

얼마 후, 검은 벌레 같은 물체가 살갗 속에서 꿈틀거리며 활개 치다가 갑자기 다시 사라져 버렸다. 유건이 검은 벌레 같은 물체를 처음 발견한 시기는 상영에게 백팔음혼마번을 썼을 때였다. 깜짝 놀란 그는 법력과 뇌력을 총동원해 몸을 점검했다. 그러나 그땐 별다른 이상을 찾아내지 못했다.

한데 이번에 다시 마헌걸에게 백팔음혼마번을 쓰고 나서 검은 벌레가 또 나타났다. 더욱이 이번 벌레는 좀 더 커서 육안으로도 보일 지경이었다. 백팔음혼마번을 쓸 때마다 검은 벌레가 나타났기 때문에 마번의 부작용이 확실했다.

헌월선사의 기억에는 이런 부작용에 관한 내용이 없었다. 유건은 지금부터라도 백팔음혼마번의 사용을 신중히 해야겠다고 생각했다. 검은 벌레가 정확히 어떤 부작용을 가져다주는지는 아직 알 수 없어도 조심해서 나쁠 것은 없으니까.

마헌걸의 원신을 처리한 유건은 동굴 앞으로 돌아가 전류영이 깨어나길 기다렸다. 전류영은 그가 예측한 시점에 정확히 눈을 떴다. 유건의 치료가 아주 좋았기 때문에 전류영은 후유증도 거의 없는 완벽한 상태에서 정신을 다시 차렸다.

전류영은 눈을 뜨기 무섭게 몸부터 점검했다. 한데 외상은 커녕, 얼마 전에 내상을 입었다는 흔적조차 거의 남지 않았다.

"자네가 치료했나?"

"운이 좋았지요. 마헌걸이 좀 더 깊이 찔렀더라면 제가 아무리 실력이 뛰어나더라도 조장님을 살리지 못했을 것입니다."

몸 상태 점검을 마친 전류영은 안도의 숨을 살짝 내쉬었다.

"지금은 자네의 실력이 뛰어나다는 말에 동의하는 수밖에 없겠군. 자네 덕분에 후유증도 없이 부상을 치료한 셈이니까."

"농담을 진담으로 받아들이시면 제가 할 말이 없지요. 그럼 저는 잠깐 나가서 주변을 둘러보고 오겠습니다. 그동안 조장님께서는 목욕도 하시고 더러워진 옷도 갈아입으시지요."

미소 지은 유건은 그녀가 옷매무새를 정리할 수 있게 동굴을 잠시 나가 주었다. 그녀는 윗옷이 피에 젖은 데다, 가슴 언저리와 배꼽 쪽의 옷이 찢어져 뽀얀 맨살이 드러나 있었다.

유건은 금안자호 소굴 근처를 반 시진 정도 돌아다니며 규옥에게 그와 전류영이 마헌걸과 싸운 흔적을 지우게 하였다. 규옥은 지형과 관련한 법술에 능통해 흔적을 지우는 일은 식은 죽 먹기였다. 그와 상영이 대결했을 때도 규옥이 지형을 완벽히 복원한 덕분에 오선 후기 최고봉인 진종자조차 상영이 마두산에 들렀던 흔적을 전혀 발견하지 못했다.

대결한 흔적을 지우고 나서 동굴로 다시 돌아갔을 때는 목욕을 마친 전류영이 이미 깨끗한 옷으로 갈아입은 상태였다.

전류영은 벽에 등을 기댄 편한 자세로 물었다.

"마헌걸은 죽었나?"

"선배님의 희생 덕분에 가까스로 없앨 수 있었습니다."

그때, 전류영이 갑자기 뇌음을 사용해 물었다.

"정말로 자네가 상 공자를 죽인 것인가?"

"그건 청삼랑 장로와 마헌걸의 억측일 따름입니다. 공선 중기인 제가 어떻게 오선 중기의 상 공자를 죽일 수 있었겠습니까?"

"마헌걸은 거의 혼자서 죽이지 않았는가?"

"그건 선배님이 마헌걸을 오랫동안 붙잡아 둔 덕분이었습니다. 더욱이 마헌걸이 공선인 저를 조금 얕잡아 보기도 했고요."

"그렇게까지 말한다면 본녀도 더 캐묻지 않겠네."

전류영은 다시 자기 목소리로 물었다.

"이제 어찌할 셈인가?"

"당연히 일월교로 돌아가야지요."

전류영은 예상 못 한 대답을 들은 사람처럼 눈을 크게 떴다.

"이런 상황에서 본교로 돌아간다는 말인가?"

"이런 상황이니까 더 돌아가야 하는 겁니다."

유건은 마헌걸의 원신을 고문해 알아낸 정보를 알려 주었다.

"이번 은죽림 임무가 혜성대 10조에 떨어진 이유는 예상대로 절 생포하기 위해서였습니다. 절 생포해서 제 수중에 귀음도 보물이 있는지부터 확인한 다음에 있으면 보물을 빼앗고 없으면 귀음도에 선물로 보낼 생각까지 했더군요. 또, 금안자호가 소굴에 없던 이유도 마헌걸 때문이었습니다. 마헌걸이 우리보다 한발 먼저 은죽림에 들어와서 금안자호를 바깥으로 유인했던 것입니다. 그래서 우리가 십문배화진을 설치할 때, 금안자호가 뒤에서 나타났던 것입니다."

전류영은 마헌걸 때문에 죽은 조원이 떠올랐는지 이를 갈았다.

"그놈은 편하게 죽어서는 안 되는 놈이었네."

"아, 걱정하지 마십시오. 그놈은 그 대가를 충분히 치렀습니다."

전류영은 유건이 마헌걸에게 어떤 수작을 부렸다는 사실을 눈치 챘다. 그러나 굳이 입을 열어 그게 뭔지는 묻지 않았다.

전류영은 그 대신 아까 하던 질문을 계속 이어 하였다.

"한데 그게 왜 자네가 본교로 돌아가야만 하는 이유란 말인가?"

"마헌걸이 돌아오지 않는 상황에서 저까지 복귀하지 않으면 청삼랑 장로는 제가 상영을 죽였다고 오해할 것이 분명합니다. 또, 귀음도의 보물도 제 수중에 있다고 믿을 테고요. 아마 제가 잡히기 전까지는 추적을 포기하지 않을 것입니다. 차라리 그보단 마헌걸에 대해 전혀 모르는 것처럼 태연하게 복귀해 이후 상황을 엿보는 편이 더 나을 것입니다. 청삼랑도 장선 중기 본교 장로라는 본인의 체면을 생각해 대놓고 공선 중기 후배를 몰아붙이지는 못할 테니까요. 아마 마헌걸을 보내 감시한 것처럼 다른 수를 쓰겠지요."

전류영은 그래도 걱정스러운 기색을 감추지 못했다.

"청삼랑 장로가 장선의 체면을 생각하지 않고 직접 나선다면?"

유건은 농담하듯 대답했다

"하하, 그래도 제겐 비장의 한 수가 아직 남아 있지요."

"하긴 자네 같은 사람이 그런 수단도 없이 호랑이 굴에 제 발로 들어가겠다고 나서진 않겠지. 한데 본교로 돌아가서 이후 상황을 엿본단 뜻은 무슨 말인가? 상황이 바뀐단 것인가?"

유건은 선혜수의 비전전서에 쓰여 있던 내전에 관해 얘기해 주었다. 전류영도 교내의 분위기가 심상찮게 흘러간다는 사실을 진작 눈치 채고 있었기에 그의 의견에 바로 동의했다.

"태일소 보주가 수태교 등을 한편으로 끌어들여 본교의 상대회 교주를 없애는 데 성공한다면 확실히 상황이 바뀌긴 하겠군."

"돌아가시거든 조장님도 구룡파 장로님을 설득해 이번 내전에 휩쓸려 들어가지 않도록 하십시오. 개인적인 예감이기는 한데 아무래도 이번 내전은 좋게 끝날 것 같지가 않습니다."

"사부님께 은밀히 말씀드려 보겠네."

대책을 세운 두 수사는 곧장 은죽림을 떠났다. 한데 식령괴화의 손에서 살아남은 10조 조원 50명이 은죽림 밖에서 초조한 표정으로 전류영 등이 돌아오길 기다리는 중이었다.

그들과 반갑게 해후한 유건과 전류영은 바로 일월교로 귀환했다. 일월교로 복귀한 직후에는 전류영이 혜성대 대주와 청삼랑 장로를 찾아가 이번 임무에 관해 보고했다. 비록 많은 조원을 잃기는 했어도 임무의 목적인 금안자호의 내단을 확보하는 데는 성공했기 때문에 질책을 받지는 않았다.

청삼랑 장로는 전류영에게 이번 임무에 관해 꼬치꼬치 깨물었다. 그러나 전류영은 이미 이런 일이 있을 거라 예상했으므로 마헌걸이 개입한 부분을 빼고 거의 사실대로 말해 위기를 벗어났다. 청삼랑은 의심쩍어하는 기색을 숨기지 않았다. 그러나 전류영이 구롱파 장로가 아끼는 애제자 중 하나라 더 몰아붙이지는 못하고 돌려보낼 수밖에 없었다.

숙소로 돌아온 유건은 시간이 날 때마다 빙혼정을 넣어 둔 석갑을 만져 보았다. 그러나 일월교로 복귀하고 나서 거의 석 달이 지난 지금까지도 자하제룡검은 경고를 보내지 않았다.

'청삼랑이 이대로 물러설 리는 없고 뭔가 다른 수작을 부리는 중인가? 어쩌면 답답해서 본인이 직접 나설지도 모르지.'

유건은 청삼랑의 기습에 대비해서 항상 정신을 바짝 차리려고 노력했다. 한데 그로부터 한 달이 더 지났을 무렵, 유건 앞으로 일월교 교주 상대희가 직접 보낸 초청장이 도착했다.

6장. 선쟁회(仙爭會)

　유건은 재빨리 초청장의 내용을 읽어 내려갔다.

　"일월교 제자들의 수행을 돕기 위해 열흘 후에 풍성한 상품이 걸린 선쟁회를 개최할 예정이니라. 본좌가 지명한 제자는 반드시 참석해 동료들과 겨루며 경험을 쌓도록 해라. 수사가 대도를 이루는 데 선쟁회보다 좋은 기회는 없느니라."

　초청장을 접은 유건은 고개를 절레절레 저었다.

　'청삼랑의 수작이군.'

　순식간에 선쟁회가 열리는 날이 코앞으로 다가왔다. 그와 같은 숙소를 쓰는 삼은, 한초, 복가 세 수사도 교주의 지명을 받았기 때문에 선쟁회가 열리는 날, 다 같이 모여 대결장으로 출발했다. 유건이 전류영을 도와 금안자호의 내단을 취했단 소문이 퍼지는 바람에 한초는 아예 대놓고 추파를 던졌고 복가는 전보다 더 경계하는 눈빛으로 그를 보았다.

유건은 쓴웃음을 삼키며 생각했다.

'그나마 삼은은 태도에 변화가 없어 다행이군.'

유건을 진짜 친구로 생각하는 삼은은 그가 어떤 활약을 보여 주든 상관없이 칠교산맥 산문 앞에서 그를 처음 만나 친구로 사귀었을 때 보여 주던 태도에서 달라진 점이 거의 없었다.

그러나 공선 중기 대결장에 붙은 대진표를 보는 순간, 유건, 삼은 둘 다 심사가 조금 복잡해질 수밖에 없었다. 유건, 삼은은 대진표 간격이 가까워 두 번 이기면 상대와 붙어야 했다. 하지만 복가와 한초는 대진표 반대편에 속해 있어 두 수사를 상대로 만나려면 최소 준결승까지 올라가야 했다.

복가가 한초를 재촉하며 말했다.

"한 선자, 어서 갑시다."

"왜요?"

"우린 반대편 대결장으로 가서 선쟁회 시작을 기다려야 하오."

그러나 한초는 유건과 같이 있지 못해 아쉽다는 듯 발길을 떼지 못하더니 급기야 콧소리를 섞어 가며 애교까지 부렸다.

"제가 대결할 때, 유 수사도 응원하러 오실 거죠?"

유건은 담담한 목소리로 대답했다.

"시간이 비면 가도록 하겠소."

한초는 아예 찰싹 달라붙어 코맹맹이 소리를 내었다.

"유 수사가 응원하지 않으면 힘이 나지 않아 질지도 모르는데요."

유건은 그에게 팔짱을 낀 한초의 손을 떼어 내며 점잖게 달랬다.

"한 선자는 강해서 높은 순위까지 충분히 올라갈 수 있을 거요."

한초는 약간 토라진 듯 새침한 표정으로 물었다.

"우리 둘 다 계속 이겨 나가면 준결승에서 만나겠네요. 한데 정말 그런 일이 벌어진다면 유 수사는 어떻게 하실 거죠? 설마 저에게도 귀선을 상대할 때처럼 독한 수법을 쓸 건가요?"

"하하, 그건 그때 가 봐야 알지 않겠소."

한초는 한참 더 달라붙어 있다가 복가에게 잡혀 강제로 반대편 대결장으로 가야 했다. 유건은 한초가 가고 나서야 한숨 놓았고 삼은은 그런 그를 보며 의미심장한 미소를 지었다.

"흐흐, 암만 봐도 유 형은 여난(女難)이 끊이지 않을 관상이요."

"난 결벽증에 걸린 일부 수사들처럼 여색을 멀리하지 않소. 다만, 그 정도라는 게 있는데 한 선자는 조금 과한 편인 듯하오."

"하하, 솔직해서 좋소."

껄껄 웃던 삼은이 갑자기 진지한 표정으로 당부했다.

"미리 말해 두지만, 우리가 붙어야 할 때가 오면 난 전력을 다할 거요. 유 형도 나를 진짜 친구로 여긴다면 그래 주시오."

"물론이오."

"유 형은 그렇게 나올 줄 알았소."

씩 웃은 삼은은 잘해 보라는 듯 유건의 어깨를 살짝 툭 치고 나서 비행술을 펼쳐 수사들이 별로 없는 방향으로 날아갔다.

한편, 혼자 남은 유건은 대진표를 다시 한번 정독했다. 그가 만날 첫 번째 상대는 섭성(變成)이란 자였는데 일월교 사정을 잘 아는 복가나 한초도 처음 들어 보는 자라 하였다.

'섭성보다는 그다음에 만날 강자에 대해 알아 놓는 게 좋겠군.'

이번 선쟁회는 일월교에서 난다 긴다 하는 수사들이 다 참여해 공선 중기도 경쟁이 꽤 치열한 편에 속했다. 원래 유건은 이번 선쟁회에 별 관심이 없었다. 할 수만 있으면 1차전에서 탈락해 청삼랑이나 상대희 눈에 띄고 싶지 않았다.

한데 선쟁회에 걸린 상품이 그의 구미를 당겼다. 특히, 준결승에서 패한 두 명에게 주는 상품에 관심이 갔다. 그건 바로 일월교 장서각에 들어가 어떤 종류의 공법이든 상관없이 한 권을 통째로 복사할 수 있는 권한을 주는 상품이었다.

유건이 애초에 칠교보 입문 시험을 본 이유 중 하나가 바로 유서 깊은 종파가 보유한 철지대법을 배우기 위해서였다. 철지대법은 대지에 존재하는 수련 재료를 신속하게 찾아내는 데 쓰는 법술로 낭선이 가장 필요로 하는 공법이었다.

종파의 지원을 받지 못하는 낭선은 수련 재료도 직접 찾을 수밖에 없었다. 한데 철지대법을 알지 못하면 원하는 수련 재료를 찾는 데 몇 년이 걸릴지 알 수 없는 노릇이라, 다른 공법은 몰라도 철지대법만큼은 반드시 미리 구해 놔야 했다.

그때, 익숙한 뇌음이 들려왔다.

"인제 보니 자네 여수사에게 인기가 아주 많군."

"아, 조장님이시군요."

유건은 고개를 슬쩍 돌려 전류영을 찾았다.

전류영은 구룡파 장로로 보이는 푸근한 인상의 노파를 따라 대결장 상석으로 날아가는 중이었다. 전류영 말고도 나이 지긋한 중년 여수사 한 명과 그녀보다 아주 어린 여수사 한 명이 더 있었는데 둘 다 그녀의 사자매(師姉妹)인 듯했다.

선도에서는 법술을 써서 근골을 투시해 알아보지 않는 이상, 나이를 정확히 알아내기 어려운 탓에 누가 그녀의 사저(師姐)이고 누가 그녀의 사매인지 알아보기가 쉽지 않았다.

전류영의 뇌음이 또 들려왔다.

"선혜 선자의 의자매로서 자네가 다른 여수사에게 한눈파는 모습을 간과할 수 없네. 앞으로는 몸가짐에 좀 더 신경 쓰게나."

"하하, 저는 싫다고 싫다고 하는데도 여수사들이 저만 보면 껌뻑 죽는 것을 어쩌겠습니까? 그저 제가 참는 수밖에요."

"말은 청산유수처럼 하는군."

"그런 말을 가끔 듣는 편이지요."

"그보다 청삼랑 장로는 자네를 계속 지켜보기만 하는 중인가?"

"그건 아닌 것 같습니다."

"그럼?"

"아무래도 청삼랑 장로가 중간에서 수작을 꾸민 것 같습니다. 제가 선쟁회 초청장을 받을 수 있도록 말입니다. 아마 청삼랑 장로는 십중팔구 대진표를 조작해 제가 어찌해 볼 수 없는 엄청난 강자를 상대로 심어 두었겠지요. 대결 중에 제가 실수해 죽거나 다치면 누구도 의심 안 할 것이 아닙니까?"

"그럼 선쟁회 초반에 적당한 이유를 내세워서 기권하면 그만 아닌가? 그렇게 하면 청삼랑 장로가 자네를 죽이려고 심어 두었다는 그 상대를 만날 기회 자체가 없어질 테니 말이야."

"제가 아마 초반에 대뜸 기권해 버리면 청삼랑 장로는 저를 더 의심할 것입니다. 그보단 차라리 어느 정도 순위를 확보하고 나서 떨어져야 청삼랑 장로도 꼬투릴 잡기 힘들겠지요."

유건은 전류영이 뇌음 영역 밖으로 벗어나기 전에 급히 물었다.

"한데 섭성이란 자에 대해 아십니까?"

"처음 듣는 이름이네. 그가 자네의 첫 상대인가?"

"그렇습니다."

"아마 변경에 있던 자여서 본녀가 이름을 들어 보지 못한 거겠지. 아무튼, 선쟁회를 무사히 마칠 수 있길 바라네. 자네가 객사하면 선혜 선자가 더 지독한 심마에 걸릴지도 모르니까."

"흠, 이유야 어쨌든 저를 응원한다는 뜻으로 받아들이겠습니다."

그 대화를 끝으로 전류영의 뇌음이 더는 들려오지 않았다. 사실 그가 선쟁회에 참석한 진짜 목적은 철지대법 때문이었다. 그러나 그녀에게 굳이 그 사실을 알릴 이유는 없었다.

공선 중기 대결장 상석에 도착한 구룡파 장로는 반대편에 청삼랑 장로가 있는 모습을 보고 의외란 표정을 지었다.

구룡파 장로를 발견한 청삼랑 장로가 먼저 다가와 예를 표했다.

"구 장로님, 오랜만에 뵙는군요."

"이 노파야 천겁 때문에 두문불출하는 중이지요. 한데 청장로야말로 이곳엔 어쩐 일이십니까? 이 노파는 청 장로가 오선 후기나 중기 대결장에 가 있을 것으로 예상했습니다만."

"하하, 오선 쪽 선쟁회는 결과가 뻔하지요. 그보다는 무슨 일이 일어날지 알 수 없는 공선 쪽이 더 재미있지 않겠습니까?"

"맞는 말씀입니다. 노파도 그런 이유로 이곳을 찾았으니까요."

"그럼 재밌게 보고 가십시오."

간단한 대화를 마친 두 장로는 멀찍이 떨어져서 더는 상대에게 관심을 두지 않았다. 청삼랑 장로와 구롱파 장로는 평소에도 왕래가 적을 뿐 아니라, 성격도 잘 맞지 않아 이런 장소가 아니면 둘이 만나 대화를 나누는 일이 거의 없었다.

잠시 후, 마침내 공선 중기 선쟁회의 막이 올랐다.

공선 중기 수사의 대결을 지켜보던 전류영이 머리를 양 갈래로 곱게 땋은 열서너 살 정도의 어린 여자아이에게 물었다.

"사저, 혹시 전에 섭성이란 이름을 들어 보셨어요?"

여자아이가 청량한 목소리로 대답했다.

"흐음, 그런 이름은 들어 본 기억이 없구나."

"사부님 밑에서 100년 넘게 고행한 사저가 섭성이란 이름을 모른다면 정말 변경을 떠돌던 제자일 가능성이 크겠군요."

그때, 반대편에 서 있던 우아한 중년 여인이 웃으면서 물었다.

"섭성이란 수사에게 관심을 보이는 이유가 혹시 사저께서 흥미를 갖고 지켜보는 중인 그 공선 중기 수사 때문인가요?"

전류영은 피식 웃었다.

"흥미는 무슨. 그냥 저번 금안자호 내단 임무 때, 크게 신세를 져서 그에게 도움을 줄 방법이 있을까 알아본 것뿐이야."

잠시 후, 여자아이가 앙증맞은 손가락으로 대결장을 가리켰다.

"전 사매(全師妹)와 연 사매(燕師妹)가 얘기하던 수사가 나왔군."

그 말에 전류영과 연 사매라 불린 여인이 동시에 고개를 돌려 대결장을 보았다. 여자아이의 말처럼 유건과 섭성으로 보이는 공선 중기 수사가 막 상대에게 예를 표하는 중이었다.

한데 그 순간, 따뜻한 햇볕을 쬐는 늙은 고양이처럼 의자에 앉아 꾸벅꾸벅 졸던 구롱파가 갑자기 눈을 번쩍 뜨며 물었다.

"저 유건이란 아이의 상대가 섭성인 것이냐?"

전류영은 즉시 공손하게 대답했다.

"그렇습니다, 사부님."

"흐음, 유건이란 아이가 이번엔 운이 좋지 않은 모양이구나."

전류영은 침착하려 애쓰며 물었다.

"섭성이란 자가 그렇게 대단한 자입니까?"

"그는 130년 전까지 일월교의 최고 기재 중 하나였다. 원래 화심근(火心根)만 타고나도 대단한 선재로 꼽히는데 그는 무려 화령근(火靈根)을 타고났지. 물론, 그 바람에 성격 또한 아주 불같아서 수태교의 수사 둘을 죽이는 큰 죄를 범하는 바람에 혈빙굴에 갇혔다. 한데 그런 섭성이 혈빙굴을 나와 선쟁회에 참여한 데는 뭔가 곡절이 있는 것 같구나."

사부의 설명을 들은 전류영은 마음이 점점 초조해졌다. 그러나 그녀가 할 수 있는 일은 없었다. 유건이 그저 청삼랑이 판 함정에서 무사히 빠져나올 수 있게 기원할 따름이었다.

섭성과 마주한 유건도 이게 청삼랑의 함정임을 이미 간파한 상태였다. 섭성은 자신이 불 속성 공법을 익혔단 사실을 숨길 생각이 없어 보였다. 마치 불타오르는 것 같은 새빨간 도포를 걸쳤고 굵은 팔뚝에는 붉은 팔찌를 차고 있었다. 심지어 머리카락과 눈동자 색마저 붉은빛을 띠었다.

유건은 법력을 끌어올리며 생각했다.

'청삼랑이 1차전에 함정을 파 뒀을 거라고는 예상 못 했군. 아마 이 자가 불 속성 공법을 쓰면 내가 어쩔 수 없이 빙혼정을 꺼내 대항할 수밖에 없을 거로 예상하고 이런 수를 쓴 거겠지. 하지만 청삼랑 장로, 당신은 날 잘 모르는 게 분명해. 나는 성격이 지랄 맞아서 이 세상의 그 어떤 누구보다도 상대의 의도에 고분고분 따라 주는 걸 싫어하는 편이라고.'

유건은 바로 전광석화를 펼쳐 접근하며 사자후를 발출했다. 곧 사자후가 만들어 낸 무형의 음파가 고리처럼 변해 섭성의 사지를 결박했다. 그러나 섭성은 기다렸다는 듯 온몸을 마치 불꽃처럼 크게 불태워 음파 고리를 단숨에 없애 버렸다.

'청삼랑이 내 공법의 대응 방법을 알려 준 게 분명하군.'

유건은 이어서 구련보등과 전광석화를 연달아 펼쳤다. 그러나 그 역시 섭성의 불 속성 공법에 막혀 힘없이 녹아내렸다.

비록 유건이 다른 수사의 눈을 신경 쓰느라 전력을 다하진 않았다고 해도 그의 공법을 이렇게 쉽게 막아 낸단 뜻은 섭성도 공선 중기 중에서는 손에 꼽힐 만한 강자란 증거였다.

'오래 끌수록 나에게 불리하다.'

결정을 내린 유건은 결국 숨겨 둔 패 중 하나인 목정검을 꺼냈다. 잠시 후, 목정검이 변신한 거대한 나무가 수천 개의 긴 가지를 그물처럼 엮어 그 안에 섭성을 가두려 들었다.

섭성은 화도(火刀)로 만든 비행 법보를 타고 벗어나려 했다. 그러나 나무가 장악한 범위가 워낙 넓은 탓에 그물에서 완전히 벗어나려면 대결장을 떠나야 했다. 한데 선쟁회 규칙상, 대결자가 대결장을 완전히 떠나면 실격 처분을 받았다.

마침내 거대한 나무가 만든 나뭇가지 그물이 섭성을 그 안에 가두었다. 유건은 즉시 뇌력을 써서 목정검에 신호를 보냈다.

그 순간, 그물에 달린 수만 개의 적갈색 이파리들이 짙은 나무 속성 기운을 뿜어내며 폭발해 그 안에 가둔 섭성을 엄청난 압력으로 찍어 눌렀다. 밖에서 보기엔 마치 폭죽 수만 개가 동시에 터진 듯해 단숨에 수사들의 주의를 끌었다.

그 광경을 지켜본 구룡파가 처음으로 감탄하는 표정을 지었다.

"유건이란 아이가 뇌심술(腦心術)을 펼칠 줄 아는 것 같구나."

여자아이가 의아한 표정으로 물었다.

"뇌심술이 그렇게 대단한 법술이온지요?"

"뇌심술 자체는 뇌력을 지닌 수사라면 누구나 쓸 수 있다. 보통은 법보를 조종하거나 법보의 형태를 바꾸는 데 쓰지. 한데 저 정도로 고명한 뇌심술을 펼칠 수 있는 수사는 그리 많지 않아. 저 아이는 아마도 태생적으로 뛰어난 뇌력을 지녀서 겉핥기가 아닌, 진짜 뇌심술을 쓰는 것 같구나."

이번엔 연 사매라 불린 중년 여인이 질문했다.

"저 수사의 뇌력이 그 정도로 뛰어난 것입니까?"

"뇌력의 양이야 경지가 저 아이보다 높은 너희들이 훨씬 많겠지. 그러나 뇌력의 순도는 저 아이에 비할 바가 아닐 것이야."

잠시 후, 구룡파가 혀를 끌끌 찼다.

"그러나 대전 경험은 그리 많지 않은 모양이구나. 불 속성 공법을 익힌 상대에게 나무 속성 법보를 사용해 공격하다니."

전류영은 사부의 걱정이 담긴 얘기를 듣고도 표정 변화가 전혀 없었다. 아니, 오히려 속으로는 기뻐하는 중이었다. 그녀가 알기로 유건만큼 경험이 풍부한 수사는 많지 않았다.

한데 그런 유건이 굳이 상대에게 나무 속성 법보를 사용했단 뜻은 노림수가 있음을 의미했다. 그녀의 예측대로 유건과 섭성의 대결은 전혀 예상하지 못한 방향으로 흘러갔다.

섭성은 불 속성 공법으로 만든 거대한 불 칼 두 개를 채찍처럼 휘둘러 그를 가둔 나뭇가지 그물을 순식간에 불태웠다.

그뿐만이 아니었다.

섭성은 아예 온몸에 주홍색 불길을 몇 겹으로 두른 상태에서 목정검이 만든 거대한 나무로 뛰어들어 불길을 더 키웠다. 그 순간, 그 일대 전체가 거센 불길에 휩싸이더니 목정검이 만든 거대한 나무조차 순식간에 재로 변해 흩어졌다.

유건은 재빨리 목정검을 회수했다. 그러나 화령근을 지닌 섭성이 전력으로 불 속성 공법을 펼친 위력은 과연 남다르기 이를 데 없어 목정검 여기저기에 불탄 흔적이 남아 있었다.

쓴웃음을 지은 유건은 전광석화를 펼쳐 뒤로 물러났다. 그때, 승기를 잡은 섭성이 양손에 쥔 불 칼을 휘두르며 덮쳐 왔다.

곧 수백 개가 넘는 불 칼이 만들어져 마치 문어의 촉수처럼 유건을 휘감으려 들었다. 그는 전광석화를 연달아 여섯 번 펼치고 나서야 간신히 불 칼 사이를 빠져나갈 수 있었다.

그 순간, 불길에 휩싸인 섭성이 입으로 파란빛이 도는 불길을 안개처럼 뿜어 대결장 전체를 불 감옥으로 바꾸어 놓았다. 아예 유건이 도망칠 곳이 없게 만들겠단 의도로 보였다.

"흐흐흐."

불 감옥에 갇힌 유건을 보며 소름 끼치는 미소를 지은 섭성이 두 배로 늘어난 불 칼을 들고 흉흉한 기세로 달려들었다.

유건은 어쩔 수 없단 표정으로 홍쇄검 108자루를 방출했다. 뇌령은수를 흡수하고 나서 뇌력의 양이 크게 늘었기 때

214

문에 법결을 날려 조종할 때보다 훨씬 빠르고 부드러운 동작으로 홍쇄검 108자루 전체를 세밀하게 조정할 수 있었다.

홍쇄검 108자루는 마치 각자 살아 있는 비검처럼 움직였다. 어떤 검은 공중을 천천히 비행했고 어떤 검은 바닥에 거의 붙은 자세로 쾌속하게 나아갔다. 또, 어떤 검은 부드러운 포물선을 그렸고 어떤 검은 섬광과 같은 속도로 직진했다.

그러나 바로 공격하지는 못했다. 연성할 시간이 부족한 탓에 목정검처럼 뇌력으로 완벽하게 조종할 수 있는 상태가 아니었다. 준비에 적어도 향 한 대 탈 시간이 더 필요했다.

그때, 섭성이 불 칼 두 개를 다시 휘두르며 달려들었다. 이번에도 휘두를 때는 두 개였으나 휘두른 다음에는 불 칼이 수백 개로 늘어나 문어의 촉수처럼 그를 사방에서 감아 왔다.

유건은 좀 전에 피한 방법대로 전광석화를 펼쳐 달아났다. 한데 여전히 불 감옥 안에 갇힌 상태라 빠져나갈 공간이 많지 않았다. 그러던 어느 순간, 그는 결국 사방이 막힌 불 감옥 구석에 갇혀 더는 도망칠 수 없는 지경까지 이르렀다.

"흐흐흐."

다시 한번 소름 끼치는 미소를 지은 섭성이 진언을 외웠다.

그 순간, 문어의 촉수처럼 흐물거리던 불 칼 수백 개가 갑자기 창처럼 꼿꼿해지더니 그대로 유건을 향해 쏘아져 왔다.

'지금까지의 공격은 이걸 노린 포석이었군.'

215

유건은 봉우포와 금강부동신공으로 보호막을 이중으로 만든 상태에서 재차 건마종까지 꺼내 상대의 공격을 막아 갔다.

화르르륵!

수백 자루가 넘는 불 창에 꿰인 유건은 마치 고슴도치처럼 보였다. 그러나 유건이 건마종에 법결을 날리는 순간, 그를 꿴 불 창이 일제히 뒤로 튕겨 나갔다. 비록 곳곳에 화상을 입은 참혹한 모습이었어도 막는 데는 성공한 셈이었다.

이상하다는 듯 고개를 갸웃거린 섭성은 손바닥을 앞으로 뻗었다. 그 순간, 3장 크기로 불어난 손바닥 중앙에 검은 구멍이 뻥 뚫리더니 그 안에서 새빨간 용암이 분수처럼 쏟아졌다. 아예 용암으로 유건을 녹여 버리려는 심산처럼 보였다.

그때, 유건이 히죽 웃었다.

"한쪽만 계속 공격하면 지켜보는 쪽에서는 재미가 덜한 법이지."

유건은 그 말이 끝남과 동시에 전력으로 전광석화를 펼쳤다.

그 순간, 유건이 마치 천둥이 칠 때처럼 눈을 멀게 하는 섬광을 갑작스레 방출하며 모습을 감췄다. 돌변한 상황에 놀라 눈을 부릅뜬 섭성은 급히 돌아서서 뇌력으로 유건을 찾았다.

그때, 얼마 떨어지지 않은 공중에 다시 나타난 유건이 뇌력으로 사방에 퍼트려 놓은 홍쇄검 108자루에 명령을 내렸다.

그 즉시, 홍쇄검 108자루가 섭성을 향해 쇄도했다. 한데 홍
쇄검 108자루가 보여 주는 궤도와 속도가 전과 판이하였다.
전엔 천천히 날아가던 홍쇄검이 지금은 섬광처럼 쏘아져 날
아갔고 전엔 섬광처럼 날아가던 홍쇄검이 지금은 굼벵이처
럼 느리게 날아갔다. 또, 포물선을 그리던 홍쇄검은 직진밖에
없다는 듯 허공을 최단 시간으로 갈랐고 직진을 거듭하던 홍
쇄검은 여인의 눈썹처럼 아름다운 포물선을 그렸다.

그들의 대결을 지켜본 수사라면 누구나 다 유건이 언젠간
사방에 포진해 둔 홍쇄검을 쓸 거란 사실을 쉽게 유추할 수
있었다. 이는 섭성도 마찬가지였다. 머릿속으로 계산해서 어
떤 식으로 막을 건지 세세하게 계획을 세워 둔 섭성은 갑작스
러운 홍쇄검의 변화에 당황해 손발이 약간 어지러워졌다.

그 순간, 홍쇄검 108자루가 차례차례 섭성이 불 속성 공법
으로 만든 방어막을 뚫고 들어갔다. 섭성은 구명 법보와 원신
까지 동원해 막으려 들었다. 그러나 홍쇄검이 보여 준 다채로
운 변화를 따라가지 못해 온몸이 만신창이로 변했다.

그때 갑자기 섭성이 입에서 흰 공처럼 생긴 방어 법보를 뱉
더니 그 안으로 쏙 들어가 숨었다. 한데 그가 마지막에 꺼낸
흰 공 법보는 위력이 대단해 홍쇄검도 쉽게 뚫지 못했다.

'쳇, 청삼랑이 준 법보로군.'

허를 찬 유건은 다시 한번 뇌력으로 홍쇄검 108자루에 명령
을 내리면서 흰 구미호(九尾狐)의 눈썹을 뽑아 만든 것 같은

흰 장침(長針) 하나를 꺼내 흰 공 법보 쪽으로 발사했다.

한데 장침이 허공을 가르며 날아가는 순간, 그 주위에 있던 홍쇄검 속에서 마치 자석에 이끌리는 것처럼 단침(短針) 108개가 연달아 튀어나와 앞서가는 장침의 뒤를 쫓아갔다.

잠시 후, 장침과 단침이 절묘하게 서로를 보완하더니 빙글빙글 회전해 흰 공 법보를 터트렸다. 흰 공 법보 폭발 여파가 엄청나 대결장을 가둔 불 감옥이 순식간에 흩어져 버렸다.

물론, 흰 공 법보 보호막 안에 숨어 있던 섭성도 무사하지 못했다. 그는 간신히 원신만 살려 대결장 밖으로 달아났다.

진행자가 유건의 승리를 선언하는 모습을 지켜보던 전류영은 뭔가를 깨닫고 깜짝 놀라 청삼랑 장로를 찾았다. 그러나 한참 전에 돌아간 듯 청삼랑 장로의 모습은 보이지 않았다.

그녀가 놀란 이유는 유건이 마지막에 쓴 법보가 바로 청삼랑 장로가 그에게 준 백솔침이란 사실을 알았기 때문이었다.

유건은 짓궂게도 청삼랑 장로가 하사한 백솔침으로 청삼랑 장로가 판 함정을 벗어났다. 그야말로 무모할 정도의 자신감이었다. 물론, 이를 지켜본 청삼랑 장로는 속이 편할 리 만무했기 때문에 서둘러 대결장을 떠날 수밖에 없었을 것이다.

그때, 구롱파가 전류영에게 물었다.

"영아, 너는 청 장로의 백솔침을 전에 본 적이 있는 모양이구나?"

"예, 사부님."

전류영은 구롱파에게 유건이 백솔침을 얻은 경위를 소상히 설명했다. 한참을 듣던 구롱파가 고개를 몇 번 끄덕였다.

"저 유건이란 아이는 확실히 보통내기가 아니구나. 저 아이가 장선까지 이른다면 삼월천에 피바람이 불지도 모르겠어."

머리를 두 갈래로 딴 귀여운 여자아이가 물었다.

"저 유건이란 수사의 재능이 그 정도입니까?"

"저 아이는 여력을 한참 남겨 두고도 이번 대결에서 가뿐하게 승리를 거두었느니라. 아마 동급 경지에선 적수를 찾기 힘들 테지. 어쩌면 공선 후기도 그를 이기기 힘들지도 모른다. 저 아이가 위험을 무릅쓰고 선귀합체술까지 쓴 동급 경지의 귀선을 상대로 손쉽게 승리했다면 더더욱 그렇겠지."

전류영은 사부의 말을 들으면서 유건이 오선 초기인 그녀조차 두려움을 느낄 정도의 실력을 지녔단 말을 꺼내 사부나 다른 사자매들을 놀라게 하지 않았다. 더욱이 어쩌면 유건이 상대희의 법보까지 지닌 상영을 혼자 죽였을지 모른단 말은 더더욱 할 수 없었다. 아마 그 말은 그녀의 현생이 끝나는 날까지도 입 밖으로 낼 수 없는 비밀일지도 몰랐다.

구롱파는 길게 탄식하며 제자들에게 설명했다.

"처음에는 저 유건이란 아이가 대적 경험이 적은 탓에 불 속성 공법을 쓰는 상대에게 나무 속성 법보를 쓰는 줄 알았느니라. 원래 오행의 상성은 수사라면 누구나 다 아는 상식이지만 본인의 공법이나 법보를 과신한 나머지 그걸 무시하는 수사가 얼마나 많더냐. 한데 가만 보니 그게 아니라, 상대에게 자신감을 심어 주기 위한 책략이었더구나. 원래 수사는 자신감이 한번 붙으면 이참에 빨리 끝낼 생각으로 가장 강력한 수단을 꺼내는 경우가 많은 법이지. 한데 저 아이는 상대가 그렇게 나오기를 기다렸다가 상대의 방심을 재빨리 찔러 승리를 거두었느니라. 또, 청삼랑 장로와 관계가 있는 섭성이란 아이를 청삼랑 장로가 하사한 백솔침으로 쓰러트리는 것을 보면 배포도 실력만큼이나 대단하고. 물론, 배포가 큰 자는 허세를 부리는 경우가 많으나 저 아이의 배포는 본인의 실력을 믿고 부리는 배포처럼 보이더구나. 고작 공선 중기에 불과한 경지인데도 말이다. 한데 저런 아이가 장선에 이른다면 어찌 바람 잘 날이 있겠느냐?"

여자아이와 연 사매라 불린 중년 여인은 새삼스러운 눈으로 주최 측에서 제공한 단약으로 화상을 치료하는 유건을 지켜보았다. 그러나 전류영은 청삼랑 장로의 갑작스러운 등장과 혈빙굴에서 나온 것처럼 보이는 섭성이란 단서만으로 유건과 청삼랑 장로의 관계를 파악한 사부의 혜안에 감탄했다.

구롱파 장로는 볼 만큼 봤다는 듯 제자들을 이끌고 대결장을 떠났다. 두 장로가 차례로 떠나고 나서야 선쟁회 주최자들은 한시름 놓았단 표정으로 대회의 진행 속도를 끌어올렸다.

며칠 후 열린 2차전을 가볍게 승리한 유건은 마침내 3차전에서 삼은과 대결을 벌였다. 유건과 삼은, 두 수사는 약속한 대로 상대를 봐주지 않았다. 오히려 친구란 이유만으로 상대를 봐주면 그건 친구를 무시하는 행동과 다름없었다.

삼은은 머리띠로 불러낸 청록색 사슴으로 유건을 상대했으나 유건은 목정검과 홍쇄검으로 협공에 단숨에 승리를 거뒀다.

유건은 기력이 다해 쓰러진 삼은을 일으켜 세웠다.

"오늘은 이 유 모의 운이 삼 형보다 좋았나 보오."

"운이 아님을 나도 알고 유 형도 알지 않소. 우리 사이엔 그런 입에 발린 소린 필요 없소. 솔직히 그동안은 마음 한편에 유 형의 실력을 인정하지 못하겠단 마음이 약간 있었소. 아마 수사의 알량한 자존심이란 거겠지. 하지만 오늘 대결해 보고 나서 깨달았소. 유 형은 나와는 수준이 다른 수사요."

유건은 손으로 얼굴을 쓱쓱 문지르며 웃었다.

"삼 형이 무슨 말을 하는진 알겠소. 그러나 내 얼굴에 금칠 좀 그만해 주시오. 더 했다간 얼굴에서 금가루가 떨어지겠소."

"하하, 금가루가 떨어지는 얼굴이라면 오히려 더 기뻐해야 하는 거 아니오? 그러면 숨만 쉬고 있어도 돈을 번다는 건데."

"그럼 지금부턴 내가 삼 형의 얼굴에 금칠을 해 주리다."

삼은은 끔찍하다는 듯 얼른 손사래를 쳤다.

"난 사양하겠소. 이 남자답게 잘생긴 얼굴에 금가루까지 떨어지는 날에는 교 내의 여수사들이 서로 만져 보겠다고 달려들어서 이 잘생긴 얼굴이 아마 온통 닳아 없어지고 말 거요."

그때, 어느새 나타난 한초가 고개를 갸웃거리며 물었다.

"여수사들이 삼 수사의 얼굴을 왜 만지려고 드는 거죠?"

그 말을 들은 삼은과 유건은 껄껄 웃었다.

같은 숙소를 쓰는 네 수사는 성적이 다들 좋은 편이었다. 삼은만 유건을 만나 3차전에서 떨어졌고 한초는 5차전, 복가는 6차전에서 떨어졌다. 그리고 유건은 7차전인 준결승에 올랐다가 상대의 벼락같은 일수를 맞고 떨어졌다. 물론, 유건은 목적을 달성했기에 일부러 탈락한 것에 더 가까웠다.

선쟁회가 끝나고 나서 유건은 일월교 장서각에 들어가도 좋다는 주최 측의 허락을 받아 냈다. 이런 일은 뜸을 들일 이유가 없었다. 그는 바로 장서각으로 향해 철지대법을 찾았다.

다행히 철지대법이 적힌 책을 찾아내는 일은 그리 어렵지 않았다. 한데 역시 큰 종파라 그런지 철지대법의 종류만 열 가지가 넘었다. 유건은 손바닥을 펴서 장서각을 담당하는 수사가 입장하기 직전에 새겨 넣은 1이란 숫자를 확인했다.

이 1이란 숫자는 장서각에 있는 수만 권의 공법서 중에서 단 한 권만 읽을 수 있단 뜻이었다. 만약, 숫자가 없는 상태에서 공법서를 건들면 서가에 설치해 둔 금제가 그를 밖으로 순간이동시켜 버렸다. 거기다가 나중에 따로 호법원에 불려 가 질책까지 받았기 때문에 열 가지가 넘는 철지대법을 일일이 읽어 보고 나서 베낄 공법서를 결정할 수 없었다.

그때, 규옥이 약간 흥분한 어조로 뇌음을 보내왔다.

"공자님, 가장 왼쪽에 있는 철지대법을 고르십시오."

유건은 미간을 찌푸렸다.

가장 왼쪽에 있는 철지대법은 황수(潢水)라는 간단한 제목만 적혀 있는데 간단한 제목과는 정반대로 두께는 다른 책의 거의 세 배에 이르러 다소 어려워 보였다. 또, 수천 년 동안 수사의 손을 타지 않았는지 책 전체가 아주 깨끗했다.

"내가 이 황수를 골라야 하는 이유가 무엇이냐?"

"황수는 아마 공공자 어르신의 사제인 황수진인(潢水眞人)을 가리키는 말일 것입니다. 소옥이 듣기론 사조님이 제자들에게 의발을 전수할 때, 소옥의 사부님이신 공공자 어르신께는 법술을, 황수진인 어르신께는 비술을 각각 전수하셨답니다. 원래 사조님께서 법술과 비술을 따로 나눠 전수하신 목적은 두 분야 다 그 양이 아주 많은 탓에 제자 한 명이 완전히 통달하기가 어려워서였습니다. 사조님은 후에 공공자 어르신과 황수진인 어르신이 각자의 분야에 통달하고 나서 서로 계승하지 못한 분야를 상대에게 가르쳐 주라 하셨는데 나중에 두 어르신 사이가 크게 틀어져 그럴 기회가 없었지요. 한데 황수진인 어르신이 계승한 비술 중에는 철지대법도 있었습니다. 그 바람에 법술을 계승한 공공자 어르신은 철지대법을 익히지 못하셨고 어르신의 의발을 계승한 소옥도 철지대법을 익힐 기회가 없었던 것이지요."

"황수진인이 계승했다는 철지대법이 어떤 수준인지 알고 있느냐?"

"사조님은 입적하시기 전에 철지대법을 써서 수만 리가 넘는 지역에서도 손톱보다 작은 재료를 정확히 찾아내셨다고 공공자 어르신께 들었습니다. 아마 그 정도 수준이면 이곳에 있는 다른 철지대법을 월등히 뛰어넘고도 남을 것입니다."

유건은 피식 웃었다.

"네가 이 황수라 적힌 서적을 원하는 이유가 정말 그것뿐이냐?"

"헤헤, 역시 공자님은 속이기가 힘들군요. 소옥이 만약 황수진인 어르신이 남긴 비술까지 배울 수 있다면 전대(前代)에서 끊어진 영선 비술의 적통을 계승할 수 있을 것입니다."

"흠, 그 정도면 썩 나쁜 이유는 아니군."

유건은 황수를 꺼내서 그 내용을 뇌력으로 머릿속에 기록했다.

한데 책의 첫머리에 이 황수란 책이 일월교 수사들의 손을 전혀 타지 않은 결정적인 이유가 아주 상세히 적혀 있었다.

◆ ◈ ◆

이 황수란 책을 일월교에 처음 가져온 수사는 진명(進明)이란 자였다. 한데 그 진명이 황수 첫머리에 기록한 소회에 따르면 황수는 삼월천의 웬만한 종파엔 다 있는 서적으로 진명도 다른 종파에 갔다가 오행석을 주고 베낄 수 있었다.

진명이 고작 오행석 몇 푼에 황수를 베껴 올 수 있던 이유는 간단했다. 황수는 영선의 희귀한 고대 언어로 적혀 있어 인족은 물론이거니와 삼월천에 거주하는 거의 모든 종족의 언어로도 해석이 힘들었다. 그 바람에 황수는 마치 누구나 그 비밀을 파헤쳐 보고 싶어 하지만, 누구도 해석하지 못하는 책처럼 여겨져 수사들의 관심에서 점점 멀어져 갔다.

'황수에 이런 비밀이 숨겨져 있을 줄은 몰랐군. 나중에 소옥이 이 사실을 알면 꽤 황당하겠어. 소옥이 그토록 찾아 헤매던 영선의 비술 적통이 담긴 서적이 인간 수사들의 서고에서는 공간만 차지하는 쓰레기와 비슷한 가치를 지녔다니. 더구나 웬만한 규모의 종들은 전부 이 황수를 가지고 있는 모양인데 소옥은 그동안 엉뚱한 곳만 찾아다닌 셈이군.'

황수의 내용을 뇌력으로 전부 머릿속에 저장한 유건은 책을 책장에 다시 꽂아 넣고 나서 서고를 나왔다. 나온 직후에는 바로 숙소로 돌아가 저장한 내용을 규옥에게 알려 주었다.

예상대로 규옥은 믿을 수 없다는 반응을 보였다.

"인간 수사들은 이 황수란 서적이 지닌 가치를 몰라줘도 너무 몰라주는군요. 이 서적이 얼마나 귀한 서적인데 마치 길거리에 굴러다니는 흔한 돌멩이처럼 취급하다니요. 더구나 우리가 운이 좋아서 황수를 발견한 게 아니라, 황수가 이미 삼월천 종파에 퍼질 대로 퍼져 있어서 발견한 거였다니! 이 소옥은 황당해서 말이 다 안 나올 지경입니다, 공자님!"

유건은 쓴웃음을 지으며 뇌음을 보냈다.

"진정해라. 그보다 넌 이 황수란 책을 당연히 해석할 수 있겠지? 이 책을 베낀 진명이란 수사에 따르면 영선의 희귀한 고대 언어로 적혀 있어 해석하기가 몇 곱절로 어렵다는데."

"헤헤, 이 정도는 소옥에게 거의 식은 죽 먹기나 다름없지요. 소옥은 공공자 어르신께 고대 언어를 배워 이 세상의 그 어떤 영선보다도 고대 언어를 자신 있게 쓸 수 있답니다."

"그럼 자화자찬은 그만하고 얼른 해석부터 해 보아라."

"맡겨 주십시오, 공자님!"

신이 나서 대답한 규옥은 그날부터 황수의 내용을 인간 언어로 해석해 유건에게 알려 주었다. 당연히 그중에는 철지대법도 있었다. 무엇보다 유건을 기쁘게 한 것은 규옥의 장담처럼 철지대법의 위력이 그의 예상을 훨씬 뛰어넘는단 사실이었다. 더욱이 영선의 비술 몇 가지는 그도 사용할 수 있어 그가 펼칠 수 있는 비술의 숫자가 거의 배로 늘어났다.

유건은 영선의 비술을 배우며 청삼랑의 동태를 관찰했다. 한데 선쟁회 후에는 별다른 움직임이 없었다. 자하제룡검으로 계속 확인한 바에 따르면 감시자도 따로 보내지 않았다.

'무슨 속셈이지? 단념한 건가? 아니면 다른 중요한 일 때문에?'

그러나 아무리 생각해도 청삼랑과 같은 성격을 지닌 수사가 쉽게 단념하진 않을 것 같았다. 그렇다면 유건을 신경 쓸 수 없을 정도로 중대한 일이 벌어지고 있다는 뜻이었다.

유건은 그 중대한 일이 일월교와 두생교의 내분에 관한 일일 거라 예상했다. 그리고 그로부터 보름이 채 지나지 않아 예상은 확신으로 바뀌었다. 금안자호 내단 작전 때, 악수에게 당해 손실을 크게 본 혜성대 10조는 급히 추가 인원을 증원받아 다시 100명이 넘는 규모의 조직으로 거듭났다.

전류영은 전에 없이 심각한 표정으로 이번 임무를 설명했다.

"지금부터 우리 혜성대 10조는 상부의 명에 따라 월봉 북빙지(北氷地)를 경계하며 혹시 있을지 모르는 변고에 대비한다."

월봉 북빙지는 일월봉을 구성하는 두 개의 봉우리 중 하나인 월봉의 북쪽 능선 왼쪽에 있는 지역으로 사시사철 살을 에는 날카로운 한풍이 불어 평소에는 잘 출입하지 않았다.

북빙지가 처음부터 그런 것은 아니었다. 전에는 일월봉에 존재하는 다른 무수한 능선처럼 꽃과 나무와 풀이 만발한 아름다운 능선이었는데 얼음 속성 공법을 수련하던 일월교 3대 교주가 북빙지 지하에 어렵게 구한 만년혈빙석(萬年血氷石)을 매설하는 바람에 지금과 같은 환경으로 바뀌었다.

그러나 일월교 수사들이 북빙지 출입을 삼가는 이유는 혹독한 환경 때문이 아니었다. 입선 중기만 이르러도 일반적인 추위나 더위는 수사의 몸에 별다른 영향을 끼치지 못했다.

일월교 수사들이 북빙지를 출입하길 꺼리는 진짜 이유는 바로 북빙지 지하에 악명 높은 죄수들을 가두는 혈빙굴이 있어서였다. 그런 이유로 북빙지에 출입하는 수사는 죄인이 아니면, 그 죄인을 관리하는 간수인 경우가 대부분이었다.

혜성대 10조 조원들은 북빙지로 이동하며 갑자기 혜성대에 이런 임무가 떨어진 이유를 놓고 갑론을박을 벌였다. 그러나 일월교, 아니 칠교보 내에 뭔가 심상치 않은 공기가 흐른다는 사실에는 대부분 동감하며 걱정을 감추지 못했다.

유건과 같은 숙소를 쓰는 수사들도 걱정이 크긴 매한가지였다.

한초가 유건 바로 옆에서 비행술을 펼치며 물었다.

"혈빙굴의 죄수가 탈출이라도 한 걸까요?"

그러나 대답한 사람은 유건이 아니라, 그 반대편의 복가였다.

"그건 아닐 거외다."

한초가 복가를 흘겨보며 툭 쏘아붙였다.

"왜 아니라는 거죠? 밝혀진 건 아직 아무것도 없는데."

복가는 한초의 이런 태도에 익숙하다는 듯 크게 개의치 않았다.

"혈빙굴에 갇힌 수사는 대부분 오선이오. 만약, 정말로 죄수가 탈출했다면 우리 같은 공선들은 떼죽음만 당할 뿐이오."

한초가 콧방귀를 뀌었다.

"우리 10조엔 조장님도 계시고 동급 귀선을 제압한 유 수사도 있어요. 아무리 오선이 대단해도 쉽게 볼 순 없을걸요."

복가가 유건을 힐끔 보며 대답했다.

"유 수사가 대단하단 것은 10조 조원이면 다 아는 사실이오. 그러나 오선은 애초에 우리와 사는 세계가 다른 수사들이오. 아무리 공선 중에서 뛰어나다고 하더라도 오선 선배님과는 큰 차이가 있단 뜻이지. 아마 그라도 쉽지 않을 거요."

유건은 웃으면서 복가의 의견에 찬성했다.

"복 수사의 말씀이 맞소. 우리 공선과 오선 선배님들의 차이는 클 수밖에 없소. 그게 오선과 장선의 차이 정도는 아닐지라도 경지를 뛰어넘는 실력을 발휘하기는 어려운 법이오."

유건이 복가의 편을 드는 바람에 삐친 한초가 갑자기 속도를 높이더니 그들 앞을 날아가는 여수사 무리에 합류했다.

한초를 바라보며 복잡 미묘한 표정을 짓던 복가가 불쑥 물었다.

"두 분은 이번 임무에 대해 어찌 생각하시오?"

삼은은 자기 생각을 솔직하게 얘기했다.

"갑자기 경계를 강화한단 뜻은 일월교를 노리는 외부 세력이 있단 의미가 아니겠소? 아마 곧 큰 전쟁이 벌어질 것 같소."

유건도 바로 동의했다.

"삼 형과 같은 생각이오."

복가가 한숨을 내쉬었다.

"불행히도 본인 역시 두 분의 의견과 크게 다르지 않소. 어차피 큰 전쟁이 벌어지면 실력이 강한 수사만이 살아남을 테지만 그래도 옥석구분(玉石俱焚) 당하는 화는 면할 수 있도록 지금부터라도 우리 모두 정신을 바짝 차려야 할 것이오."

복가의 말을 끝으로 세 수사는 더는 대화를 나누지 않았다. 각자 마음속으로 이번 겁난에서 어떻게 살아남을지 계산하느라 바빴기 때문이었다. 물론, 복가, 삼은과 유건은 처한 사정이 약간 달랐다. 그는 오히려 혜성대가 북빙지에 발령받은 일을 천운이 따랐다며 속으로 크게 반기는 중이었다.

잠시 후, 북빙지에 도착한 10조는 기존에 있던 금제와 결계, 진법에 들어가 방어를 강화하고 조장의 지시에 따라 순찰 활동을 펼쳤다. 머릿속에 기억해 둔 북빙지의 구조를 떠올린 유건은 쓴웃음을 금치 못했다. 그는 이번에 북빙지 가장 외곽에 배치를 받았기 때문에 이번 겁난을 무사하기 빠져나가기 위해 미리 세워 둔 계획을 약간 수정할 필요가 있었다.

계획을 수정하며 사흘을 보냈을 때였다. 거의 오선 중기에 해당하는 뇌력을 지닌 유건은 북빙지 전체를 한눈에 파악할 수 있었다. 일월교처럼 많은 수사가 거주하는 장소에서는 하루에도 몇백 번씩 자신을 훑는 다른 수사의 뇌력을 감지하기 때문에 그가 뇌력을 퍼트려도 의심받는 일은 없었다.

10조 조원들은 근처에 있는 혹은 근처를 지나가던 오선 중기 선배가 뇌력을 퍼트린 것으로 이해했다. 또, 돌아가는 분위기가 심상치 않은 탓에 다른 수사가 뇌력을 퍼트리는 빈도가 몇 배로 늘어 유건을 의심하기가 더욱 어려운 상황이었다.

유건은 뇌력을 퍼트려서 결계와 금제, 진법의 위치 등을 확인했다. 미리 확인해 놓아야 유사시에 빠르게 탈출할 수 있었다.

한데 그렇게 사흘을 보냈을 때였다. 근처 금제를 지키던 수사가 갑자기 그 자리에서 감쪽같이 사라졌다. 미간을 찌푸린 유건은 뇌력을 좀 더 정성 들여 퍼트려 보았다. 한데 뇌력에 잡히는 것이 없었다. 갑자기 사라진 수사가 고명한 은신술이나 뛰어난 은신 법보를 사용해서 사라진 게 분명했다.

한데 문제는 그 수사가 복가란 사실이었다.

'복가가 왜 갑자기 행방을 감춘 거지?'

그로부터 한 시진쯤 지났을 때였다. 사라진 복가가 다시 종적을 드러내더니 아무 일 없었단 것처럼 주변을 순찰하였다.

유건은 곧 재미있는 결론에 도달했다.

'인제 보니 복가는 두생교가 일월교에 몰래 심어 둔 첩자였구나. 그래서 내가 귀음도의 귀선과 싸운 다음부터 갑자기 날 경계하던 눈빛으로 쳐다보던 거였어. 내가 어쩌면 그가 숨어서 하려는 일을 방해할 수도 있다고 의심했을 테니까.'

유건은 피식 웃었다.

만약, 복가가 그의 처지를 알았더라면 그를 경계할 필요가 전혀 없었단 사실에 아마 깜짝 놀랐을지도 몰랐다. 아니, 오히려 그를 자기 첩자 임무에 끌어들이려 했을 수도 있었다.

유건은 두생교와 일월교가 내전을 일으켜야 더 좋은 사람이었다. 그래야 지긋지긋한 청삼랑의 감시를 벗어날 수 있었다. 복가는 아마 영원히 모를 테지만 그는 복가가 성공할 수 있길 기원하는 몇 안 되는 일월교 제자일지도 몰랐다.

유건은 복가가 첩자란 사실을 누구에게도 말하지 않았다. 심지어 복가가 들킬 위험이 있을 때는 뇌력을 써서 도와주기도 했다. 복가는 그렇게 닷새를 더 작업하고 나서야 맡은 임무를 모두 끝낸 듯 평온한 표정으로 때가 오길 기다렸다.

다행히 오래 기다릴 필요는 없었다. 어느 날, 유건이 북빙지 수비를 맡은 수사의 수가 배로 늘어났다고 느꼈을 때였다.

투명한 전깃불과 같은 섬광이 일월봉 중앙 고공에서 파바박 튀더니 빠른 속도로 퍼져 나가 곧 일월봉 전체를 에워쌌다.

'진법이군.'

북빙지를 수비하던 수사들은 일제히 비행술을 펼쳐 솟구치며 하늘이 변화하는 모습을 걱정스러운 눈빛으로 쳐다보았다.

그때, 끝에 흰 거품을 매단 거대한 파도가 하늘 저편에서 해일처럼 단숨에 밀려와 전깃불 섬광이 만든 투명한 보호막 위에 연푸른색 보호막을 하나 더 형성했다. 그런 식으로 두 번 더 진법이 발동한 후에야 마침내 하늘이 변화를 멈추었다. 말 그대로 일월교는 적의 침입에 대비해 네 겹에 이르는 단단한 보호막으로 일월봉 전체를 보호한 셈이었다.

'대단하군.'

유건은 낙낙사와 후양종이 종파의 명운을 걸고 대결하는 모습을 전에 본 적 있었다. 그러나 구화련과 같은 대종문에 속한 칠교보가 보여 주는 방어진의 위용은 차원이 달랐다.

잠시 후, 진법의 보호를 받는 일월봉 곳곳에서 대형 비행 법보 수백 개가 벌집을 일제히 빠져나가는 벌들처럼 쏟아져 나왔다. 종류와 크기가 제각각인 비행 법보 수백 개가 일월봉을 순식간에 뒤덮는 바람에 북빙지는 밤처럼 어두워졌다.

그러나 일월교의 준비는 그것으로 끝나지 않았다. 갑자기 지축을 뒤흔드는 굉음이 쿵쿵 울리더니 일봉과 월봉 정상이 양쪽으로 갈라지면서 반경 수백 장에 달하는 첨탑이 튀어나와 보호막에 거의 닿을 듯한 높이까지 순식간에 상승했다.

유건은 일월교가 동원한 수사의 수를 대충 헤아려 보았다. 정확하진 않지만 대략 7,000명에서 8,000명에 이르는 듯했다.

잠시 후, 마침내 공격 측도 모습을 드러냈다. 공격 측은 예상대로 두생교와 수태교가 주축을 이룬 대부대였는데 적게 잡아도 5만이 넘는 수사가 이번 내전에 참여한 것처럼 보였다. 외부에 알려진 칠교보 수사 수가 7만 명이란 사실을 생각하면 수사 대부분이 이번 내전에 참가했다는 뜻이었다.

"위다!"

그때, 근처에 있던 삼은이 머리 위를 가리켰다.

유건은 급히 고개를 들어 머리 위를 확인했다. 한데 그 순간, 쇳덩이로 만든 것 같은 거대한 말뚝 100여 개가 유성처럼 떨어져 내리더니 네 겹의 보호막을 수직으로 관통했다.

말뚝이 수직으로 박힐 때마다 보호막이 찢어질 것처럼 출렁거리며 박힌 부위를 중심으로 방사선 형태의 실금이 생겼다.

'태일소가 이번 내전을 위해 만든 공성(攻城) 법보인 모양이군.'

수사들도 범인처럼 다른 세력의 거점을 공격할 때는 초대형 공성 법보를 만들어 상대의 진법이나 금제부터 파괴했다.

그러나 이번 내전을 위해 애를 쓴 게 태일소만은 아니었다. 상대회도 준비를 단단히 해 두긴 마찬가지여서 일봉과 월봉 정상에 설치한 첨탑에서 오행의 기운이 담긴 거대한 광선이 날아가 보호막을 뚫고 들어오는 말뚝 법보를 강타했다.

오행 광선과 말뚝 법보가 부딪힐 때마다 일월봉 전체가 마구 흔들렸다. 또, 거기서 발생하는 굉음의 여파 때문에 양측 수사 대부분은 일찍부터 미리 청력을 다 차단해 둔 상태였다.

물론, 가장 잊기 힘든 광경은 하늘을 수놓는 각종 빛의 잔치였다. 마치 별이 폭발할 때처럼 엄청난 광도의 빛이 사방으로 퍼졌다가 썰물처럼 다시 한 점으로 쏙 빨려 들어갔다.

그때, 일월봉 곳곳에서 검은 옷으로 전신을 감싼 수사 30명이 검은색 대나무 통을 손에 들고 보호막 쪽으로 비상했다.

이를 지켜보던 일월교 수사 대부분은 그 검은 옷을 입은 수사들이 공격 측의 말뚝 법보를 저지하기 위해 수뇌부가 보낸 별동대라 생각했다. 그러나 그들은 곧 본인이 큰 착각을 했다는 사실을 깨달았다. 그들은 일월교 수뇌부가 보낸 수사들이 아니라, 태일소가 일월교에 심어 둔 첩자들이었다.

검은 옷을 걸친 수사들이 검은색 대나무 통을 보호막에 던지는 순간, 가장 안에 있는, 가장 단단한 보호막에 구멍이 뻥 뚫렸다. 그리고 그 구멍으로 말뚝 법보가 떨어져 내렸다.

유건은 첩자 중에 복가가 있는 모습을 확인하고 씨익 웃었다.

한데 그 순간, 유건은 갑자기 뭔가 이상하단 생각이 들었
다.

수사는 크게 세 가지 유형으로 나뉘었다.

첫 번째는 칠교보 보주 태일소, 일월교 교주 상대희처럼 대
도를 이루기 위해 거의 모든 시간을 수련에만 투자하는 수사
들이었다. 유건도 첫 번째 유형에 속한다고 볼 수 있었다.

두 번째 유형은 본인의 한계를 절감하고 속세에 관여하는
수사였다. 그들은 대부분 경지가 낮은 수사였는데, 심지어 입
선 초기 상태로 평생을 지내다가 백팔초겁을 맞는 경우마저
허다했다. 한데 두 번째는 다시 두 가지 경우로 나뉘었다.

첫 번째는 아예 속세에 깊이 뛰어들어 왕이나 성주처럼 범인을 지배하는 권력자 위치에 올라 떵떵거리며 살거나, 아니면 범인이 제공하는 온갖 향락을 누리며 범인을 다른 범인으로부터 지켜 주는 일종의 뒷배 같은 역할을 하는 경우였다.

그리고 두 번째는 여전히 선도에 적을 둔 상태긴 하지만, 수련에 매진하는 대신 다른 수사들을 위해 잡일을 담당하는 경우였다. 일월교에도 이런 수사가 거의 1,000명에 달했다.

반면 수사의 유형 중에서 마지막 세 번째 경우에 속한 수사는 성향이 약간 달랐다. 그들은 수련도 하고 속세와 관련한 일도 처리하는 만능형 수사였다. 일월교에서 이 세 번째 유형에 속하는 대표적인 수사가 바로 청삼랑이었다.

아마 이번 결전도 수련만 하는 상대회 교주 대신에 청삼랑 장로가 하나부터 열까지 모든 계획을 세웠을 게 분명했다. 한데 그런 청삼랑 장로가 결전 전에 두생교나 수태교가 일월교가 심은 첩자를 발본색원하지 않았다는 게 믿어지지 않았다.

원래 이런 전쟁에서는 상대편의 첩자를 빨리 찾아내 제거함으로써 이쪽의 정보가 상대편에 흘러가지 않도록 하는 작업이 아주 중요했다. 한데 청삼랑은 첩자가 활동하게 놔두었다.

'청삼랑이 먼저 움직이지 않았다는 점이 왠지 마음에 걸리는군.'

그러나 유건의 생각은 거기까지였다.

복가 등이 검은색 대나무 통으로 뚫어 놓은 곳으로 흰빛에
싸인 초대형 말뚝이 마치 일월교를 징벌하듯 속속 추락했다.

그중 몇 개가 북빙지를 향해 정확히 낙하하는 바람에 유건
도 전광석화로 말뚝 궤도에서 벗어나야 했다.

그러나 혜성대 10조 조원 몇은 유건처럼 운이 좋지 않아 말
뚝의 끌어당기는 힘에 빨려 들어가 흔적조차 없이 사라졌다.

삼은이 지상으로 내려가며 다급하게 소리쳤다.

"이래선 북빙지에 있는 진법이나 금제도 무사하지 못할 거
요!"

삼은의 말대로였다.

말뚝은 북빙지를 지키기 위해 설치한 진법과 금제를 단숨
에 박살 내고 지상과 충돌했다. 당연히 그 여파는 엄청났다.
북빙지 전체가 들썩이다가 지진이 난 것처럼 땅이 쩍쩍 갈라
지고 땅에 쌓여 있던 눈과 흙이 화산재처럼 흩날렸다.

그때, 혜성대 대주 두송자가 허연 수염을 휘날리며 명령했
다.

"모두 나를 따라와라!"

"예!"

북빙지 곳곳에 흩어져 있던 혜성대 대원 수백 명이 급히 두
송자가 있는 방향으로 이동했다. 두송자는 지금 땅을 30장이
나 뚫고 들어간 거대한 말뚝을 심각하게 주시하는 중이었다.

한데 그 순간, 말뚝이 수십 조각으로 쪼개지더니 안에서 두생교와 수태교 등의 복장을 한 수사 수백여 명이 튀어나왔다.

"앗!"

깜짝 놀란 혜성대 대원들은 급히 법보를 날리고 공법을 펼쳐 말뚝에서 튀어나온 상대를 공격해 갔다. 상대도 마찬가지여서 말뚝을 나오기 무섭게 법보와 공법으로 급습을 가했다.

곧 여기저기서 비명과 폭음과 섬광이 난무하며 수십 명이 넘는 수사들이 가을 서리를 맞은 벼 이삭처럼 뚝뚝 떨어졌다.

혜성대 대원 중에서 가장 위험한 지경에 처한 수사는 당연히 대주인 두송자였다. 두송자는 장선 초기로 보이는 수태교 강자에게 붙들려 거의 죽기 일보 직전이었다. 두송자가 비록 오선 후기 최고봉이라 하나 장선과는 큰 차이가 있었다.

다행히 급히 달려온 오선 후기 몇이 급히 두송자를 지원한 덕에 당장 목이 떨어지는 참사는 면했으나 위태롭단 사실엔 변함이 없었다.

한편, 유건은 그를 공격한 공선 중기 하나를 목정검으로 손쉽게 죽이고 지상으로 곧장 내려갔다.

지상에서는 삼은이 공선 중기와 공선 초기 수사 셋에게 포위당해 목이 떨어지기 직전이었다. 유건은 먼저 공선 중기 수사 쪽으로 목정검을 날렸다. 삼은을 몰아세우던 공선 중기 수사는 재빨리 돌아서서 손에 쥔 검은 모래를 공중에 뿌렸다.

아마 상대는 검은 모래로 유건의 지원을 차단한 상태에서 거의 다 몰아붙인 삼은을 마저 처리할 요량인 듯했다. 그러나 유건은 목정검을 방패처럼 만들어 검은 모래가 만든 방어벽을 순식간에 돌파했다. 원래 나무 속성 법보는 독 속성 법보에 강해 그를 차단하는 데 실패할 수밖에 없었다.

나무도 생명체라 독에 닿으면 죽지만, 일반 생명체처럼 급속도로 나빠지진 않았다. 지금도 마찬가지여서 목정검이 독에 당해 약간 어두워지긴 했어도 위력까지 줄어들지는 않았다.

검은 모래 방어벽을 돌파한 유건은 홍쇄검 108자루를 발출해 공선 중기 수사를 찔렀다. 공선 중기 수사는 사방에서 기이한 궤도와 속도로 날아드는 홍쇄검 108자루에 정신없이 몰리다가 결국 홍쇄검 한 자루에 목이 잘려 즉사했다.

상대의 원신도 미리 대비하고 있던 유건에게 붙잡혀 청랑의 먹잇감으로 전락했다. 유건이 공선 중기 수사를 없애 준 덕분에 숨통이 크게 트인 삼은은 청록색 사슴을 조종해 그를 공격하던 공선 초기 수사 둘을 단숨에 죽이는 데 성공했다.

삼은과 합류한 유건이 소리쳤다.

"우선 준비해 둔 진법을 발동해 놈들을 밖으로 밀어내야겠소!"

"좋은 생각이오!"

유건의 계획에 찬성한 삼은은 말뚝에 부서진 금제 방향으로 날아갔다. 유건도 그사이 간신히 기능을 유지 중인 결계로 날아갔다. 원래 북빙지 수비를 맡은 혜성대는 이런 상황에 대비해 보조 진법을 하나 더 설치해 두었다. 말뚝 때문에 북빙지에 있는 진법과 금제, 결계의 8할이 무너진 지금과 같은 상황에서는 보조 진법을 빨리 발동해 두어야 했다.

받아 둔 통행패를 써서 결계 안에 진입한 유건은 진법을 발동하는 깃발이 있는 지점으로 신속하게 날아갔다. 한데 그때 생각지도 못한 광경을 목격했다. 진법 발동 깃발을 들고 두 남녀가 대화를 나누는 중이었는데 놀랍게도 두 남녀 모두 유건이 아는 자였다. 바로 사내는 복가, 여인은 한초였다.

한데 유건은 그곳에 한초와 복가가 있어서 놀란 게 아니었다. 한초는 처음부터 보조 진법 발동 깃발을 담당하는 수사 중 한 명으로 뽑혔기 때문에 그곳에 그녀가 있는 게 그리 놀라운 일이 아니었다. 또, 검은색 대나무 통으로 일월봉을 보호하는 진법에 구멍을 뚫은 복가도 다시 북빙지로 돌아오지 말란 법이 없으므로 그렇게 놀라운 일까진 아니었다.

그러나 두 남녀가 다정한 연인처럼 서서 정답게 대화를 나누는 모습은 전혀 예상하지 못했기 때문에 놀랄 수밖에 없었다.

그때, 한초가 마치 힘든 임무를 성공적으로 마치고 돌아온 낭군을 대하듯 복가를 애정이 담긴 눈길로 쳐다보며 물었다.

"낭군, 끝내 성공하셨군요."

복가가 한초를 덥석 끌어안았다.

"그대의 도움이 없었으면 불가능했을 일이오."

한초가 복가의 품에 쏙 안기며 행복에 겨운 표정을 지었다.

"이 모든 일이 꿈만 같아요."

"절대 꿈이 아니오."

고개를 든 한초가 약간 불안한 표정으로 물었다.

"두생교 측에서 약속을 어기진 않을까요?"

복가가 한초를 다독이며 부드러운 어조로 그녀를 안심시
켰다.

"걱정하지 마시오. 이번 일을 성공적으로 마치면 전에 약
속한 대로 우리 둘에게 공선 후기에 이를 수 있는 영약을 제
공할 것이오. 우리에게 보상을 주기로 약속한 장선 선배님이
나와 묵비주까지 맺었기 때문에 약속을 어길 리 없소."

걱정하는 한초를 달랜 복가가 슬며시 손을 내밀었다.

"이제 그 깃발을 내게 주시오."

"깃발을요?"

"아직 한 가지 임무가 더 남았소."

"지금까지는 그런 말이 없었잖아요?"

"이번 일은 그대에게 말해 줄 시간이 없었소. 미안하오."

한초가 오른손에 쥔 깃발을 불안한 표정으로 응시하며 물
었다.

"깃발로 대체 뭘 하려는 거죠?"

"놈들이 청풍홍뢰진(靑風紅雷陣)을 발동하지 못하도록 이참에 진법을 발동하는 주기(主旗)를 완전히 없애 놓을 작정이오."

그러나 한초는 여전히 마음이 놓이지 않는 모양이었다.

"설마 청풍홍뢰진 주기를 이용해서 혜성대 대원들에게 해를 끼치려는 생각은 아니겠죠? 그것만 아니라면 난 상관없어요."

"물론이오. 나도 혜성대를 좋아하오. 특히, 우리와 같은 숙소를 사용한 삼 수사와 유 수사를 죽게 할 생각은 더더욱 없소."

한초가 기뻐하며 물었다.

"그게 정말인가요?"

"정말이오. 이번 일이 잘 풀리면 내 삼 수사와 유 수사를 직접 설득해 우리 두생교 쪽으로 데려올 계획까지 세워 두었다오."

"그렇다면 안심이네요."

한초는 주저하다가 결국 청풍홍뢰진을 발동하는 주기를 건넸다.

청풍홍뢰진 주기는 작은 삼각형 형태의 깃발이었는데 앞면에는 파란색 돌풍이 산을 무너트리는 그림이, 뒷면에는 붉은 벼락이 하늘에 구멍을 뚫는 그림이 정교하게 새겨져 있었다. 또, 손잡이에는 선문 수천 자가 깨알 같은 크기로 적혀 있어 문외한이 봐도 평범한 깃발이 아님을 알 수 있었다.

한데 청풍홍뢰진 주기를 오른손으로 건네받은 복가가 갑자기 왼손을 파랗게 물들이더니 한초의 가슴팍에 찔러 넣었다.

"다, 당신…… 그동안 날 감쪽같이 속였군요!"

탄식한 한초가 입에서 검은 불길을 뿜어 복가를 공격했다. 그러나 한초가 익힌 공법을 누구보다 잘 아는 복가는 어느새 그녀 뒤로 돌아가 다시 한번 왼손으로 그녀의 등을 찔렀다.

치명상을 두 번이나 입고 결국 바닥에 쓰러진 한초는 뭔가 할 말이 있는 사람처럼 입술을 몇 번 달싹였다. 그러나 끝내 입에 맴도는 말을 밖으로 뱉지 못하고 이승을 떠났다.

한초가 죽어 가는 모습을 냉랭한 시선으로 지켜보던 복가는 그녀의 원신이 나오는 순간, 재빨리 손을 뻗어 붙잡았다.

붙잡힌 한초의 원신은 눈에 그렁그렁한 눈물이 맺힌 상태에서 몇 번이고 살려 달라 간청했다. 그러나 코웃음 친 복가는 단숨에 손을 오므려 그녀의 원신을 그대로 터트려 버렸다.

한초를 죽인 복가가 코웃음을 쳤다.

"누굴 탓하려거든 내가 하는 말을 곧이곧대로 믿은 네년의 멍청함을 탓하거라. 세상 어떤 종파에서 근 30년 동안 경지를 뚫지 못하고 있는 공선 중기에게 그런 영약을 주겠느냐?"

한초의 시체마저 태워 버린 복가가 청풍홍뢰진 주기를 들고 구멍이 뚫려 있는 3장 크기의 석대(石臺) 쪽으로 날아갔다.

석대는 장방형 모양이었는데 중앙에 작은 구멍이 뚫려 있고 그 주변에는 주먹만 한 크기의 초대형 오행석 100개가 나선을 그리며 촘촘하게 박혀 있었다. 멀리서 보면 마치 가운데 구멍이 뚫린 우주를 보는 듯한 기이한 형태의 석대였다.

석대에 도착한 복가는 법술을 사용해 오행석을 전부 빼내더니 이번에는 그 반대 방향으로 오행석을 다시 박아 넣었다.

유건은 한숨을 쉬었다.

'놈은 청풍홍뢰진을 자폭시킬 계획이구나.'

유건은 처음에 한초와 복가의 다정한 모습을 보고 나서 한초도 복가처럼 두생교가 파견한 첩자인 줄 알았다. 한데 그들이 하는 말을 들어 보니 한초는 복가가 영약을 미끼로 포섭한 쪽에 가까웠다. 물론, 그들의 진짜 속마음까진 알지 못했다.

특히, 한초가 그러했다. 그녀가 복가를 정말로 사랑했는지, 아니면 영약을 얻기 위해 사랑하는 척 연기를 했는지는 알 길이 없었다. 그러나 복가는 확실히 그녀를 이번 일에 끌어들이기 위해 사랑하는 것처럼 그동안 연기한 게 틀림없었다.

유건은 복가를 죽여야겠다고 마음먹었다. 그러나 복가가 한초를 죽여서는 아니었다. 그보다는 복가가 청풍홍뢰진을 자폭시키면 그렇지 않아도 불리한 일월교가 더 불리해지기 때문이었다. 일월교와 일월교를 제외한 나머지 칠교보 세력이 좀 더 팽팽하게 맞서 줘야 그가 이곳을 빠져나가기 편했다.

유건은 더 늦기 전에 전광석화를 펼쳐 복가에게 날아갔다. 청풍홍뢰진 자폭 준비를 거의 마친 복가는 마지막 주기를 꽂기 직전에 나타난 유건 때문에 작업을 잠시 미뤄야 했다.

법력을 끌어올린 복가가 냉랭한 눈빛으로 유건을 쏘아보았다.

"결국, 네놈과 이곳에서 만나는구나."

유건은 피식 웃으며 물었다.

"이제 와 생각해 보니 한초에게 마치 나를 좋아하는 것처럼 행동하라 시킨 것도 결국 네놈의 지시였겠군. 그래야 한초와 너의 사이가 다른 수사들에게 발각당하지 않을 테니까."

복가는 긍정도, 부정도 하지 않았다.

"우리가 하는 얘기를 다 들은 모양이구나."

"청풍홍뢰진을 자폭시켜 혜성대를 몰살시킬 계획인 모양이지?"

복가가 어이없다는 듯 미친 듯이 웃어 젖혔다.

"설마 내가 네놈들과 의리를 지킬 거라 착각한 것인가?"

"그건 아니지만, 개인적인 이유로 마음에 들지 않아서 말이야."

"그럼 어디 한번 막아 보시든지."

복가는 바로 검은 대나무 통을 꺼내 그에게 던졌다. 유건은 이미 검은 대나무 통의 위력을 보았기 때문에 금강부동공을 끌어올린 상태에서 건마종, 목정검까지 동시에 발출했다.

그러나 검은 대나무 통이 폭발하는 순간, 안에서 엄청난 위력의 독액이 뿜어져 나와 목정검이 순식간에 검게 물들었다.

유건은 그제야 복가가 자신감이 넘치던 이유를 깨달았다. 복가는 유건이 동급 경지의 귀선을 쉽게 죽이는 모습을 직접 보았을 뿐만 아니라, 그가 전류영을 도와서 금안자호의 내단을 취했다는 소문도 들었기 때문에 유건이 평범한 공선 중기가 아님을 누구보다 잘 알았다. 한데 그런 유건 앞에서 자신감이 넘칠 수 있던 이유는 바로 일월교가 자랑하던 진법까지 녹여 버린 이 검은 대나무 통이 있어서였다.

'제길, 한 번만 쓸 수 있는 상용 법보인 줄 알았는데.'

유건은 독액이 건마종의 방어막까지 단숨에 뚫고 들어오는 모습을 보며 홍쇄검을 발출했다. 그러나 검은 독액은 홍쇄검까지 검게 물들이며 순식간에 유건 코앞에까지 이르렀다.

그때, 보라색 구렁이가 튀어나와 입을 벌렸다. 곧 검은 독액은 보라색 구렁이의 입으로 남김없이 빨려 들어가 사라졌다.

그 모습을 똑같이 지켜본 복가는 아직 여유를 잃지 않았다. 보라색 구렁이의 정체가 뭔지 정확히 모르지만 검은 독액을 삼키고 멀쩡할 수 있는 생명체는 별로 없었다. 한데 보라색 구렁이는 색깔이 보라색에서 검은 기가 도는 보라색으로 약간 변했다는 점 외에는 별로 달라진 점이 없었다.

그제야 뭔가 심상치 않은 느낌이 든 복가가 도망치려는 순간, 갑자기 뒤에서 초록빛을 발산하는 아기가 파란 가죽을 지닌 개를 타고 나타나서는 녹색 포대 입구를 활짝 열었다.

◆ ◆ ◆

무광무영복을 쓰고 매복해 있던 규옥이 청랑을 타고 나타나 포선대 입구를 활짝 벌리는 순간, 복가는 속절없이 그 속으로 빨려 들어갔다. 도망치기엔 이미 늦었단 판단을 내린 복가는 재빨리 자기 두개골을 쳐서 원신을 밖으로 빼냈다.

그때, 화륜차 불꽃을 키운 청랑이 재빨리 쫓아가 도망치는 복가의 원신을 한입에 덥석 집어삼켰다. 원신을 삼킨 청랑은 입맛을 한 차례 다시더니 다시 규옥 쪽으로 발길을 돌렸다.

한편, 그사이 포선대로 복가의 법보낭과 검은 대나무 통 법보를 빨아들인 규옥은 독을 뿜어 복가의 시체마저 없앴다. 규옥과 청랑은 행동에 군더더기가 없어 복가와 그의 원신을 처리하는 데 걸린 시간이 찰나에 불과할 정도로 짧았다.

'규옥과 청랑의 손발이 척척 맞는군.'

검은 독액에 크게 상한 목정검과 홍쇄검을 당분간 쓸 수 없다는 사실에 심사가 약간 울적하던 유건은 실력이 전과 비교해 몰라보게 좋아진 영선과 영수를 보고 미소를 되찾았다.

유건은 공중에서 흥분한 사람처럼 몸을 마구 비트는 자하를 소환했다. 그러나 자하는 돌아오기 싫다는 듯 유건의 명령을 거부했다. 금룡이 이런 적은 많아도 자하는 처음이었다.

유건은 자하가 이러는 데는 이유가 있을 거로 생각했다.

"뭐가 더 필요하오?"

그때, 자하가 갑자기 잔뜩 흥분한 모습으로 규옥을 덮쳐 갔다.

"앗!"

규옥은 깜짝 놀라 청랑을 타고 도망쳤다. 그러나 자하가 덮친 것은 규옥이 아니라, 규옥이 손에 쥔 검은 대나무 통이었다.

유건은 그제야 자하가 검은 대나무 통 법보를 몹시 원한다는 사실을 눈치 챘다. 뇌력으로 검은 대나무 통 법보를 살펴본 규옥에 따르면 법보는 그의 예상대로 사용 횟수가 정해진 상용 법보였다. 한데 한 번이 아니라, 세 번이란 점은 유건도 예상치 못했기 때문에 아까운 법보만 상한 셈이었다.

'복가가 진법을 공격할 때 한 번, 나를 공격할 때 한 번 썼단 점을 계산하면 앞으로 한 번 더 쓰면 가치가 다하겠군. 그렇다면 차라리 이참에 자하에게 선심을 써 두는 게 낫겠어.'

유건은 규옥에게 검은 대나무 통 법보를 건네받아 자하의 머리 쪽으로 던졌다. 혀를 날름거리며 잔뜩 흥분한 모습을 보이던 자하는 주인에게 솜씨를 자랑하려는 것처럼 공중에서 멋들어지게 제비를 몇 바퀴 돌더니 커다란 입을 벌려 입에 들어온 검은 대나무 통 법보를 우걱우걱 씹어 먹었다.

법보를 삼킨 자하의 몸에 갑자기 검은 줄무늬가 생겼다. 그러나 입을 꽉 다문 자하가 지상에 똬리를 틀고 나서 한 차례 용을 끙 쓰는 순간, 검은 줄무늬는 곧장 자취를 감추었다.

마지막으로 아기가 트림하듯 끄르륵거리며 불순물이 섞인 노란 연기를 조금 분출한 자하가 다시 공중으로 솟구쳤다. 한데 그 순간, 윤기가 좌르르 흐르던 자하의 보라색 가죽에 어른 얼굴만 한 크기의 타원형 비늘 몇 개가 툭 튀어나왔다.

유건은 그 즉시 자하가 검은 대나무 통 법보에 담긴 지독한 독액을 흡수하고 나서 전보다 약간 성장했음을 깨달았다.

'자하는 독이 있는 법보를 먹으면 좀 더 성장하는구나. 그렇다면 금룡도 벼락 속성 재료나 법보를 먹으면 성장하는 건가? 아니, 어쩌면 이미 다 성장해 필요 없을지도 모르지.'

자하를 불러들인 유건은 내친김에 금룡을 내보내 그동안 얻은 벼락 속성 법보를 몇 개 던져 주었다. 한데 금룡도 벼락 속성 법보를 맛있게 먹었다. 물론, 법보에 든 벼락 속성 기운이 적어 이미 많이 성장한 금룡을 성장시키기엔 무리였다.

자리를 정리한 유건은 복가가 건드린 청풍홍뢰진을 다시 원상태로 복구하고 나서 바로 진법 주기를 석대 구멍에 꽂았다.

그러나 기대와 달리 청풍홍뢰진은 발동하지 않았다.

'전에 들은 설명대로 세 군데에 따로 나누어져 있는 석대 세 개에 깃발을 모두 꽂아야지만 진법이 발동하는 모양이군.'

유건이 주기를 꽂았음에도 진법이 발동하지 않는단 뜻은 나머지 주기 두 개를 맡은 수사가 죽거나 다쳤다는 의미였다.

유건은 석대 주변에 가벼운 금제를 펼쳐 두고 나서 삼은이 날아간 방향으로 향했다. 한데 삼은은 공선 후기 수사와 치열한 접전을 펼치느라, 석대에 주기를 꽂을 시간이 없었다.

유건은 곧장 전광석화로 접근해 사자후와 구련보등을 연달아 날렸다. 삼은을 압도하던 공선 후기 수사는 여유만만한 자세로 사자후와 구련보등을 상대했다. 그러나 사자후에 당해 몸이 잠깐 마비당하는 순간, 구련보등이 만든 연꽃이 달라붙어 흰 꽃가루를 뱉었다. 놀란 공선 후기 수사는 전력을 다해 구련보등의 연꽃을 몸에서 떼어 내려 하였다.

그때, 삼은이 재빨리 정혈을 머리띠에 뱉어 그가 부리는 청록색 사슴의 위력을 한층 더 끌어올렸다. 앞에서는 유건이, 뒤에서는 삼은이 손발을 딱딱 맞춰 가며 협공하기 무섭게 상대는 공선 후기 수사란 사실이 무색할 정도로 밀리다가 결국, 유건이 날린 백솔침에 당해 원신과 함께 숨이 끊어졌다.

삼은이 이마의 식은땀을 닦으며 소리쳤다.

"유 형이 때를 맞춰 와 준 덕분에 살았소!"

"별거 아니었소."

미소 지은 유건은 다시 세 번째 주기가 있는 곳으로 날아갔다.

"삼 형은 주기를 꽂으시오! 난 다른 쪽 주기를 살피러 가겠소!"

"조심하시오!"

"알겠소!"

삼은의 배웅을 받으며 세 번째 주기가 있는 곳에 도착한 유건은 난감한 표정을 지었다. 세 번째 주기가 있는 곳에서는 일월교 수사 열댓 명이 칠교보 수사 서른 명에게 포위당한 상태였다. 그나마 주기를 아직 빼앗기지 않은 것은 다행이었다. 그는 하는 수 없이 실력을 드러내기로 하였다.

곧장 천수관음검법을 전력으로 펼친 유건은 30장까지 몸의 크기를 키운 상태에서 열여섯 개로 늘어난 팔에 달린 칼날을 종횡으로 휘둘러 칠교보 수사 세 명을 단숨에 제거했다.

"강적이다! 여유가 있는 자들은 저자를 협공하라!"

칠교보 수사 중에서 공선 후기로 보이는 여인이 외치는 순간, 대여섯 명이 넘는 수사가 유건 쪽으로 비행술을 펼쳤다.

피식 웃은 유건은 천수관음검법을 펼친 상태에서 사자후와 구련보등을 연달아 펼쳐 그에게 덮쳐드는 수사들을 묶었다.

칠교보 수사들은 사자후의 음파 고리와 구련보등의 연꽃에 연달아 발이 묶이면서 수가 많다는 이점을 살리지 못했다.

유건은 그사이, 좀 전에 효과를 톡톡히 본 백솔침을 발출했다. 장침 하나와 단침 수십 개로 이루어진 백솔침은 장침 하나만 제대로 조종하면 나머지 단침은 자석에 이끌리듯 자연스럽게 따라오기 때문에 다루기 쉽다는 장점이 있었다.

법보는 물론 위력이 가장 중요했다. 그러나 법보가 본인이 지닌 선근의 특성에 맞는지, 또 얼마만큼 능숙하게 다룰 수 있는지도 아주 중요한 요소였다. 그런 점에서 보면 장침 하나만 잘 조종해도 수십 개로 이루어진 단침을 같이 조종하는 효과가 있는 백솔침은 다루기 아주 편한 법보에 속했다.

유건이 던진 장침이 마치 구슬에 실을 꿰듯 사자후와 구련보등에 발이 묶인 칠교보 수사 넷을 연달아 관통하는 순간, 그 뒤를 쫓아온 단침 수십 개가 그들을 벌집으로 만들었다.

공선 초기와 공선 중기 수사로는 유건을 막을 수 없다는 판단을 내린 공선 후기 여수사가 직접 유건 쪽으로 날아왔다.

"멈춰라!"

"당신 같으면 멈추겠소?"

피식 웃은 유건은 팔 열여섯 개를 하나로 합쳐 불경 선문이 흐르는 거대한 칼날을 만들어 냈다. 또, 그런 유건의 뒤에서는 마치 화공이 그린 것 같은 장엄한 불꽝이 내려앉았다.

유건의 공법이 왠지 심상치 않다고 느낀 공선 후기 여수사가 잠시 머뭇거릴 때였다. 유건이 찌른 거대한 칼이 갑자기 수십 장 길이로 길어져 공선 후기 여수사를 반으로 갈랐다.

심지어 원신조차 도망칠 틈이 없을 정도로 강력한 일격이어서 칼이 다시 원래 길이로 돌아왔을 땐 이미 공선 후기 여수사가 이 세상에 존재했었다는 흔적마저 사라진 상태였다.

유건이 평범한 공선 중기가 아님을 진작부터 알았어도 공선 후기 수사를 일수에 격살할 정도의 실력이라고는 전혀 예상 못 한 혜성대 대원들은 놀라면서도 한편으론 기쁨을 감추지 못했다. 유건과 같은 강자가 있으면 그들이 이번 겁난에서 살아날 가능성이 조금이라도 높아지기 때문이었다.

사기가 오른 혜성대 대원들은 유건의 지휘를 받아 청풍홍뢰진 주기를 노리던 칠교보 수사들을 진법 밖으로 몰아냈다.

유건은 혜성대 대원 중에서 안면이 약간 있는 수사에게 청풍홍뢰진 주기를 맡기고 나서 본인은 공중으로 다시 돌아갔다.

칠교보 수사들과 전투를 벌이는 혜성대 대원이 아직 300명에 달했다. 그러나 상대편 장선 초기 강자와 겨루던 두송자는 이미 싸늘한 주검으로 변한 지 오래였고 두송자를 돕던 오선 후기 수사 세 명도 이미 이 세상 사람이 아니었다.

그나마 다행인 점은 장선 초기 강자도 모습이 보이지 않는 단 점이었다. 아마 두송자를 없애고 나서 북빙지에 그와 겨룰 만한 상대가 없는 모습을 보고 다른 데로 간 모양이었다.

그때, 조장 전류영이 오선 중기 수사에게 쫓기는 모습이 보였다. 유건은 천수관음검법을 펼친 상태에서 전류영 쪽으로 날아가 다시 한번 긴 칼을 찔렀다. 오선 중기 수사는 공선 후기 여수사와 달리, 30장까지 커진 유건의 공법이 심상치 않음을 직감한 듯 즉시 전류영을 포기하고 뒤로 물러났다.

전류영은 그 틈에 유건 쪽으로 이동하며 뇌음을 보냈다.

"덕분에 살았네."

천수관음검법을 푼 유건이 다시 원래대로 돌아와 대답했다.

"당장 청풍홍뢰진이 있는 진법으로 가야 합니다."

"지금은 자네 생각이 맞는 것 같네."

전류영과 유건은 근처에 있는 혜성대 대원들에게 진법으로 후퇴하란 뇌음을 보내고 나서 석대가 있는 진법으로 향했다.

석대에선 이미 모든 준비가 끝난 상태라, 유건이 전류영처럼 살아남은 혜성대 대원들을 데리고 귀환하기 무섭게 마지막 주기를 석대 구멍에 꽂아 마침내 청풍홍뢰진을 발동했다.

북빙지 상공에는 아직 대피하지 못한 혜성대 대원이 여럿 있었다. 그러나 누구도 그 점에 대해서는 신경 쓰지 않았다.

잠시 후, 석대에 박아 둔 오행석 100여 개가 눈이 부실 정도의 찬란한 빛을 뿌리더니 석대 세 개가 있는 장소를 제외한 북빙지 거의 전역에서 몸이 흔들리는 진동이 발생했다.

마치 북빙지 바로 밑에서 큰 지진이 일어난 것처럼 흔들림이 점점 심해지다가 결국, 수백 리 땅이 마른 논바닥처럼 쩍쩍 갈라졌다. 그러나 이는 청풍홍뢰진의 시작에 불과했다.

곧 갈라진 땅속에서 푸른빛을 띤 돌풍이 솟구치고 그에 발맞춰 마른하늘에서는 때 아닌 붉은 벼락이 미친 듯이 작렬했다.

심지어 푸른 돌풍과 붉은 벼락이 겹칠 때마다 돌풍을 동반한 벼락이 수직이 아닌, 수평 방향으로 뻗어 나갔다. 돌풍과 벼락은 향 한 대 탈 시간이 지나고 나서야 잠잠해졌다.

유건은 안력을 높여 다시 깨끗해진 하늘을 쓱 둘러보았다. 청풍홍뢰진은 과연 그 위력이 대단해 말뚝 안에서 튀어나온 칠교보 수사의 숫자를 거의 2할까지 줄여 놓은 상태였다.

그러나 기쁨은 그리 오래가지 않았다. 칠교보가 2차로 수사들을 투입하는 바람에 적의 숫자가 오히려 전보다 늘었다.

살아남은 혜성대 대원들이 전류영을 붙잡고 다급하게 물었다.

"전 조장님, 다음 명령은 무엇입니까?"

"우, 우린 여기서 다 죽는 건가요?"

"수뇌부는 당연히 이런 상황에 대비해 대책을 세워 두었겠지요?"

그러나 전류영도 그들에게 딱히 해 줄 말이 없었다. 두송자를 비롯한 오선 후기, 중기 수사가 전멸해서 그녀가 살아남은 혜성대 대원 중에서 가장 경지가 높았다. 그렇다고 그녀에게 지금 상황을 타개할 마땅한 대책이 있을 리 만무했다.

사실상, 그녀가 그들에게 해 줄 수 있는 말은 하나밖에 없었다.

"일단 증원이 오기 전까지 어떻게든 버텨야 한다."

잠시 후, 전류영은 혜성대 대원들을 말뚝에 망가지지 않은 진법 쪽으로 모아 칠교보 수사들과의 결전 준비에 들어갔다.

물론, 결과는 썩 좋지 않았다. 진법 수사가 진법을 조종해 혜성대를 지원해 주기는 했지만, 상대의 숫자가 너무 많았다.

결국, 진법에 구멍이 뚫리며 칠교보 수사들이 들이닥쳤다. 유건은 전류영 옆에서 칠교보 수사 대여섯 명을 물리쳤다.

한데 그때, 좀 전에 전류영을 쫓던 오선 중기 수사가 유건을 막아섰다. 그는 말끔하게 생긴 청년이었는데 공선 중기에 막혀 전류영을 놓친 게 못내 분한지 그를 직접 지목했다.

"공선 중기치고는 실력이 꽤 쓸 만하더구나."

유건은 실실 웃으며 대답했다.

"칭찬해 주셔서 감사합니다."

오선 중기 수사의 잘생긴 얼굴이 약간 굳어졌다.

"곧 죽을 놈이 넉살까지 부리다니 꽤 태평한 성격인가 보군."

"원래 제가 넉살 빼면 시체지요."

"난 수태교의 안평(安平)이란 사람이다."

"전 일월교 유건입니다."

"너와 나는 경지 차이가 세 단계나 난다. 한데 그런 내가 전력으로 너를 공격하는 모습이 다른 수사들 눈에 띄면 난 앞으로 얼굴을 들고 다닐 수가 없어서 그 자리에서 목숨을 끊어야 할지도 모르지. 그래서 너에게 먼저 공격할 기회를 세 번 주겠다. 만약, 그 세 번 안에 나에게 조금이라도 상처를 입힌다면 내가 패한 것으로 간주하고 목숨을 끊겠다."

"저야 좋지요. 그럼 바로 시작하겠습니다."

유건은 다시 천수관음검법을 펼쳐 큰 칼로 안평을 찔렀다. 그러나 한 번 본 수법에는 또 당할 생각이 없다는 듯 안평은 거대한 손 두 개를 만들어 내 유건의 칼을 덥석 붙잡았다.

첫 번째 공격을 막아 낸 안평이 호기롭게 소리쳤다.

"이제 두 번 남았다!"

유건은 바로 백솔침을 던졌다.

그러나 안평은 현란한 비행술을 펼쳐 장침과 장침을 따라온 단침 100여 개를 전부 피해 내는 놀라운 신기를 선보였다.

"하하, 이제 한 번 남았느니라!"

그때, 유건이 피식 웃었다.

"저도 갑자기 수사와 내기를 하나 하고 싶군요."

"무슨 소리지?"

"저를 붙잡으면 패한 것으로 간주하고 스스로 목숨을 끊지요."

안평은 황당한 표정으로 물었다.

"뭐라고?"

그때, 청랑에 올라탄 유건이 전광석화를 펼쳐 도망쳤다. 한데 그 방향이 정확히 북빙지의 중앙에 있는 혈빙굴 입구였다.

혈빙굴 입구와 말뚝이 떨어진 지점이 아주 가까웠던 탓에 입구에 있던 금제의 거의 9할 가까이가 부서져 있었다. 덕분에 유건은 별 어려움 없이 뻥 뚫린 혈빙굴로 곧장 들어갔다.

이미 약이 오를 대로 오른 안평은 유건만은 절대 살려두지 않겠다는 듯 혈빙굴로 도망치는 그를 전력으로 쫓아왔다.

◆ ◈ ◆

일월당 상좌에 앉아 석상처럼 미동조차 하지 않던 상대희가 백 년 만에 처음 입을 떼는 사람처럼 탁한 목소리로 물었다.

"상황은 어떤가?"

1만 명이 넘는 일월교 제자를 거뜬히 수용하는 거대한 일월당 대청에 홀로 서 있던 일월교 지낭 청삼랑 장로가 대답했다.

"북빙지를 제외한 전 지역이 유린당하는 중입니다."

청삼랑이 그동안 상대희를 보좌하며 올린 수천 건의 보고 중에서 이번 보고가 가장 절망적인 보고에 가까웠다. 심지어 상영이 사라졌단 보고보다 오늘 보고가 더 절망적이었다.

그러나 청삼랑은 얼음으로 만든 인형처럼 표정에 변화가 없었다. 마치 그와는 전혀 상관없는 일을 보고하는 듯했다.

한데 교주인 상대희조차도 그렇다는 게 문제라면 문제였다. 일교의 교주라면 당연히 제자의 안위부터 걱정하는 게 맞는데 상대희의 표정에는 그런 감정이 전혀 드러나지 않았다.

상대희는 오히려 불쾌한 표정으로 물었다.

"북빙지는 왜 혼자 유린당하지 않은 건가?"

"보고에 따르면 혜성대가 생각보다 잘 막아 내는 중인 듯합니다. 심지어 지하에 매설해 둔 청풍홍뢰진을 발동해서 칠교보의 선봉 부대를 8할 가까이 섬멸했단 보고까지 왔습니다."

263

상대회가 어금니에 슬쩍 힘을 주었다.

"흠, 혜성대가 쓸데없는 짓을 하는군."

"염려 마십시오. 대세에는 지장을 주지 못할 것입니다."

"그럼 지금까지 얼마나 죽은 건가?"

청삼랑은 별일 아니라는 듯 가볍게 대답했다.

"대략 3,000명에서 4,000명 정도 죽었을 것입니다."

"일월교 총 제자의 절반이군."

"그렇습니다. 하지만 장선은 모두 무사합니다."

"당연하지. 그들은 애초에 내 명에 의해 움직이질 않았으니까."

"그렇습니다."

상대회가 상좌 등받이에 등을 깊숙이 묻으며 나른하게 물었다.

"그 둘은?"

상대회의 질문을 받은 청삼랑이 처음으로 감정을 드러냈다.

"수태교 교주 양어언은 월봉으로 들어온 것을 좀 전에 확인했습니다. 그러나 태일소 보주는 아직 나타나지 않았습니다."

상대회가 흥미롭단 표정으로 중얼거렸다.

"흠, 미끼로 4,000명은 아직 부족하단 건가?"

"제가 좀 전에 말씀드린 대로 처리하시지요."

젊은이처럼 팽팽한 상대희의 이마에 주름이 몇 가닥 생겼다.

"장선 몇 명을 희생시키잔 말인가?"

청삼랑은 담담한 목소리로 대답했다.

"우리 쪽 장선이 몇 명 죽어야 태일소도 의심을 거둘 것입니다."

잠시 후, 상대희가 피식 웃으며 물었다.

"북빙지가 생각보다 잘 버틴다고 했었나?"

"그렇습니다."

상대희가 갑자기 껄껄 웃으면서 고개를 끄덕였다.

"원래 모난 돌이 정을 먼저 맞는 법이지. 그쪽에 임 장로(任長老)와 지 장로(指長老)를 보내게. 그 둘이 그 일대를 휘젓고 다니면 태일소도 더는 느긋하게 있을 수만은 없을 거야."

"바로 시행하겠습니다."

청삼랑은 뇌음으로 부하들에게 지시했다. 잠시 후, 북빙지가 있는 방향에서 지축을 흔드는 폭음이 연달아 울렸다. 이정도 진동과 폭음을 만들 수 있는 수사는 장선밖에 없었다.

상대희가 흐뭇한 표정을 감추지 못했다.

"임 장로와 지 장로가 잘해 주는 모양이군."

"그래도 임 장로는 좀 아깝군요. 현재 최고봉이라 중기를 시도해 볼 수도 있는데. 이쯤에서 해 장로(海長老)로 대체하심이?"

상대희가 단호한 어조로 거부했다.

"임 장로가 나서 줘야 태일소도 움직일 기분이 약간 날 것이야."

상대희와 청삼랑은 북빙지의 소식을 기다리며 침묵을 지켰다.

한데 그때, 상대희가 불쑥 물었다.

"자네가 요즘 관심 있게 지켜본다는 아이는 어찌하는 중인가?"

청삼랑은 쓴웃음을 지으며 대답했다.

"교주님께서 신경 쓰실 정도의 일은 아닙니다."

상대희가 슬쩍 웃으며 채근했다.

"어차피 할 일도 없는데 좀 털어놓아 보게. 내 자네를 수백 년 동안 봐 왔지만, 요즘처럼 번번이 당하는 모습은 본 적이 없어 그러네. 그것도 고작 공선 중기인 아이를 상대로 말이야. 그 아이가 자네를 물 먹일 만큼 대단한 아이인가?"

"솔직히 말씀드리면 장래가 두려운 아이지요."

"오호라, 그 정도인가?"

"교주님께서도 살면서 경지가 본인보다 한 단계 높은 경지의 수사를 상대로 누가 이겼다는 소문을 들으신 경험이 있으실 것입니다. 물론, 경지가 낮은 수사들 사이에서 일어나는 일이지요. 하지만 경지가 두 단계, 어쩌면 세 단계 높은 수사를 상대로 이겼다는 소문은 들어 보지 못하셨을 것입니다."

상대회의 나른하던 눈빛에 갑자기 힘이 꽉 들어갔다.

"자네가 살펴보던 아이는 공선 중기라 들었는데, 그 아이보다 세 단계 높은 수사면 오선 중기가 아닌가? 그게 정말인가?"

"아직 확실친 않습니다만 그럴 가능성이 아주 큽니다. 그 아이에게 당한 오선 중기가 한 명이면 다른 변수가 있을 수 있어도, 두 명이면 그 아이의 실력이라 봐야 할 테니까요."

상대회의 눈빛이 살짝 날카로워졌다.

"한 명은 자네가 그 아이를 감시하라 시킨 마헌걸이겠지. 그렇다면 다른 한 명은 그 아이밖에 없는데. 내 말이 맞는가?"

청삼랑이 갑자기 상대회를 똑바로 바라보며 물었다.

"그 점이 신경 쓰이십니까?"

상대회는 오히려 껄껄 웃었다.

"아니, 난 그 유건이란 아이가 오히려 고마울 지경이네. 그 아이가 영이를 죽이지 않았으면 이런 기회가 오질 않았겠지."

"저도 그렇게 생각하실 거라 믿었습니다."

상대회가 다시 화제를 유건 쪽으로 돌렸다.

"한데 그 아이는 왜 그냥 두는 것인가? 설마 장선이란 체면 때문에 그 아이에게 직접 손을 쓰기 뭐해 그러는 것인가? 자네라면 당연히 데려다가 제자로 만들든지, 아니면 위협이 되기 전에 초장에 싹을 잘라 버릴 거로 예상했는데 말이야."

"요즘 정신없이 바쁘긴 했지만, 그 이유가 전부는 아닙니다."

"그럼?"

"그런 아이가 갑자기 하늘에서 별안간 뚝 떨어졌을 리는 없지 않겠습니까? 그래서 그 아이가 있었다는 상동으로 믿을 만한 수하들을 보내 그 아이의 행적을 알아 오도록 했습니다."

"흐음, 수확이 있었나?"

"약간 있었습니다. 처음에는 그 아이가 이름과 외형을 바꿔 추적하는 데 애를 먹었는데 몇 가지 단서를 끈질기게 따라가다 보니 결국, 마지막엔 남환산맥 헌월선사가 나오더군요."

"헌월선사가?"

"그 아이가 이름과 외형을 바꾸는 데 쓴 공법도 헌월선사의 독문 공법인 복신술이었습니다. 즉, 그 아이는 헌월선사 제자거나, 아니면 헌월선사의 공법을 훔쳐 배웠단 뜻이겠지요."

상대회가 수염을 쓸어내렸다.

"본좌의 계산대로라면 헌월선사는 몇십 년 전에 구구말겁을 겪었을 것이네. 그 포악한 노친네의 성정상, 아마 구구말겁을 통과했으면 지금쯤 남림에 피바람이 불고 있겠지. 하지만 그런 소문이 없는 것을 보면 아마 통과하지 못했을 것이야."

"저도 그렇게 생각합니다. 다만, 헌월선사의 재주가 아무리 뛰어나도 그런 아이를 단시간에 키웠다는 게 믿어지지 않습니다. 헌월선사 문하에 있는 기존 제자들은 거의 다 쓰레기 같은 놈들뿐이니까요. 아마 뭔가 곡절이 더 있을 겁니다."

"그럼 그 유건이란 아이는 지금 어디 있는가?"

청삼랑의 물처럼 고요하던 눈빛에 파문이 살짝 일었다.

"혜성대 대원이니까 북빙지에 있을 것입니다."

"흠, 또 북빙지란 말인가?"

한데 그때였다.

쿠콰콰콰쾅!

지금까지 들어 본 폭음 중에서 가장 큰 폭음이 연달아 울려 퍼졌다. 또, 진동은 어찌나 거센지 열 가지가 넘는 결계와 금제로 보호하는 일월당 전체가 미세하게 흔들릴 정도였다.

"왔구나!"

고함을 버럭 지른 상대회가 상좌에서 튕기듯이 벌떡 일어나더니 봉두난발이던 머리카락을 사자의 갈기처럼 곤추세웠다.

그때, 청삼랑이 다급하게 보고했다.

"방금 부하의 뇌음을 받았는데 교주님께서 예측하신 대로 태일소 보주가 북빙지로 직접 강림해 그곳을 지키던 임 장로와 지 장로를 죽이고 일월당으로 오는 중이라 합니다. 또, 월봉을 점거한 양어언 교주도 이쪽으로 온다는 소식을 받았습니다."

두 주먹을 불끈 쥔 상대회가 소리쳤다.

"지금 당장 태종오합진(太鐘五合陣)을 펼치게!"

"예, 교주님!"

청삼랑은 바로 뇌음을 써서 일월당 지하에 있던 일월교 진법 수사들에게 준비해 둔 태종오합진을 펼치란 명령을 내렸다.

잠시 후, 일봉과 월봉 사이에서 무게가 1억 근은 쉽게 넘어갈 것 같은 엄청난 크기의 검은색 범종이 공중으로 부상했다.

범종은 인간의 상식을 뛰어넘는 수준이어서 일봉과 월봉 사이에 검은빛이 나는 봉우리 하나가 더 생겨난 것 같았다.

종이란 원래 소리를 내기 위해 만들어진 도구였다. 그러나 이 범종은 소리가 나지 않았다. 대신, 엄청난 흡입력으로 일월봉 사방에 묻어 둔 네 개의 초대형 철탑을 지상으로 끌어올렸다. 마침내 일월교가 교의 사활을 걸고 수백 년 동안 준비한 태종오합진의 진정한 실체가 드러나는 순간이었다.

실체를 드러낸 범종과 철탑 꼭대기에서 오행을 상징하는 다섯 가지 색깔의 초대형 장막이 사방으로 뻗어 나와 일월봉 전체를 단단히 봉쇄했다. 성미 급한 칠교보 수사 몇 명이 장막에 도전해 보았으나 다가가기도 전에 먼지로 변했다.

"교주님, 태종오합진을 발동했습니다!"

청삼랑의 보고를 받은 상대회는 비장한 표정으로 고개를

끄덕이더니 대기하던 장선 수사들을 이끌고 일월당을 나섰다. 당연히 청삼랑도 장선 수사들 사이에 끼어 교주를 쫓았다.

◆ ◈ ◆

혈빙굴 안으로 도망친 유건은 뒤를 힐끔 돌아보았다. 과연 오선 중기 수사는 쉽게 따돌리기 어려운 상대였다. 고개를 돌려 한 번씩 쳐다볼 때마다 거리가 반씩 줄어들었다.

'내가 탈출하는 용도로 너무 강한 상대를 고른 건가? 아니지, 아니야. 나중을 생각하면 탈출 용도론 오선 중기가 적당해.'

유건은 쓴웃음을 지었다. 그러나 자신이 한 선택을 후회하진 않았다. 그가 공선 중기나 후기를 이용해 탈출하면 나중에 전류영이나 삼은이 그 때문에 고초를 겪을지도 몰랐다. 유건의 탈출을 수상하게 여긴 청삼랑이 전류영과 삼은을 상대로 그의 탈출을 방조했는지 알아볼 것이기 때문이었다.

그러나 오선 중기를 상대로 탈출하면 확실한 명분이 생기는 셈이었다. 유건은 속도를 더 높여 혈빙굴 깊숙이 들어갔다.

죄인들을 감시하던 간수 대부분은 혈빙굴 근처에 떨어진 말뚝 추락에 휩쓸려 들어가 목숨을 잃었기 때문에 지금 그 앞을 막아서는 간수는 대부분 공선 초기, 중기에 불과했다.

한데 남은 간수들도 계속 죄수를 지키고 있어야 하는지, 아니면 여기서 빨리 도망쳐 목숨이라도 건져야 하는지 고민하는 중이었다. 어차피 북빙지가 넘어가면 살아남기 어려웠다.

유건은 우왕좌왕하는 간수들에게 소리쳤다.

"모두 도망치시오! 지금 수태교 오선 중기가 쫓아오고 있소!"

유건의 경고는 훌륭한 기폭제로 작용해 살아남은 간수 전부가 살길을 찾겠다고 입구로 날아갔다. 그러나 그들은 얼마 가지 않아서 유건을 쫓던 안평에게 발각당해 갑작스러운 소나기를 맞은 여린 꽃잎처럼 우수수 바닥으로 떨어졌다.

그러나 간수로는 안평의 속도를 많이 늦추지 못했다. 안평은 간수 10명을 순식간에 죽이고 나서 다시 유건을 쫓아왔다.

유건은 사자후와 구련보등으로 통로를 마구 무너트리며 도망쳤다. 이런 수법으로는 안평을 완전히 떼어 놓지는 못하겠지만 어쨌든 다음 작업을 위한 시간 정도는 벌 수 있었다.

그때, 마침내 통로가 끝나면서 1,000명이 동시에 앉을 수 있는 크기의 거대한 광장이 나타났다. 한데 광장은 흰 바위로 만든 통로와 달리 피처럼 붉은색이었다. 무엇보다 광장의 붉은 벽에서 흘러나오는 연기 같은 냉기가 아주 지독했다.

'이곳이 그 악명이 자자한 혈빙굴이로군.'

일월교가 중죄인을 가두는 감옥으로 사용하는 혈빙굴은 사시사철 붉은 벽에서 흘러나오는 냉기 때문에 간수들을 위해 만든 특수한 공법을 익히지 않은 수사는 출입이 힘들었다.

그나마 입구인 이곳은 상황이 좀 나은 편이었다. 반대편 쇠창살 안에 있는 통로를 따라 지하로 좀 더 깊이 내려가면 일월교 3대 교주가 공법을 익힐 목적으로 매설한 만년혈빙석과 가까워져 오선 경지의 간수가 아니면 출입이 어려웠다.

유건이 그런 혈빙굴을 탈출로로 정한 이유는 한 가지였다. 그에게 만년혈빙석보다 더 강한 냉기를 품은 빙혼정이 있기 때문이었다. 같은 속성을 지닌 법보 사이에서는 위력이 더 강한 법보만 살아남기 때문에 만년혈빙석도 무섭지 않았다.

잠시 멈춘 유건은 급히 뇌력으로 붉은 벽으로 이루어진 광장을 훑었다. 그 순간, 광장 구석 창고 안에 숨어 있는 수사를 하나 발견했다. 그는 곧장 그곳으로 날아가 창고를 열었다.

그때, 갑자기 회색 빛줄기 하나가 유건의 얼굴을 찔러 왔다. 전광석화를 펼쳐 가볍게 피한 유건은 빛줄기를 날려 그를 기습한 상대에게 사자후를 날렸다. 곧 사자후의 음파 고리가 날아가 그를 기습한 공선 초기 간수의 사지를 결박했다.

유건은 간수 중 몇 명은 도망치지 않고 이곳에 숨어 있을 거라 예상했다. 그러면 그 간수를 위협해서 감옥 문으로 사용하는 쇠창살을 열게 하는 건 쉬웠다. 한데 상대가 먼저 공격하는 바람에 하는 수 없이 두 번째 계획으로 선회했다.

유건은 곧장 본인 원신을 꺼내 공선 초기 간수의 원신을 잡아먹었다. 잠시 후, 그는 이원(李原)이란 이름을 가진 공선 초기 간수의 기억을 전부 흡수해 필요한 정보를 알아냈다.

유건은 다시 광장으로 나왔다. 광장 반대편에는 붉은 쇠 창살로 막혀 있는 통로가 30개에 달했다. 유건은 그중 만년 혈빙석과 가장 가까운 위치에 있는 통로 쪽으로 곧장 날아갔다.

통로를 막은 쇠창살은 예상대로 죄인에게 탈취 가능한 열 쇠나 통행패로 여는 게 아니었다. 즉, 일부 간수만이 익히는 특수한 공법으로만 통로를 막은 쇠창살을 열 수 있었다. 유건은 이원의 기억에서 공법을 찾아내 미친 듯이 수련했다.

퍼엉!

그때, 굉음과 함께 통로를 막아 둔 잔해가 튕겨 나왔다. 안 평이 광장 근처에 도착했다는 증거였다. 마음이 급해진 유건은 일단 시도해 보기로 하고 공법을 펼쳐 쇠창살을 열었다.

첫 시도는 실패였다. 그 순간, 잔해가 뭉텅이로 튕겨 나오더니 마침내 안평이 모습을 드러냈다. 안평은 붉은 광장의 모습과 그 광장을 가득 채운 엄청난 냉기에 약간 흠칫했다.

그러나 흠칫하는 것은 잠깐이었고 바로 유건을 향해 날아왔다.

"하하, 스스로 감옥에 들어가 죄인 행세라도 하겠다는 것이냐?"

유건은 안평이 순식간에 거리를 좁혀 오는 모습을 보면서 다시 공법을 펼쳤다. 두 번째 시도도 실패였다. 그때, 거의 코앞까지 당도한 안평이 채찍을 꺼내 그를 향해 휘둘렀다.

유건은 다급한 김에 전광석화로 쇠창살에 돌진했다. 한데 그 순간, 마치 기적처럼 쇠창살이 벌어지며 그를 통과시켰다.

유건이 두 번째 공법을 펼쳤을 때, 거의 다 열린 상태이던 쇠창살이 전광석화의 불길을 맞고 운 좋게 열려 버린 듯했다.

어쨌든 운 좋게 쇠창살을 통과한 유건은 급히 물러났다. 그때, 쇠창살이 다시 촤르륵 소리를 내며 원래대로 돌아갔다. 유건은 그 모습을 보며 안도의 숨을 쉬었다. 안평이 쇠창살을 뜯고 안으로 들어오는 것은 거의 불가능하기 때문이었다.

더욱이 통로 안에는 지독한 냉기가 흘러 안평이 수준 높은 얼음 속성 공법을 익히지 않았으면 조금도 버티지 못했다.

물론, 항상 모든 일이 계획대로만 흘러가지는 않는 법이었다.

"하하하!"

미친 듯이 웃어젖힌 안평이 갑자기 엄청난 냉기를 쏟아 내며 쓱 다가오더니 유건이 조금 전에 펼친 것과 같은 공법으로 쇠창살을 쉽게 열어 버렸다. 그야말로 최악의 상황이었다.

유건은 바로 돌아서서 전광석화, 청랑의 화륜차 등 그가 지금 사용할 수 있는 모든 수법을 동원해 통로 안으로 내달렸다.

물론, 안평과 정면 대결을 벌인다고 해서 그가 꼭 패하리란 법은 없었다. 비록 목정검과 홍쇄검이 검은 독액에 당해 당분간 사용하기 힘든 상태이긴 해도 그에겐 아직 자하제룡검과 백팔음혼마번이 있었다. 그러나 누가 더 들어올지 알 수 없는 혈빙굴에서 그 두 가지 법보를 꺼내긴 힘들었다.

즉, 지금은 어떻게든 빨리 도망치는 게 최선이었다.

그때, 만년혈빙석 근처에 도달했는지 지독한 냉기가 아예 하얀 연기처럼 뭉쳐 시야를 방해했다. 유건은 이때다 싶어 얼른 건마종과 무광무영복으로 안평의 추적에서 벗어났다.

그러나 아직 완벽히 벗어난 것은 아니었다. 건마종과 무 광무영복을 사용하면 상대의 안력과 뇌력을 동시에 차단할 수 있었다. 하지만 날아가는 속도는 수사의 비행술 속도보다 훨씬 떨어져 거북이가 느릿느릿 기어가는 수준에 가까웠다.

한데 그 순간, 노란 얼음으로 이뤄진 나비 수천 마리가 쇠 창살 쪽에서 튀어나와 머리에 달린 긴 더듬이를 계속 움직였 다.

'제길, 추적에 능한 영수로군.'

유건의 우려대로였다. 유건의 흔적을 놓친 안평이 방출한 황빙귀접(黃氷鬼蝶)은 머리에 달린 긴 더듬이 한 쌍으로 음 파를 흡수해 아주 미세한 떨림까지 찾아내는 이능을 지녔다.

곧 황빙귀접 몇 마리가 그가 있는 쪽으로 날아왔다. 하는 수 없이 무광무영복을 회수한 유건은 품에 넣어 둔 빙혼정에 의지해 만년혈빙석이 만들어 낸 냉기를 뚫고 다시 질주했다.

한데 그때였다.

"이보게."

원래 통로 좌우에는 죄인을 가둔 감옥이 여러 개 있었다. 그중 어떤 감옥은 텅 비어 있었고 또 어떤 감옥에는 백골이 누워 있었다. 물론, 살아 있는 죄수가 갇힌 감옥도 존재했다.

죄수들은 특수한 형구로 법력을 제압당한 상태에서 검은

벽과 검은 쇠창살로 막힌 1장 남짓한 장방형 감옥에 갇혀 있었다. 한데 검은 벽과 검은 쇠창살이 만년혈빙석 냉기를 차단하는 능력을 지녀 감옥 안으로는 냉기가 들어오지 않았다.

죄수들을 이런 번잡한 시설까지 만들어 가두어 두는 이유는 크게 두 가지였다. 하나는 끊임없이 괴롭히기 위해서였고 다른 하나는 전향하게 하기 위해서였다. 죄를 지은 죄수 중에 살려 둘 가치가 없는 죄수는 원신을 고문하다가 죽이거나, 아니면 법보 재료, 혹은 영수의 먹잇감으로 사용했다.

지금까지 통로를 지나오면서 살아 있는 죄수 몇 명이 그를 불렀다. 간수 복장을 하지 않은 그의 정체가 궁금했기 때문이었다. 유건은 죄수들이 부를 때마다 철저하게 무시했다.

한데 이번에는 무시하지 못했다. 그를 부른 죄수의 목소리가 귀에 익었기 때문이었다. 물론, 단순히 목소리가 귀에 익다는 이유 하나만으로 이 위급한 상황에서 여유를 부리는 건 아니었다. 목소리를 듣는 순간, 계획이 하나 떠올라서였다.

다시 무광무영복과 건마종으로 흔적을 감춘 유건은 목소리가 들린 감옥으로 향했다. 곧 조금 전 그를 부른 목소리의 주인공을 어렵지 않게 찾아냈는데, 다름 아닌 진종자였다.

진종자는 폐인이나 다름없는 모습이었다. 머리카락과 눈썹은 거의 다 빠져 있었고 얼굴은 마치 해골처럼 뼈만 앙상했다.

무엇보다 벌거벗은 몸 곳곳에 구렁이가 지나간 것 같은 검붉은 흉터가 종횡으로 나 있어 살아 있는 게 기적 같아 보였다.

진종자의 모습에서는 칠교보 입문 시험 때의 당당하고 기품 넘치던 오선 후기 최고봉 수사의 풍모를 찾아보기 어려웠다.

무광무영복을 벗은 유건을 본 진종자가 신음처럼 중얼거렸다.

"정말 자네로군. 이름이 유건이었던가?"

"오랜만에 뵙습니다."

"자넨 내 변한 모습을 보고 별로 놀라지 않는군."

"그동안 이보다 더 놀라운 광경을 많이 겪어 봐서요."

"그런가?"

통로 입구 쪽을 힐끔 본 유건이 단도직입적으로 물었다.

"그럴 만한 이유가 있어 절 급히 부르신 거겠지요? 아마 제가 간수도 아니면서 만년혈빙석이 만든 냉기에 영향을 받지 않는 모습을 보고 어쩌면 탈출할 수 있는 절호의 기회가 아닐까 생각했을 것입니다. 그 말대로입니다. 전 간수가 아닙니다. 또, 만년혈빙석의 냉기로부터 절 보호해 주는 보물도 하나 지니고 있습니다. 물론, 선배님을 그냥 도와 드릴 생각은 없습니다. 선도에선 원래 모든 게 거래이지 않습니까?"

진종자의 해골 같은 얼굴에 한줄기 고소가 스치고 지나갔다.

"자넨 참 대화하기 편한 친구로군. 자네 말이 맞네. 그래, 나에게 원하는 게 뭔가? 거래라면 원하는 게 있을 게 아닌가?"

유건은 안평이 날려 보낸 황빙귀접을 사자후로 쳐 내며 물었다.

"법력을 다시 회복하면 오선 중기 수사를 막을 수 있겠습니까?"

"어쩌면."

"좋습니다. 선배님을 믿어 보죠. 대신, 조건이 하나 더 있습니다."

"선약을 맺을 셈인가?"

유건은 피식 웃었다.

"선배님도 대화하기 편한 분이군요. 하지만 선약은 안 됩니다. 아무리 폐인 상태라 해도 왕년에 오선 후기 최고봉이던 수사와 선약을 맺고 안심할 만큼 전 멍청하지 않거든요."

유건의 의도를 눈치 챈 진종자가 한 발 뒤로 물러섰다.

"강적이 쫓아오는 모양인데 그렇게 여유를 부려도 되는 건가?"

유건은 콧방귀를 뀌었다.

"선배님은 제가 그런 협박에 넘어갈 사람처럼 보이십니까? 전 이대로 계속 도망치면 됩니다. 아마 운이 나쁘면 절 쫓아오는 강적에게 잡히겠지요. 하지만 저에겐 그래도 빠져나갈 수단이 한두 개는 있습니다. 그러나 선배님은 어떻습니까?

제가 사라지면 영원히 그 속에서 나오지 못할 텐데요."

진종자가 쓴웃음을 지었다.

"자넨 날 너무 우습게 아는군. 내가 설마 혈빙굴이 흔들릴 정도의 진동을 느끼고 나서 아무것도 눈치 채지 못할 줄 안 건가? 아마 태일소 보주가 직접 일월교로 쳐들어온 거겠지? 그렇다면 혈빙굴을 나갈 기회가 아예 없지는 않을 것이야."

"그러면 그렇게 하시든지요."

고개를 절레절레 저은 유건은 다시 왔던 곳으로 돌아갔다. 유건이 만약 여기서 허세를 부려 가던 길을 계속 가는 척하면 진종자는 속지 않을 게 분명했다. 비록 지금은 폐인이라도 한때 오선의 끝을 찍은 수사였다. 그는 아예 진종자를 이용하기로 한 계획을 접고 다시 전속력으로 달아났다.

그때, 진종자의 다급한 목소리가 메아리처럼 들려왔다.

"알았네!"

피식 웃은 유건은 다시 감옥 쪽으로 돌아갔다. 어쩌면 유건이 이대로 영영 돌아오지 않을지도 모른다고 생각하던 진종자는 그제야 긴장을 약간 풀었다. 그다음은 일사천리였다.

유건은 천농쇄박의 가장 강력한 구결로 진종자를 원신을 제압했다. 물론, 그다음엔 약속한 대로 이원의 기억을 통해 익힌 공법으로 쇠창살을 열고 진종자를 구속한 형구도 제거했다. 마지막으로 빙혼정을 밖으로 꺼내 진종자를 만년혈빙석이 내뿜는 지독한 냉기로부터 안전하게 지켜 주었다.

진종자는 빙혼정을 보기 무섭게 탄성을 터트렸다.

"얼음 속성 보물 중에서 만년혈빙석을 이길 수 있는 보물은 없을 줄 알았는데 그보다 한술 더 뜨는 보물이 있었구나."

"지금은 보물에 감탄할 때가 아닙니다."

그때, 안평이 황빙귀접 수천 마리에 둘러싸여 도착했다. 한데 여기까지 오는 길이 쉽지 않았는지 안평은 마치 서리가 낀 석상처럼 하얗게 변해 있었다. 그가 익힌 얼음 속성 공법으로도 만년혈빙석의 냉기를 완벽히 막아 내지 못한 탓이었다.

안평을 본 진종자가 눈썹을 찌푸렸다. 한데 눈썹이랄 게 남아 있지 않은 바람에 마치 눈두덩이 전체가 꿈틀거리는 듯했다.

"혹시 그대의 사부가 수태교의 본무(本武) 장로인가?"

생각지 못한 질문에 당황한 안평이 딱딱한 표정으로 물었다.

"당신은 누군데 내 사부님 함자를 거론하는 거요?"

유건은 진종자에게 뇌음을 보냈다.

"선배님 원신의 생사가 나에게 달렸다는 사실을 잊지 마십시오."

쓴웃음을 지은 진종자가 어쩔 수 없다는 듯 자기 뒤통수를 쳐서 은색 빛이 나는 작은 소검 한 자루를 꺼냈다. 당연히 안평도 바로 황빙귀접부터 날려 보내고 나서 본인 몸 주위에 얼음 속성 공법으로 만든 두꺼운 얼음 보호막을 씌웠다.

그때, 행방을 감춘 소검 한 자루가 안평 머리 위에서 나타나더니 머리카락처럼 얇은 검기 수백 가닥을 일제히 발출했다.

한데 만년혈빙석의 냉기와 닿은 검기가 돌연 고드름처럼 날카롭게 변하더니 그대로 안평이 만든 보호막을 사정없이 꿰뚫었다. 안평은 곧 얼음 보호막 안에 서 있는 상태에서 머리카락처럼 얇은 고드름 수백 개에 온몸이 찔려 즉사했다. 심지어 원신조차 빠져나올 틈이 없는 처참한 죽음이었다.

남은 법력을 바닥까지 박박 긁어내 엄청난 비술을 펼친 진종자가 힘이 느껴지지 않는 손짓으로 소검을 다시 불러들였다.

"자네 계획이 뭔진 모르지만, 이곳을 빨리 떠나는 게 상책이네."

유건은 시키는 대로 빙혼정을 앞세워 날아가며 물었다.

"수태교 본무 장로 때문입니까?"

"그렇네."

"그 장로가 그리 대단한 수사입니까?"

진종자가 한숨을 내쉬며 대답했다.

"그는 8년 전에 장선 초기에 이른 수사일세. 그러나 내가 두려워하는 것은 본무가 아니라, 본무 뒤에 있는 수사일세."

"본무의 배후가 누굽니까?"

"자네도 들어 봤겠지. 수태교의 장선 후기 여수사 양어언 교주를."

"들어 봤지요. 그럼 본무와 양어언 교주가 관련이 있는 겁니까?"

"본무는 양어언의 수제자일세. 그렇다면 자넬 쫓아온 안평은 양어언의 사손인 셈이지. 한데 자네가 안평에게 쫓기는 이유가 뭔가? 그 이유부터 알아야지만 대책을 세울 수 있네."

유건은 안평에게 쫓기던 이유를 간략히 설명했다.

다 듣고 난 진종자가 고개를 끄덕였다.

"역시 내 예상대로군."

"자세히 말씀해 보십시오."

"양어언은 소월청해공(素月靑海功)이란 얼음 속성 공법을 대성한 수사일세. 당연히 제자인 본무와 사손인 안평도 소월청해공을 익혔겠지. 한데 소문에 따르면 양어언이 만년혈빙석을 아주 간절히 원한다고 하더군. 본인의 소월청해공을 좀더 완벽히 가다듬기 위해서 말이지. 물론, 상대희 교주는……양어언에게 만년혈빙석을 그냥 줄 마음이 없었네."

진종자는 그를 이렇게 만든 상대희에 대한 증오로 인해 그의 이름을 거론할 때 약간 목소리가 떨려 나왔다. 반면, 아직 정확한 사정을 모르는 유건은 그냥 그런가 보다 넘어갔다.

"상대희 교주는 대가로 뭘 원하던가요?"

"수태교가 일월교 밑으로 들어오길 원했지."

"양어언 교주는 받아들일 수 없는 조건이었겠군요."

"당연하지."

유건은 잠시 생각하다가 물었다.

"그럼 양어언 교주가 태일소 보주의 설득을 받아들여 이번 일에 참여했다면 반드시 만년혈빙석을 받는 조건을 넣었겠군요."

진종자가 유건을 힐끗 보며 대꾸했다.

"눈치가 빠르군."

"그보다 하던 얘기나 마저 하시죠."

"버릇도 없군."

"지금은 내 태도를 두고 왈가왈부할 때가 아닙니다."

"양어언 교주는 아마 아주 오래전부터 혈빙굴의 만년혈빙석을 훔쳐 가기 위해 혈빙굴에 관한 정보를 모았을 것이네. 그녀의 사손인 안평이 간수만 익히는 공법으로 통로의 쇠창살을 쉽게 열어 젖혔다는 자네의 말이 모두 사실이라면 말이야."

유건은 어깨를 으쓱거렸다.

"다른 건 몰라도 그 부분은 사실입니다."

"그렇다면 생각해 보게. 과연 양어언 교주가 오선 중기에 불과한 안평에게 만년혈빙석 탈취라는 중요한 임무를 맡겼겠는가?"

유건은 속도를 더 높이며 대답했다

"아니겠죠. 최소 본인이 나서든가, 아니면 믿을 수 있는 제자에게 시켰을 겁니다. 아마 장선 초기라는 본무일 것 같군요."

"나도 자네와 같은 생각이네. 그래서 서두르자고 한 거였지."

"듣고 보니 일리가 있습니다."

유건은 청랑에게 화륜차의 속도를 더 높이게 했다. 그러나 불 속성 법보인 화륜차는 얼음 속성 기운이 가득한 혈빙굴 통로에서 원하는 만큼의 속도를 뽑아내지 못하고 있었다.

한편, 그 시각 얼음 보호막 속에 갇혀 죽은 안평 뒤에서 허연 수염을 길게 늘어트린 노도사가 나타나 불진을 휘둘렀다.

그 순간, 얼음 보호막이 빠르게 녹아내리면서 안평의 시체가 밖으로 드러났다. 노도사는 불진으로 시체를 뒤적거렸다.

"흐음, 모검술(毛劍術)에 당한 건가? 그나저나 소월청해공을 익힌 평이를 단숨에 죽이다니 만만치 않은 상대가 있었군."

그 자리에서 바로 가부좌를 한 노도사가 잠시 후 다시 일어나더니 유건과 진종자가 향한 방향으로 빗살처럼 날아갔다.

"두 놈이로군. 거기다 한 놈은 기운이 약간 불안정하긴 해도 오선 후기 최고봉의 경지고. 다른 놈이야 공선 중기에 불과하니 신경 쓸 필요 없겠지. 어쨌든 이 본 모(本某)에게 걸려든 이상, 네놈들이 혈빙굴을 빠져나갈 방법은 없느니라."

한편, 그 시각 유건과 진종자도 장선 경지의 수사가 그들을 쫓는단 사실을 눈치 챘다. 초조해진 유건은 전광석화를 연달아 펼쳐 거리를 벌리려 했다. 그러나 장선은 역시 달랐다.

호흡을 몇 번 가다듬기도 전에 벌써 상대가 지척에 이르렀다.

진종자가 뒤를 힐끔 보며 물었다.

"이제 어찌할 건가?"

"이판사판이지요."

"무슨 뜻인가?"

"이판사판에 다른 뜻은 없는 것으로 아는데요."

유건은 전력을 다해 만년혈빙석이 있는 방향으로 날아갔다. 진종자야 기력이 쇠한 탓에 유건을 믿는 수밖에 없었다.

그때, 마침내 만년혈빙석이 모습을 드러냈다.

만년혈빙석은 지름이 10장에 달하는 장방형 형태의 얼음 결정이었다. 당연히 그 주위에선 지금까지 경험한 적 없는 엄청난 냉기가 차가운 불꽃처럼 활활 타오르는 중이었다.

또, 혈빙이란 이름처럼 결정 가운데에 붉은 점이 박혀 있었는데 다른 데서는 느껴지지 않는 섬뜩한 살기가 물씬 풍겼다.

그 순간, 노도사가 그들 앞에 나타났다.

유건은 재빨리 전광석화를 써서 만년혈빙석 뒤로 달아났다. 곧 만년혈빙석이 뿜어내는 차가운 불꽃이 그와 전종자를 단숨에 얼려 버리겠다는 듯 사방에서 득달같이 달려들었다.

그러나 소름 끼칠 정도로 순수한 빙혼정의 농밀한 한기가 퍼져 나가는 순간, 만년혈빙석의 차가운 불꽃은 강적을 만난 사람처럼 화들짝 놀라 원래 있던 곳으로 황급히 돌아갔다.

한데 유건에게 빙혼정을 배양할 시간이 많지 않던 탓에 빙혼정으로도 만년혈빙석의 냉기를 완벽히 막아 내지는 못했다.

아니, 엄밀히 말하면 만년혈빙석의 냉기라기보단 결정 가운데 박힌 붉은 점이 뿜어내는 섬뜩한 살기를 막아 내지 못했다.

진종자가 괴로운 목소리로 뇌음을 보냈다.

"이래선 우리 둘 다 이곳에서 오래 버티기 힘들 것이네."

"알고 있습니다. 한데 저 노인이 좀 전에 말한 본무 장로입니까?"

"그런 것 같네. 양어언의 의발을 계승한 수제자지."

대답한 유건은 고개를 내밀어 본무로 보이는 노도사를 관찰했다. 예상대로 본무는 만년혈빙석의 냉기를 두려워해 접근할 엄두를 내지 못했다. 본무는 소월청해공을 양어언처럼 대성하지 못해 만년혈빙석의 차가운 불꽃을 감당하지 못했다.

지금까진 계획대로였다.

진종자에게 이판사판이라 말하긴 했어도 빙혼정을 믿고 만년혈빙석에 최대한 접근해 본무를 떨구어 버린단 계획이었다. 본무가 수태교 교주 양어언 본인이 아닌 이상, 만년혈빙석에 접근하기가 쉽지 않을 거란 판단을 내렸기 때문이었다.

한데 역시 계획은 계획일 따름이었다.

유건이 세운 계획에는 만년혈빙석이 냉기와 더불어 지독한 살기까지 뿜어낸단 전제가 들어 있지 않았다. 그 바람에 그와 진종자는 냉기 대신, 살기에 먼저 당해 죽을 판이었다.

'어떻게 하지? 살기를 피해서 다시 도망쳐야 하나? 그럼 금방 따라잡힐 텐데. 아니면 여기서 비상수단을 동원해야 하나?'

유건은 고개를 돌려 옆에 있는 진종자를 힐끔 보았다. 한데 마침 진종자도 고개를 돌려 그를 보고 있었기 때문에 공교롭게도 두 수사의 시선이 정면으로 마주치는 일이 발생했다.

진종자가 어색한 미소를 지으며 뇌음으로 물었다.

"날 버릴 셈인가?"

"제가 선배님을 왜 버립니까? 제가 선배님을 쳐다본 이유는 그래도 저보단 오래 수행하셨으니까 혹시 이 난관을 헤쳐

나갈 방법을 알고 계시지 않을까 해서 쳐다본 거였습니다."

"몇 가지 비술을 알고 있긴 하네. 그러나 장선 수사를 완벽히 떨쳐 낼 수 있다고 장담할 수는 없네. 더구나 죄다 위험한 비술이라 펼칠 때, 생각지 못한 부작용도 있을 수 있고."

"정말 도움이 안 되는 선배님이군요."

진종자가 화를 버럭 냈다.

"날 이곳으로 데려온 건 자네이지 않은가?"

"지금 누가 누굴 데려온 게 중요한 게 아니지 않습니까? 지금은 어떻게든 이 난관을 타개할 방책을 찾는 게 우선입니다."

그때, 본무가 비장한 표정을 짓더니 갑자기 법보낭에서 은빛이 나는 커다란 영약 하나를 꺼내 단숨에 삼켰다. 잠시 후, 영약을 삼킨 본무의 몸에서 은빛에 가까운 냉기가 안개처럼 서서히 퍼져 나와 그를 중심으로 보호막을 형성했다.

진종자가 쓸쓸한 미소를 지었다.

"본무가 결국 위험을 감수하기로 한 모양이군."

진종자의 말대로였다. 은빛 보호막으로 몸을 보호한 본무가 만년혈빙석이 있는 쪽으로 천천히 다가왔다. 아무래도 몸에 무리를 주는 영약을 써서 접근을 시도하려는 모양이었다.

본무가 만년혈빙석이 있는 중심부까지 이르는 데 걸린 시간은 향 한 대 태울 시간 정도였다. 그러나 당하는 처지에서는 마치 본무가 순간이동을 펼쳐 다가오는 것처럼 느껴졌다.

마침내 만년혈빙석 바로 앞에 도착한 본무가 그 옆을 돌아 유건과 진종자가 숨어 있는 방향으로 천천히 전진했다. 물론, 본무도 많이 무리한 탓에 시체처럼 창백하던 얼굴에 굵은 혈관이 터질 것처럼 크게 부풀어 올라 있었다. 심지어 코와 입가 양쪽에는 가느다란 실핏줄까지 흐르는 중이었다.

그러나 중요한 점은 본무가 그런 상태에서도 꾸준히 전진해 지금은 몇 걸음만 더 떼면 닿을 곳까지 이르렀단 점이었다.

유건은 어쩔 수 없단 표정으로 손을 품속에 집어넣었다.

한데 그때, 뭔갈 감지한 진종자가 고개를 들어 천장을 보았다.

"그 방책을 꼭 우리 손으로 찾아야 한단 규칙 같은 건 없겠지?"

그 순간, 유건도 뇌력을 통해서 무언가가 엄청나게 빠른 속도로 그들이 있는 쪽으로 내려온다는 사실을 알아냈다. 당연히 진종자보다 뇌력이 강한 본무는 그들이 알아채기 훨씬 전부터 걱정스러운 기색으로 천장을 올려다보는 중이었다.

그때, 붉은빛이 감도는 비단 장막 하나가 천장에서 쏟아져 내려와 유건과 본무 사이를 정확히 가르며 밑으로 내려갔다.

그야말로 기적 같은 일이었다. 유건은 자신도 모르는 사이에 천장을 올려다보며 그곳에 누가 숨어 있는지 한참을 살폈다.

그러나 천장은 여전히 천장일 뿐이었다. 몰래 숨어 있다가 그를 위기에서 구해 주기 위해 장막을 내려 준 천사 같은 것은 안에 숨어 있지 않았다. 그렇다면 일월봉 쪽에 뭔가 이상이 생겨 붉은 장막이 이 깊은 곳까지 내려왔다는 뜻이었다.

진종자가 한숨 돌린 표정으로 뇌음을 보냈다.

"운 좋게도 일월교가 때맞춰 호교(護橋) 진법을 펼친 모양이네."

"호교 진법이 뭡니까?"

"말 그대로 일월교가 멸망할지도 모르는 최악의 위기가 닥쳤을 때 펼치는 비장의 한 수일세. 나도 장로가 아니라서 자세히는 모르지만 그런 진법이 있단 언질을 받은 적이 있네."

유건은 반색하며 물었다.

"그렇다면 위력도 아주 대단하겠군요."

"당연하지. 보게나. 본무의 표정이 전과 딴판이지 않은가?"

진종자의 말처럼 본무의 표정에는 당황한 기색이 역력했다. 본무는 장막을 보기 무섭게 몇 가지 법보와 소월청해공을 써서 장막을 뚫어 보려 하였다. 그러나 별 소용이 없었다. 개인이 가진 능력으로는 어찌해 볼 수 없는 진법이었다.

유건은 급히 뇌음을 보내 물었다.

"진법이 지둔술이나 토둔술(土遁術)도 막아 줍니까?"

"그럴 것이네. 아마 저런 비단 장막이 일월봉과 일월봉 지하 전체를 공 형태로 감싸 적의 침입과 탈주를 방지할 것이네."

"그렇다면 우린 이제 안전해진 거군요."

한데 정작 진종자의 표정은 썩 밝지 않았다.

"아무래도 그건 아닌 것 같군."

유건은 깜짝 놀라 본무 쪽으로 고개를 돌렸다.

그 순간, 진종자의 표정이 좋지 않던 이유가 바로 밝혀졌다.

붉은 장막은 공교롭게도 만년혈빙석 정중앙을 지나 아래쪽으로 내려갔는데 문제는 붉은 장막은 불 속성 기운을, 만년혈빙석은 얼음 속성 기운을 각각 지녔다는 점이 문제였다.

불 속성 기운은 엄청나게 뜨거워 만년혈빙석이 뿜어내는 냉기에 큰 영향을 받지 않았다. 한데 만년혈빙석 자체에서 뿜어져 나오는 살기 섞인 냉기는 붉은 장막도 어쩌질 못했다.

그 바람에 만년혈빙석과 붉은 장막이 만나는 부분만 불 속성 기운과 살기 섞인 냉기가 대치해 붉은 장막이 통과하지 못했다. 마치 거대한 제방에 뚫린 자그마한 구멍 하나를 만년혈빙석이란 벽돌을 써서 간신히 막는 그런 형국이었다.

물론, 만년혈빙석이 사라진다고 해서 안에서 물이 쏟아져 나오는 것은 아니었다. 그러나 유건 입장에선 물보다 더 지독한 게 튀어나올 수도 있었다. 바로 본무가 만년혈빙석이 만든 구멍을 통해 밖으로 빠져나올 수 있기 때문이었다.

한데 진짜 문제는 유건이 상상한 최악의 상황을 본무가 지금 행동으로 직접 보여 주고 있다는 점이었다. 본무는 법보낭에서 꺼낸 대롱 형태의 법보를 만년혈빙석 끝에 박아 넣고 나서 그 밑에 술잔 형태의 남색 법보를 조심히 받쳐 놓았다.

한데 대롱 법보가 밝은 남빛을 발하며 불어났다가 다시 쪼그라들 때마다 대롱 끝에서 붉은 기운이 약간 섞인 하얀 액체가 나와 그 밑에 받쳐 둔 남색 술잔 안으로 뚝뚝 떨어졌다.

'만년혈빙석 정수를 대롱과 술잔 법보를 이용해 뽑아내려는 심산이군. 아마 양어언이 상당히 공들여 세운 계획일 테지.'

그중 가장 최악은 역시 하얀 액체가 흘러나와 술잔으로 떨어질 때마다 만년혈빙석의 크기가 빠르게 줄어든단 점이었다.

유건은 머리를 재빨리 굴렸다.

'본무가 만년혈빙석을 수습하는 틈을 노려 도망치면 달아날 수 있을까? 아니, 어쩌면 본무는 만년혈빙석을 수습한 다음에 양어언에게 보고하기 위해 다시 돌아갈지도 모르지.'

그러나 이는 어디까지나 희망 섞인 관측일 따름이었다.

그때, 머릿속에 기발한 생각 하나가 번개같이 떠올랐다.

유건은 재빨리 오른손에 쥔 빙혼정을 앞에 있는 만년혈빙석 표면에 꽂았다. 그 순간, 빙혼정이 만년혈빙석이 지닌 냉기를 단숨에 제압해 대롱 법보 쪽으로 끌려가지 않게 만들었다.

소스라치게 놀란 본무가 심각한 표정으로 한참을 고민하더니 법보낭에서 초록색 침 하나를 꺼내 만년혈빙석에 박아 넣었다. 초록색 침은 그 즉시 만년혈빙석 반대편으로 빠르게 이동해 유건이 꽂아 둔 빙혼정을 밖으로 밀어내려 들었다.

유건은 하는 수 없이 빙혼정의 수정 막대기 손잡이를 잡고 법력을 주입해 초록색 침이 빙혼정을 방해하지 않게 했다.

물론, 유건은 공선 중기고 본무는 장선 초기라서 두 수사가 지닌 법력의 차이는 어마어마했다. 그러나 본무는 법력 대부분을 만년혈빙석 반대편으로 초록색 침을 이동시키는 데 써야 했기 때문에 유건이 수정 막대기 손잡이를 잡고 직접 주입하는 법력의 양과 그렇게 큰 차이를 보이지 못했다.

심지어 처음에는 유건의 법력을 흡수한 빙혼정이 새파란 한기를 발산하며 초록색 침을 더 먼 쪽으로 밀어낼 정도였다.

이에 본무도 공전술(空傳術)처럼 보이는 상급 비술을 써서 뒤로 밀리는 초록색 침에 더 많은 양의 법력을 주입했다.

더 물러날 곳이 없어진 유건도 당연히 수정 막대기를 잡은 손으로 전보다 더 많은 양의 법력을 주입했다. 한데 유건이 법력을 주입해 초록색 침을 약간 밀어내면 그다음에는 반대로 본무가 공전술로 법력을 주입해 다시 빙혼정을 압박했다.

한쪽이 법력을 주입해 밀어내면 다시 반대쪽이 더 많은 법력을 주입해 맞서는 형국이 벌써 대여섯 번 가까이 이어졌다.

그러나 장선은 역시 장선이었다. 본무는 법력, 뇌력, 법보, 공법, 비술, 경험 면에서 공선 중기인 유건을 쉽게 압도했다.

본무의 한 차원, 아니 두 차원 더 높은 수법이 이어지면서 유건은 곧바로 위기를 맞았다. 그가 만년혈빙석에 꽂아 둔 빙혼정은 거의 밖으로 밀려 나오기 직전이었다. 반면, 본무가 만년혈빙석에 밀어 넣은 초록색 침은 빙혼정을 몰아냄과 동시에 밖으로 나와 유건과 진종자를 없애기 직전이었다.

오히려 상황이 전보다 더 안 좋아진 셈이었다.

그때, 진종자가 다급한 목소리로 뇌음을 보냈다.

"얼마나 더 버틸 수 있을 것 같은가?"

"둘 중 하나입니다."

"지금 생사의 갈림길에 서 있다는 뜻인가?"

"아닙니다. 만년혈빙석의 살기에 잠식당해 죽든지, 아니면 본무의 초록색 침에 찔려 죽든지, 둘 중 하나라는 뜻입니다."

진종자가 황당하단 투로 물었다.

"자네 정말 공선 중기 맞는가? 무슨 공선 중기가 장선과 법력을 겨루는 와중에도 농담할 정도로 여유가 넘친단 말인가?"

"여유를 부리는 게 아니라, 진짜 그렇단 뜻입니다."

한데 그때, 진종자가 갑자기 뇌음으로 이상한 구결을 보내왔다.

유건이 눈살을 찌푸리며 물었다.

"뭡니까?"

"사정은 묻지 말고 일단 내가 불러 주는 구결을 먼저 기억하게."

유건은 시키는 대로 진종자가 불러 주는 구결을 기억했다. 한데 구결이 꽤 길고 복잡해서 유건도 신경 써서 듣지 않으면 기억하기 쉽지 않았다. 구결을 다 부른 진종자는 급기야 구결의 의미를 설명하며 그에게 뭘 가르쳐 주려 들었다.

구결을 거의 다 익힌 유건이 물었다.

"비검술의 일종인 겁니까?"

"정확히 말하면 비검술 중에서 모검술이라 불리는 것이네. 삼월천에서는 아주 희귀한 비술로 나도 정말 천운이 닿아서 간신히 익힐 수 있었지. 물론, 모검술의 위력은 내가 보장하는 바일세. 나도 밖에서 활동할 때는 이 모검술을 사용해 강적을 죽이고 목숨을 건진 적이 한두 번이 아니네."

"아까 안평을 죽일 때 쓴 수법입니까?"

"맞네."

"이승을 떠나기 전에 의발을 계승하려고 가르쳐 준 것 같지는 않은데 제가 이 모검술로 어떻게 하길 바라시는 것입니까?"

"자넨 역시 눈치가 빨라서 대화하기 편하군."

진종자는 바로 그가 고안한 방법을 상세히 알려 주었다. 한데 그가 듣기에도 꽤 그럴듯한 방법이라 바로 실전에 투입했다.

유건은 빙혼정 손잡이를 잡고 모검술 구결에 따라 법력을 움직였다. 그러나 유건이 아무리 천령근을 타고났어도 모검술과 같은 수준 높은 비검술을 바로 실전에 쓸 순 없었다.

그때, 마침내 본무의 초록색 침이 빙혼정을 만년혈빙석 밖으로 몰아내기 직전까지 이르렀다. 말 그대로 이젠 방법을 알아도 시간이 부족해 펼칠 수 없는 지경까지 이른 셈이었다.

유건은 고개를 들어 본무를 보았다.

이젠 튀어나온 혈관이 손가락만 한 굵기까지 늘어나는 바람에 흉측하기 이를 데 없는 본무의 얼굴에 엷은 미소가 번졌다.

그 모습을 보고 열이 정수리로 뻗친 유건은 전에 없는 집중력으로 모검술 구결을 떠올리며 법력을 세밀하게 조종했다.

그 순간, 만년혈빙석 밖으로 거의 밀려 나온 빙혼정 끝에서 푸른 얼음덩어리 하나가 튀어나와 송곳처럼 날카로워지더니 반대편에 있는 본무 쪽으로 빗살처럼 이동했다. 마치 푸른 빙어(氷魚) 한 마리가 만년혈빙석을 헤엄치는 듯했다.

본무는 약간 흠칫하긴 했어도 초록색 침 법보 조종을 중단하진 않았다. 그때, 푸른 빙어가 마침내 만년혈빙석 밖으로 머리를 쓱 내밀더니 수십 가닥이 넘는 머리카락 굵기의 고드름을 거미줄처럼 발사해 그 앞에 있는 본무를 옭아맸다.

유건은 그 모습을 보기 무섭게 모검술의 흡수 법결을 날렸다. 그 순간, 본무의 법력이 엄청난 속도로 고드름을 타고 빠져나와 빙혼정으로 빨려 들어갔다. 심지어 그 와중에 만년혈빙석의 냉기와 살기뿐만 아니라, 본무가 대롱과 술잔으로 받던 만년혈빙석의 정수까지 한꺼번에 딸려 들어왔다.

본무의 법력과 만년혈빙석이 지닌 엄청난 양의 정수, 냉기, 살기를 한꺼번에 받아들인 빙혼정은 눈이 따가울 정도의 광채를 쏟다가 폭음을 내며 만년혈빙석 밖으로 튕겨 나왔다.

그와 동시에 만년혈빙석이 먼지로 변해 흩어지더니 붉은 장막이 내려와 남아 있던 마지막 구멍까지 깨끗하게 채웠다.

〈5권에 계속〉

재벌가 망나니

초촌 현대판타지 장편소설
MODERN FANTASY STORY

입니다만?

특수전사령부 소속 비밀작전팀 아시온 팀장이자
국내에 유일한 사이보그인 이준성.
열강들의 야욕을 저지하기 위해 나선 작전 도중
뜻밖의 상황을 맞이하며 자폭하기에 이르는데.

"지옥에서는 제네바 협약 따윈 안 지키는 거냐?"

눈을 뜬 그의 시야에 들어온 것은 지독한 참극.
이윽고 상황을 인지하며 한 가지 사실을 깨닫는다.
자신의 두 발이 16세기 말 임진왜란이 펼쳐지는
전란의 대지에 서 있다는 것을.